MIRA®

Der Preis dieses Bandes versteht sich einschließlich
der gesetzlichen Mehrwertsteuer.

Umwelthinweis:
Dieses Buch wurde auf chlor- und säurefreiem Papier gedruckt.

Ein Meer von Leidenschaft

Erst nach dem Tod ihres Vaters erfährt Kate, warum er jedes Jahr die Ferien auf der idyllischen Insel Ocracoke verbracht hat: Heimlich hat er nach dem Segelschiff „Liberty“ gesucht, das im Jahre 1750 vor North Carolina untergegangen sein soll. Jetzt will Kate die Suche fortsetzen – zusammen mit dem Taucher Dominic Silver, in den sie als junges Mädchen heftig verliebt war. Den charmanten Dominic wiederzusehen, löst in Kate widersprüchliche Gefühle aus. Sie weiß, dass sie nicht unterschiedlicher sein könnten – während sie an der Universität arbeitet, lebt er frei und ungebunden –, und doch spürt Kate immer noch, wie heftig ihre Sehnsucht nach Dominic ist ...

Nora Roberts

Ein Meer von Leidenschaft

Roman

Aus dem Amerikanischen von
Claire Marcks

MIRA®

MIRA® TASCHENBUCH
Band 25087
1. Auflage: Mai 2004

MIRA® TASCHENBÜCHER
erscheinen in der Cora Verlag GmbH & Co. KG,
Axel-Springer-Platz 1, 20350 Hamburg
Deutsche Taschenbucherstausgabe

Titel der nordamerikanischen Originalausgabe:
Treasures Lost, Treasures Found

erschienen bei: Silhouette Books, Toronto
Published by arrangement with
Harlequin Enterprises II B.V., Amsterdam

Konzeption/Reihengestaltung: fredeboldpartner.network, Köln
Umschlaggestaltung: pecher und soiron, Köln
Titelabbildung: by GettyImages, München
Autorenfoto: © by Harlequin Enterprise S.A., Schweiz
Satz: Berger Grafikpartner, Köln
Druck und Bindearbeiten: Ebner & Spiegel, Ulm
Printed in Germany
ISBN 3-89941-114-5

www.mira-taschenbuch.de

1. KAPITEL

Ein versunkener Schatz vor der Küste von Ocracoke. Kathleen Hardesty ließ den vergoldeten Füllfederhalter sinken und faltete ihre schlanken Hände über dem Notizbuch, das geöffnet vor ihr auf dem großen Schreibtisch aus massivem Eichenholz lag. Das Licht der Schreibtischlampe fiel auf ihre ineinander verschränkten Finger, an denen weder Brillantringe noch Nagellack von der zarten weißen Haut ablenkten.

Kate seufzte und blickte über die vielen Seekarten und Aufzeichnungen, die sie vor sich ausgebreitet hatte. Jeder Buchstabe der steilen klaren Handschrift ihres Vaters verriet die feste Überzeugung, die Edwin J. Hardesty dazu getrieben hatte, einem Schatz nachzuspüren.

Nichts an dem ruhigen, zurückgezogenen Leben ihres Vaters hätte Kate jemals auch nur vermuten lassen, dass er von versunkenem Gold träumte. Fantastereien von Schiffen, die vor zwei-, dreihundert Jahren mit ihrer ganzen wertvollen Ladung im Meer untergegangen waren, passten nicht zu seinem ernsthaften Wesen.

Nachdenklich schaute Kate vor sich hin.

Sie hatte ihrem Vater nachgeeifert und ebenfalls den Beruf des Erziehers gewählt. Mit Leib und Seele war sie Lehrerin und konnte sich nichts vorstellen, was sie mehr ausfüllte, als heranwachsende Menschen mit der Schönheit der englischen Literatur vertraut zu machen. Ihr Vater impfte ihr einst die Bedeutung von Erziehung und Bildung ein. Für ihn schien es nichts Wichtigeres im Leben gegeben zu haben. Bildung hatte Edwin Hardesty stets als unabdingbare Voraussetzung für eine zivilisierte Gesellschaft betrachtet.

Und so war Kate inmitten von Büchern aufgewachsen und in der sanften, aber bestimmten Art eines engagierten Pädagogen erzogen worden. Er erwartete von ihr, dass sie außergewöhnliche Leistungen in der Schule erbrachte. Sie enttäuschte diese Erwartungen nie. Und später folgte sie in beruflicher Hinsicht dem Beispiel ihres Vaters. Jetzt war sie achtundzwanzig Jahre alt und hatte gerade ihr erstes Jahr als Dozentin am renommierten Yale College abgeschlossen.

Äußerlich entsprach Kate dem althergebrachten Klischee einer Lehrerin. Sie trug ihr langes hellbraunes Haar aufgesteckt. Ihre Lesebrille aus Horn hob sich stark von dem hellen Teint ihres Gesichtes ab. Hohe Wangenknochen verliehen ihr ein etwas hochmütiges Aussehen, das jedoch von ihren sanften rehbraunen Augen gemildert wurde. Kate hatte ihre Kostümjacke über den Stuhl gehängt und die Manschetten der adretten weißen Bluse hochgeschlagen. Außer einer schmalen Armbanduhr und geschmackvollen goldenen Ohrsteckern trug sie keinen Schmuck. Die Ohrstecker, ein Geschenk ihres Vaters zu ihrem einundzwanzigsten Geburtstag, waren das einzige Zeichen persönlicher Zuneigung, das sie je von ihm erhalten hatte.

Seit jenem Tag waren sieben Jahre vergangen. Und heute, eine Woche nach dem Begräbnis ihres Vaters, saß Kate an seinem Schreibtisch. Im Raum hingen noch der milde Duft seines Rasierwassers und der Geruch des würzigen Pfeifentabaks, den er nur hier in seiner Bibliothek zu rauchen pflegte.

Kate hatte nichts von der Krankheit ihres Vaters gewusst, nichts von den regelmäßigen Arztbesuchen, den Untersuchungen, den EKG-Befunden oder den kleinen Tabletten, die er stets bei sich trug. Erst nach dem tödlich verlaufenen Herzanfall hatte Kate sie in der Innentasche seines Jacketts gefunden.

Nein, ich brauche mir keine Vorwürfe zu machen, sagte sie sich. Er wollte nicht, dass jemand von seiner Krankheit erfuhr – oder von der Existenz der Seekarten und Forschungsunterlagen.

Jetzt habe ich unvermittelt von beidem erfahren, und mit einem Mal ist das Bild, das ich mir von Vater gemacht habe, ins Wanken geraten, grübelte sie weiter. Sie war sich nicht mehr sicher, den Mann jemals richtig gekannt zu haben, der sie nach dem frühen Tod ihrer Mutter allein aufgezogen hatte.

Kate lehnte sich in dem Sessel zurück und schob ihre schwache Lesebrille auf der Nase zurecht. Mit Daumen und Zeigefinger rieb sie ihre Nasenspitze und versuchte sich ihren Vater vorzustellen.

Edwin Hardesty war ein großer Mann gewesen,

mit einem schmalen Gesicht und sorgfältig geschnittenem Haar. Stets hatte er den Eindruck eines drahtigen, gesunden Menschen gemacht. Am liebsten trug er dunkle Anzüge und weiße Hemden. Nur einen einzigen Luxus gönnte er sich: den wöchentlichen Gang zur Maniküre.

Kate hatte ihren Vater nie böse oder zornig erlebt. Nie hatte er sie angeschrien oder gar geschlagen. Dessen bedurfte es auch niemals. Er brauchte nur mit Blicken oder Gesten seine Unzufriedenheit, seine Enttäuschung auszudrücken. Das genügte, um Kate ein schlechtes Gewissen zu bereiten und sie zur sofortigen Änderung ihres Verhaltens zu bewegen.

Jedermann hatte Edwin Hardesty als unermüdlichen und eifrigen Menschen gekannt. Doch all sein Streben galt seinem Beruf.

Es versetzte Kate einen Stich, dass sie im Nachhinein von ihrem Vater lediglich sagen konnte, er sei ihr gegenüber niemals böse oder zornig gewesen. Ein unerklärliches Schuldgefühl bemächtigte sich ihrer.

Nein, sie hatte ihn niemals enttäuscht. Er hatte es ihr selbst gesagt, nachdem sie die Aufnahme in den Fachbereich für Englisch im Yale College geschafft hatte. Kate war sich des nächsten unausgesprochenen Wunsches ihres Vaters durchaus bewusst. Er hätte es als Krönung ihrer Karriere und seiner Erziehung angesehen, wenn sie innerhalb der kommenden zehn Jahre zur Leiterin dieses Bereiches aufsteigen würde.

Ob er sich jemals klar gemacht hat, wie sehr ich

ihn geliebt und wie sehr ich mich bemüht habe, seinen Idealen zu entsprechen? überlegte Kate und schloss einen Augenblick lang die Augen. Es hatte keine Gelegenheit mehr gegeben, Antwort auf diese quälenden Fragen zu erhalten. Als sie im Krankenhaus angekommen war, war ihr Vater bereits tot gewesen.

Jetzt saß sie allein in dem kleinen Haus auf Cape Cod, in dem sie so lange mit ihrem Vater gewohnt hatte. Die Reinemachefrau kam mittwochmorgens, der Gärtner kümmerte sich samstags um den Garten. Ihr, Kate, blieb die Aufgabe überlassen, sich mit den Dokumenten zu befassen, sie zu sortieren und auszuwählen.

Das würde nicht schwierig sein. Kate lehnte sich weiter zurück. Praktische Dinge bereiteten ihr keinerlei Probleme. Was aber sollte mit diesen Karten geschehen? Und was sollte sie mit den sorgfältig gezeichneten Plänen und den Notizbüchern beginnen, in denen viele Hinweise, Anleitungen und Informationen standen?

Einerseits neigte Kate dazu, sie irgendwo abzulegen und zu vergessen, andererseits spürte sie, wie ihre Fantasie angeregt wurde, wie sie sich in Träumereien verlor. So wie sie die Schönheit eines Gedichtes gefangen nahm, fesselten sie auch die Aufzeichnungen ihres Vaters.

Und er musste von der Richtigkeit seines Tuns, vom späteren Erfolg seiner Nachforschungen überzeugt gewesen sein. Kate beugte sich erneut über den Schreibtisch. Ja, zweifellos hatte ihr Vater an einen Sinn seiner Arbeit geglaubt, sonst hätte er kaum Zeit damit verschwendet zu suchen, zu kommentieren und Theorien aufzustellen. Dem Umfang der Unterlagen nach zu urteilen musste er Monate, ja Jahre damit verbracht haben, Informationen über den Verbleib eines englischen Handelsschiffes zu sammeln, das vor mehr als zweihundert Jahren vor der Küste von North Carolina untergegangen war.

Versunkene Schätze! Ein Thema für Hollywood-Filme oder Romane. Unwillkürlich tauchte vor Kates geistigem Auge das Bild des einbeinigen Piraten aus Stevensons Roman „Schatzinsel“ auf, der besessen nach der sagenumwobenen Insel suchte.

Insel. Diese Vorstellung zog eine weitere Erinnerung nach sich. Ocracoke. Kate hatte alle Gedanken an jenen Sommer vor vier Jahren verdrängt. Jetzt, da sie eine Entscheidung über das Erbe ihres Vaters treffen musste, kehrten Bilder aus dieser Zeit auf der Insel vor der Küste von North Carolina mit schmerzhafter Deutlichkeit zurück.

Sie hatte gerade mit ihrer Doktorarbeit begonnen, als ihr Vater zu ihrer Überraschung ankündigte, dass er den Sommer auf Ocracoke verbringen wolle. Natürlich folgte Kate seiner Aufforderung, ihn zu begleiten. In ihrem Gepäck befanden sich eine tragbare Schreibmaschine, unzählige Bücher und stapelweise Schreibpapier. Kate hatte nicht damit gerechnet, dass weiße Sandstrände und der Ruf der Möwen sie ablenken würden. Außerdem war sie nicht darauf gefasst gewesen, sich Hals über Kopf zu verlieben.

Kate schüttelte leicht den Kopf, während sie an ihre hoffnungslose Liebe zu Dominic Silver dachte. Sie waren so verschieden wie Tag und Nacht. Dennoch hatte sie sich, jung und unerfahren, ganz dem Zauber jenes Sommers mit ihm hingegeben.

Sie sah Dominic wieder vor sich, wie er am Steuer des von ihrem Vater gemieteten Bootes gestanden hatte. Sie glaubte sein Lachen zu hören, sein schwarzes, vom Wind zerzaustes Haar zu fühlen. Auch erinnerte sie sich an das unbeschreiblich schöne Gefühl der Schwerelosigkeit, das sie beim gemeinsamen Tauchen in den warmen Küstengewässern genossen hatte.

Ich bin zu sehr von dem gefesselt gewesen, was in mir vorgegangen ist, um das plötzliche Interesse Vaters am Bootfahren und Tauchen befremdlich zu finden, dachte sie. Ich habe mich hinreißen lassen von meinen Empfindungen für Dominic. Die Verwunderung darüber, dass ein Mann wie er sich zu mir hingezogen fühlte, hatte mich nicht stutzig werden lassen, als Vater sich währenddessen intensiv mit Ebbe und Flut beschäftigte, anstatt wie andere Urlauber zu angeln oder zu baden.

Jetzt lagen diese jugendlichen Träumereien hinter Kate. Sie wusste nun, dass ihr Vater in den vielen Stunden, in denen er sich in sein Hotelzimmer zurückgezogen hatte, Nachforschungen betrieb. Auch in den folgenden Sommern war er nach Ocracoke zurückgekehrt. Ohne Kate, die diese Insel nie wieder betreten hatte – wegen Dominic Silver.

Dominic hatte verlangt, dass sie sich von ihrem Vater löste. Das konnte sie trotz aller Verliebtheit nicht, und daran war ihre Beziehung gescheitert.

Kate schloss das Notizbuch ihres Vaters, faltete die Seekarten zusammen und schob sie zur Seite. Sie würde wieder nach Ocracoke fahren, um zu vollenden, was ihr Vater begonnen hatte. Mehr als das Haus und den antiken Schmuck ihrer Mutter empfand sie diese Aufzeichnungen nun als das wirkliche Erbe ihres Vaters. Mit ihnen hatte er ihr die Aufgabe übertragen, sein Werk fortzuführen.

Entschlossen nahm Kate ihre Brille ab und legte sie auf das Notizbuch. Ja, sie würde zu der Insel zurückkehren und sich an Dominic Silver wenden. Die Vorstellungen und Erwartungen ihres Vaters hatten sie damals von ihm fortgetrieben, nun führten sie sie wieder zu ihm.

Kate öffnete die obere Schublade des Schreibtisches und entnahm ihr ein blütenweißes Blatt Leinenpapier. Sie schraubte die Schutzkappe von ihrem Füllfederhalter und begann zu schreiben.

Dominic beschleunigte seine Fahrt und hielt sein Gesicht dem Wind entgegen. Er liebte den Rausch der Geschwindigkeit, so wie er auch einen ganzen Nachmittag faul in der Hängematte liegend verbringen konnte. Diese Ungezwungenheit und Freiheit machte ihm das Leben lebenswert.

Obwohl am Meer aufgewachsen, atmete er den Geruch des salzigen Meerwassers dennoch ganz bewusst ein. Die Bewegung des Bootes unter seinen Füßen war ihm vertraut, doch er spürte sie jedes Mal wieder. Für Dominic galt nichts als selbstverständlich. Mit allen Sinnen nahm er jede Einzelheit in seiner Umgebung wahr.

Die kleine, ruhige Inselstadt betrachtete er seit jeher als sein Zuhause. Zwar war er schon weit gereist und wollte sich auch weiterhin die Welt anschauen, aber er vermochte sich keinen anderen Wohnort vorzustellen. Ihm sagte das Leben hier zu – die Freiheit des Meeres und die Vertrautheit der kleinen Inselgemeinschaft.

An die Anwesenheit von Touristen im Sommer hatte sich Dominic gewöhnt. Sie bildeten eine neue Einnahmequelle, halfen den Bewohnern, ihren Lebensunterhalt zu verdienen. Er zog allerdings die Wintermonate auf der Insel vor, wenn heftige, kalte Stürme bliesen und nur ganz Mutige die Überfahrt mit der Fähre nach Ocracoke wagten.

Dominic ging häufig fischen. Er entnahm dem Meer jedoch nur das, was er selbst verzehren konnte. Wenn er tauchte, nach Muscheln zum Beispiel, geschah es zu seinem Vergnügen. Im Sommer lud er hin und wieder Touristen auf sein Boot ein und fuhr sie hinaus zum Fischen oder Tauchen, weil er sich zuweilen nach Gesellschaft sehnte. An anderen Tagen wiederum stand ihm der Sinn nicht danach. Dann wollte er das Meer ganz für sich allein haben. Wie an dem heutigen sonnigen Nachmittag.

Im Frühjahr war Dominic zweiunddreißig Jahre alt geworden, aber er war alles andere als ein gesetzter Mensch. Er lebte frei und ungebunden, ohne Rücksichten und Verpflichtungen. Und er hatte vor, auch in Zukunft zu tun, wonach ihm der Sinn stand.

Nur über die Richtung, die sein Leben nehmen sollte, war er sich noch nicht ganz klar.

Im Augenblick hatte er sich für den blauen Himmel über ihm und für das endlose Meer entschieden. Die Sonne brannte heiß, und der Wind verschaffte angenehme Kühlung. Der Motor des Bootes lief einwandfrei, und die Kühltasche enthielt einige Fische, die er sich zum Abendessen zubereiten wollte.

Von der Küste aus mochte es aussehen, als nähere sich ein Pirat dem Ufer. Das Haar reichte Dominic über die Ohren und hing etwas im Nacken herab. Es hatte eine tiefschwarze Färbung, die Dominics Abstammung von sizilianischen Einwanderern verriet. Seine Augen waren dunkelgrün, so wie sich das Meer an einem bewölkten Tag darbot. Durch die ständige Bewegung im Freien war seine sonnengebräunte Haut fest und straff.

Wenn Dominic lächelte, nahm sein Gesicht den verwegenen Ausdruck eines Abenteurers an, den

Frauen unwiderstehlich fanden. Aber selbst wenn er nicht lächelte oder seine Augen kalt und hart wirkten, wie die eines Raubtiers vor dem Sprung, fühlten sich die Frauen zu ihm hingezogen, wie er schon früh festgestellt hatte.

Dominic drosselte die Geschwindigkeit und ließ das Boot langsam an seinen Platz im Silver Lake Hafen gleiten. Er schaltete den Motor ab, sprang auf den Anlegesteg und machte die Leinen mit den geschickten erfahrenen Bewegungen eines Mannes fest, der am Meer aufgewachsen ist.

„Hast du etwas gefangen?“

Dominic richtete sich auf und wandte sich dem Sprecher zu. „Es reicht. Ist nicht viel los im Restaurant?“ fragte er dann und sah seinen Bruder abwartend an.

Marsh lächelte, und flüchtig wurde die Familienähnlichkeit besonders deutlich, obgleich Marshs Augen braun waren und er sein Haar adrett geschnitten trug.

„Fürchtest du um deine Geldanlage?“ scherzte er.

„Das brauche ich nicht, weil du dich um sie kümmerst.“

Marsh erwiderte nichts. Die beiden Brüder verstanden sich auch ohne viele Worte. Ihre gegensätzlichen Charaktere, die Tatsache, dass der eine von ihnen ruhelos, der andere ausgeglichen war, hatte dieses Einverständnis niemals getrübt.

„Linda möchte, dass du heute Abend zum Essen

ins ‚Roost' kommst. Sie macht sich Sorgen um dich."

Wie kann es auch anders sein, dachte Dominic belustigt. Seine Schwägerin kümmerte sich mit Hingabe um die Familie und ließ sich auch nicht durch die Tatsache, dass sie fünf Jahre jünger als Dominic war, davon abhalten, ihn zu bemuttern. Ihre Fürsorglichkeit, Marshs Geschäftssinn sowie Dominics Kapital und geschmackvolle Renovierungen hatten das „Roost" innerhalb kürzester Zeit zu einem sehr beliebten Restaurant werden lassen. Dominic überließ die Geschäftsführung seinem Bruder und seiner Schwägerin. Er hatte zwar nichts dagegen, sich hin und wieder mit der Gewinn- und Verlustsituation zu befassen, aber tagtäglich im „Roost" nach dem Rechten zu schauen kam für ihn nicht in Frage.

Nachdem alle Leinen festgezurrt waren, rieb Dominic die Handflächen an seiner Jeans ab. „Was gibt es denn zum Abendessen?" erkundigte er sich.

„Seezunge." Marsh steckte seine Hände in die Hosentaschen und wiegte sich auf seinen Fußsohlen leicht vor und zurück.

Dominic lachte, holte die Kühltasche aus seinem Boot und zeigte seinem Bruder den Fang. „Linda kann ganz beruhigt sein. Ich werde schon genug essen."

„Damit wird sie sich nicht zufrieden geben." Marsh warf Dominic einen raschen Seitenblick zu. „Sie meint, du seist zu viel allein."

„So kann nur jemand empfinden, der nicht gern

allein ist.“ Dominic wollte nicht streiten, da noch die schöne Erinnerung an die Bootsfahrt und das weite Meer in ihm lebendig waren. Aber er hatte noch nie mit seiner Meinung hinterm Berg gehalten. „Vielleicht solltet ihr beide euch ein weiteres Baby anschaffen, dann wäre Linda zu beschäftigt, um sich um deinen großen Bruder zu sorgen.“

„Gönn mir bitte eine Pause. Joy ist gerade erst achtzehn Monate alt.“

„Du musst noch neun Monate hinzuzählen“, erinnerte Dominic ihn leichthin. Er vergötterte seine Nichte, obwohl – oder gerade weil – sie ein kleiner Teufel war. „Jedenfalls sieht es so aus, als liege der Erhalt unserer Familie in deinen Händen.“

„Hm.“ Marsh kreuzte die Füße, räusperte sich und schwieg.

Diese Haltung war eine Angewohnheit aus seiner Kinderzeit, und Dominic amüsierte sich meistens darüber. Heute jedoch nicht. Es schien etwas Außergewöhnliches vorgefallen zu sein. Dominic spürte förmlich, dass irgendetwas in der Luft lag.

„Warum verrätst du mir nicht endlich, was du auf dem Herzen hast?“ sagte er schließlich. „Ich möchte nach Hause gehen und den Fisch säubern.“

„Du hast Post bekommen. Der Brief wurde irrtümlich in unseren Briefkasten geworfen.“

Das geschah häufig, und es bestand eigentlich kein Grund für Marshs geheimnisvolles Verhalten. Ohne ein Wort zu erwidern, streckte Dominic die Hand aus.

„Dominic ..." Hilflos brach Marsh ab, zog den Brief aus der Hosentasche und reichte ihn seinem Bruder.

Genau wie vier Jahre zuvor wusste er nicht, was er Dominic sagen sollte.

Dominic erkannte die Handschrift sofort. Er brauchte den Briefumschlag nicht umzudrehen, um nachzuschauen, wer der Absender war. Unvermittelt stürmten Erinnerungen auf ihn ein, und er starrte auf das Papier.

Sein Gesicht wirkte wie versteinert, als er den Umschlag schließlich in die Gesäßtasche seiner Jeans steckte. „Danke." Er nickte Marsh kurz zu und nahm die Kühltasche und sein Angelzeug vom Boden auf.

„Dominic ..." Erneut hielt Marsh inne. Dominic hatte ihm den Kopf zugewandt und blickte ihn fast ungeduldig an. „Wenn du deine Meinung wegen des Abendessens ändern solltest ..."

„Dann sage ich euch Bescheid", vollendete Dominic den Satz und ging über den Anlegesteg an Land.

Auf dem Weg zu seinem Haus versuchte Dominic, Ordnung in seine Gedanken zu bringen und die Bilder der Vergangenheit zu verarbeiten, die ihn nie ganz losgelassen hatten.

Kate. Vor vier Jahren war sie in ihrer kühlen, beherrschten Art aus seinem Leben gegangen. Sie hatte ihn an eine zerbrechliche Porzellanpuppe erinnert – ein wenig geziert und hochmütig. Dominic mochte keine gekünstelten Manieren, dennoch hatte er Kate vom ersten Augenblick an begehrt.

Zunächst hatte er sich eingeredet, dass ihn ihr Anderssein fesselte. Es war wie eine Herausforderung erschienen, sie zu erobern. Es bereitete ihm Spaß, ihr das Tauchen beizubringen und zu verfolgen, wie sie sich in ihrer gewissenhaften Art Schritt für Schritt mit der Materie vertraut machte. Ihren Anblick in dem eng anliegenden Taucheranzug würde er nie vergessen – ihre schlanke, fast knabenhafte Figur und ihr herrliches Haar.

Als sie zum ersten Mal den Knoten im Nacken löste und Dominic ihr dichtes langes Haar sah, hatte er sie fasziniert angestarrt. Wie gern hätte er damals die Hand nach den weichen Locken ausgestreckt und sie berührt. Doch die Gegenwart von Kates Vater ließ ihn davor zurückschrecken.

Doch seit jenem Moment hatte er nach Gelegenheiten gesucht, mit Kate allein sein zu können.

Die boten sich ihm dann. Kate fand großen Gefallen am Tauchen. Während ihr Vater sich mit seinen Büchern zurückzog, fuhren Dominic und sie aufs Meer hinaus. Er führte sie in die stille, traumhafte Welt unter Wasser ein, die sie wie ihn verzauberte.

Dominic erinnerte sich noch deutlich daran, wie er Kate zum ersten Mal geküsst hatte. Sie standen auf dem Deck seines Bootes, nass und erfrischt vom Tauchen. Hinter ihr konnte er den Leuchtturm und die Küste von Ocracoke sehen. Kates dichtes Haar war tropfnass, und er streckte die Hand aus und strich leicht über ihren Kopf.

„Was soll das?"

Heute noch, vier Jahre später, glaubte Dominic ihre klare, reine Stimme zu hören. Mit ihren sanften braunen Augen hatte sie ihn verwundert angeschaut.

„Ich werde Sie jetzt küssen."

„Warum?"

„Weil ich Lust dazu habe."

So einfach war das für ihn. Er hatte diesen Kuss eben gewollt.

Als er Kate in seine Arme zog, spürte er die Steifheit ihres Körpers. Bevor sie widersprechen konnte, verschloss Dominic ihren Mund mit seinen Lippen. Wenig später wich jegliche Zurückhaltung von ihr. Sie erwiderte seinen Kuss mit all der in ihr angestauten Leidenschaft. Dominic war erfahren genug, um ihre Unschuld zu erkennen, was ihn ebenfalls faszinierte. Er verliebte sich mit Haut und Haaren in Kate.

Sie blieb ihm stets ein Rätsel, trotz der vielen Stunden, die sie miteinander verbrachten, und trotz ihrer langen Gespräche. Dominic bewunderte ihren Wissensdurst und ihre Art, jede Erfahrung gründlich zu erforschen und zu verarbeiten.

So war es auch mit dem Tauchen gewesen. Es genügte Kate nicht, frei und schwerelos im Wasser zu schweben. Sie wollte wissen, wie die Sauerstoffflaschen funktionierten, weshalb sie so und nicht anders gebaut waren. Dominic beobachtete, wie sie alle seine Antworten in sich aufnahm, und glaubte fest daran, dass sie keine einzige jemals vergessen würde.

Oft gingen sie nachts am Ufer spazieren, und Kate trug aus dem Gedächtnis Gedichte vor, wundervolle Verse von Byron, Shelley und Keats, Dichter, für die sich Dominic vorher nie sonderlich interessiert hatte, deren Werke jedoch plötzlich eine ganz besondere Bedeutung für ihn annahmen.

Wenn Kate begann, über Satzstellung, Hexameter und Pentameter zu dozieren, fand er rasch Mittel und Wege, sie von dem Thema abzubringen.

In jenen drei Sommermonaten drehten sich all seine Gedanken nur um Kate. Damals zog er sogar in Erwägung, sein Leben zu ändern. Seine kleine Behausung am Strand wollte er richtig ausbauen, neu möblieren. Kate würde sich auch nicht wie er mit Fisch, Eiern und Schinken begnügen. Jung und zum ersten Mal richtig verliebt, schmiedete Dominic euphorisch Pläne für eine gemeinsame Zukunft und dachte, sie würden in Erfüllung gehen.

Aber Kate hatte seine Träume zunichte gemacht. Sie hatte eigene Pläne und Dominic darin keinen Platz eingeräumt.

Ihr Vater war im folgenden Sommer nach Ocracoke zurückgekehrt, dann jedes Jahr wieder. Kate war nie mehr gekommen. Dominic hatte erfahren, dass sie ihren Doktortitel erlangt hatte und an einer vornehmen Schule unterrichtete, an der auch ihr Vater beschäftigt war. Sie hatte also genau das erreicht, was sie sich wünschte ...

Dominic stieß die Tür zu seinem Haus auf. Hier hatte er mit Kate leben wollen.

Was soll's? dachte er. Wahrscheinlich wäre es mit uns beiden auf die Dauer ohnehin nicht gut gegangen.

Dominic stellte die Kühltasche auf den Boden in der Küche und öffnete den Kühlschrank. Er holte eine Dose Bier heraus, zog den Verschluss ab und trank einen großen Schluck von der kalten Flüssigkeit. Sie spülte etwas von der Bitterkeit hinunter, die er empfand.

Er fühlte sich jetzt ruhiger und nahm neugierig den Brief aus der Tasche seiner Jeans. Rasch öffnete er den Umschlag. Dann hielt er ein säuberlich beschriebenes Blatt in der Hand und las:

Lieber Dominic,

vielleicht ist dir schon bekannt, dass mein Vater vor zwei Wochen einem Herzanfall erlegen ist. Es kam sehr plötzlich, und ich versuche im Augenblick alle Dinge, die mit seinem Tod verbunden sind, zu erledigen.

Bei der Durchsicht der Unterlagen meines Vaters habe ich festgestellt, dass er Vorbereitungen getroffen hat, auch in diesem Sommer nach Ocracoke zu reisen und deine Dienste in Anspruch zu nehmen. Ich sehe mich nun genötigt, an seiner Stelle zu kommen. Aus Gründen, die ich dir lieber persönlich mitteilen möchte, benötige ich deine Hilfe.

Du hast bereits eine Vorschusszahlung meines Vaters erhalten. Ich werde am fünfzehnten auf der Insel ankommen, dann können wir uns über die geschäftlichen Bedingungen unterhalten. Suche mich bitte im Hotel auf oder hinterlasse eine Nachricht. Ich hoffe, dass wir eine für beide Seiten angenehme Einigung finden werden.

Richte bitte Marsh herzliche Grüße aus. Vielleicht habe ich Gelegenheit, ihn während meines Aufenthaltes zu sehen.

Bis bald!

Kathleen Hardesty

Der alte Mann war also tot. Dominic legte den Brief auf den Küchentisch und führte die Bierdose wieder zum Mund. Er hatte keine besondere Sympathie für Edwin Hardesty gehegt. Kates Vater war ein strenger, humorloser Mann gewesen. Aber Dominic hatte auch keine Abneigung gegen ihn empfunden und sich seltsamerweise irgendwie an seine Gesellschaft während der vergangenen Sommer gewöhnt. Dieses Mal würde Kate kommen ...

Dominic überflog nochmals ihre Zeilen und schaute auf den Kalender.

In zwei Tagen, dachte er, in zwei Tagen wird sie da sein ... um sich über geschäftliche Bedingungen zu unterhalten.

Ein Lächeln umspielte seine Lippen, ein ziemlich freudloses, bitteres Lächeln. Also gut, sie würden geschäftliche Dinge besprechen. Kate wollte die Stelle ihres Vaters einnehmen. Dominic fragte sich, ob ihr bewusst war, dass ihre Worte voller Ironie steckten. Zeit ihres Lebens war sie gehorsam in die Fußstapfen ihres Vaters getreten. Nun ja, warum sollte sich daran nach dessen Tod etwas geändert haben?

Ob Kate sich wohl verändert hatte? Würde sie noch diese faszinierende Aura aus Unschuld und Zurückhaltung umgeben? Vielleicht hatte sie sie im Laufe der Jahre verloren. Vielleicht hatte sich der leichte Anflug von Hochmut in Härte verwandelt. Bald würde er es feststellen können.

Dominic stützte die Hände auf die Spüle und schaute durch das Fenster in Richtung Meer, das er hören und riechen konnte. Kate beabsichtigte seine Dienste in Anspruch zu nehmen, ein Geschäft mit ihm abzuschließen. Sie wollte sein Boot mieten, seine Ausrüstung und seine Zeit beanspruchen. Ein eigenartiges Gefühl stieg in ihm auf, er verdrängte es rasch. Kate sollte ihren Willen bekommen. Sie sollte aber dafür bezahlen. Dafür würde er sorgen.

Dominic verließ die Küche. Die Kühltasche mit seinem Fang stand unangetastet auf dem Boden. Der Appetit war ihm vergangen.

2. KAPITEL

Kate fuhr ihren Wagen auf die Fähre nach Ocracoke und zog die Handbremse an. Es war ein kühler und sehr klarer Morgen. Sie konnte sich allerdings nicht an ihm erfreuen, verspürte nur das Bedürfnis, sich zurückzulehnen und die Augen zu schließen. Aus irgendeinem unerklärlichen Grund hatte sie es vorgezogen, von Connecticut aus mit ihrem eigenen Wagen zu fahren anstatt zu fliegen.

Auf dem Beifahrersitz lag ihre Aktentasche, in der sich alle Aufzeichnungen ihres Vaters befanden. Im Hotel der Insel wollte Kate sie erneut durchsehen. Vielleicht würde sich dann wieder das Gefühl der Gewissheit einstellen, dass sie den richtigen Entschluss gefasst hatte.

Je näher sie der Insel kam, desto quälender wurde die Frage, ob sie nicht einen großen Fehler beging. Es war aber nicht die Nähe zur Insel, die sie unsicher werden ließ, sondern die bevorstehende Begegnung mit Dominic.

Kate blieb nur noch wenig Zeit, ruhiger und ihrer Gefühle Herr zu werden, die bei ihrer Reise in Richtung Süden in Aufruhr geraten waren. Sie sagte sich, dass ihre Aufregung dumm sei. Sie würde nicht zu einem Liebhaber zurückkehren, sondern einen erfahrenen Taucher für eine ganz bestimmte Aufgabe engagieren. Mehr nicht. Frühere persönliche Empfindungen durften keine Rolle spielen. Sie gehörten der Vergangenheit an.

Die Kate Hardesty, die vor vier Jahren auf Ocracoke angekommen war, hatte wenig mit der Frau Doktor Kathleen Hardesty gemein, die heute mit der Fähre auf die Insel übersetzte. Sie war nicht mehr jung und unerfahren. Dominics ungezügeltes wildes Wesen konnte sie nicht mehr beeindrucken, sie würden lediglich Geschäftspartner sein.

Kate spürte die Bewegung der Fähre unter sich, während sie durch die Windschutzscheibe ihres Autos aufs Meer schaute.

Wenn Dominic sich nicht sehr verändert hat, wird ihn die Aussicht, nach einem Schatz zu suchen, faszinieren, dachte sie.

Es war ihr klar, dass sie keinen besseren Taucher finden würde. Dominic verfügte über große Erfahrung und die richtige Ausrüstung. Es schien ratsam, für einen solchen Auftrag den Besten zu wählen.

Etwas entspannter stieg Kate aus ihrem Wagen und stellte sich an die Reling. Sie beobachtete den Flug der Möwen, die die winzigen unbewohnten Inseln bevölkerten. Sie hatte das Gefühl, nach Hause zurückzukehren.

So ein Unsinn! Unwillkürlich schüttelte sie den Kopf. Connecticut war ihr Zuhause. Dorthin würde sie zurückkehren, sobald sie ihre Aufgabe hier erfüllt hatte.

Der Motor der Fähre war zu laut, um irgendwelche anderen Geräusche aus der Umgebung hören zu können. Kate beugte sich vor und betrachtete das Kielwasser. Dann entdeckte sie eine Insel, auf der sich etliche große braune Pelikane tummelten. Sie lächelte, froh, diese an Land so tollpatschig wirkenden Vögel wieder zu sehen.

Die Fähre passierte die spitz zulaufende Landzunge, auf der viele Angler ihre Wagen abstellten und ihr Glück versuchten. Die Wellen schlugen heftig gegen diesen schmalen Landstreifen. An den Stellen, wo das Land tiefer als das Meer lag, trafen die Wellen auf das Wasser der Bucht und bildeten weiße Schaumkronen. All diese Eindrücke hatte Kate nicht vergessen. Auch an die Heimtücke der Strömung erinnerte sie sich.

Tief atmete Kate die salzige Luft ein, bevor sie sich wieder in ihren Wagen setzte. Es war eine aufregende Welt, in der Schönheit und Gefahr dicht beieinander lagen.

Nachdem die Fähre angelegt hatte, dauerte es nicht lange, bis Kate auf die schmale asphaltierte Inselstraße fahren konnte. Auf dieser einzigen Straße auf Ocracoke würde sie bald zu der kleinen Stadt gelangen. Sie war gespannt, ob sich die Stadt in den letzten Jahren verändert hatte.

Kate fühlte sich ruhig und ausgeglichen, zumindest redete sie es sich ein. Sie hatte eine ganz normale, völlig verständliche Aufregung verspürt. Nun war sie bereit, Dominic entgegenzutreten, mit ihm zu sprechen, mit ihm zusammenzuarbeiten, wenn er sich mit ihren Bedingungen einverstanden erklärte.

Kate kurbelte die Fensterscheibe herunter und ließ die warme, feuchte Luft herein. Sie tat ihr gut. Wie lange hatte sie die wohltuende Wirkung von würziger Meeresluft und dem beständigen, gleichmäßigen Rauschen des Meeres entbehrt! Es war richtig gewesen herzukommen. Beim Anblick der ersten Häuser der Ortschaft lächelte sie zufrieden. Sie hatte ihr Ziel erreicht.

Das Hotel, in dem sie bereits mit ihrem Vater gewohnt hatte, lag auf der dem Meer zugewandten Seite des Ortes. Es war klein und ruhig. Zwar fand Kate die Bedienung manchmal ein wenig langsam, dafür hatte man aber einen unvergleichlich schönen Blick auf das Meer.

Kate parkte den Wagen vor dem Hotel und drehte den Zündschlüssel herum. Leise seufzte sie auf.

Als sie aus dem Wagen stieg, sah sie Dominic sofort. Einen Moment lang war sie nicht mehr die selbstbewusste Lehrerin für englische Literatur, sondern nur eine hilflos ihren Empfindungen ausgelieferte Frau.

Dominic hatte sich kein bisschen verändert. Während Kate ihn musterte, kamen ihr jeder Kuss, jedes Streicheln, jeder köstliche Augenblick ihres Zusammenseins ins Bewusstsein. Der Wind blies Dominic das Haar aus dem Gesicht. Sie sah die vertrauten Züge. Die Sonne erwärmte ihre Haut, und es war

Kate, als lägen keine vier Jahre zwischen heute und ihrer letzten Begegnung.

Für Dominic kam dieses Zusammentreffen überraschend. Er hatte damit gerechnet, dass Kate erst am Nachmittag eintreffen würde. Soeben hatte er kurz im „Roost“ vorbeigeschaut. Das Restaurant befand sich genau gegenüber dem Hotel, in dem Kate wohnen würde.

Sie sah adrett und etwas zu dünn in ihrer maßgeschneiderten Hose und der kurzärmeligen Bluse aus. Ihr Haar war hochgesteckt und gab so den Blick frei auf die zarte Haut ihres Halses. Durch ihren hellen Teint wirkten ihre Augen noch größer und dunkler, als sie in Wirklichkeit waren.

Sie schien dieselbe geblieben zu sein. Sanft, ein wenig spröde, ruhig. Dominic ignorierte das Pochen seines Herzens. Während er näher trat, begutachtete er Kate offen und ungehemmt. Er lächelte auf seine typisch arrogant-verwegene Art, um Distanz wahren zu können.

„Kate! Da komme ich ja gerade rechtzeitig zu deiner Begrüßung.“

Kate glaubte, dass der Kloß in ihrem Hals sie am Sprechen hindern würde, und bemühte sich um Fassung. Sie schluckte. „Dominic. Wie schön, dich wiederzusehen.“

„Tatsächlich?“

Sie überhörte seine ironische Frage absichtlich und ging zum Kofferraum, um ihr Gepäck herauszuholen. „Ich möchte dich so bald wie möglich sprechen. Ich will dir einiges zeigen und Geschäftliches mit dir bereden."

„Einverstanden. Für geschäftliche Dinge habe ich immer ein offenes Ohr."

Dominic sah zu, wie Kate zwei Koffer neben den Wagen stellte, ohne ihr seine Hilfe anzubieten. Er bemerkte, dass sie keinen Ring trug. Diese Feststellung erleichterte ihn, was er sich jedoch nicht wirklich eingestand.

„Vielleicht könnten wir uns heute Mittag treffen, nachdem ich mich ein wenig eingerichtet habe." Kate wollte das Unvermeidliche gleich in Angriff nehmen. „Wir könnten zusammen im Hotel zu Mittag essen."

„Nein, danke." Dominic lehnte sich gegen ihren Wagen und verschränkte die Arme vor der Brust. „Du willst etwas von mir, und du weißt, wo ich zu finden bin. Es ist keine allzu große Insel."

Er steckte die Hände in die Taschen seiner Jeans und verließ Kate, ohne ein weiteres Wort hinzuzufügen.

Obwohl sie sich gegen die Erinnerung wehrte, sah sie Dominic vor sich, wie er das letzte Mal von ihr gegangen war. Sie hatten fast an derselben Stelle gestanden.

Kate nahm ihre Koffer auf und schritt gemessen ins Hotel.

Natürlich wusste Kate, wo sie Dominic finden

würde. Wenn er nicht mit seinem Boot über das Meer brauste, war er in seiner kleinen, etwas vernachlässigten Behausung in der Nähe des Strandes. Kate ließ sich Zeit für das Auspacken ihrer Koffer, sie hielt es für unklug, Dominic zu rasch zu folgen.

Auch hier im Hotelzimmer ließen die Erinnerungen sie nicht los. Hier hatte sie eine wundervolle Liebesnacht mit Dominic verbracht. Es war das einzige Mal gewesen, dass sie die ganze Nacht über zusammenbleiben konnten, bis die ersten schwachen Lichtstrahlen den Tag angekündigt hatten.

Wie unbekümmert habe ich diese gemeinsamen Stunden genossen und wie trist ist mir der Morgen vorgekommen, weil er unserem Zusammensein ein Ende bereitet hat, dachte Kate.

Jetzt stand sie an demselben Fenster wie einst und schaute in dieselbe Richtung.

Die aufgehende Sonne hatte den Himmel damals rosa gefärbt, während sie beobachtete, wie ihr Geliebter davonging.

Noch ganz erfüllt von dem Beisammensein mit Dominic und voller jugendlicher Leidenschaft, hatte sie geglaubt, dass der herrliche Zustand andauern würde. Das war natürlich völlig unrealistisch gewesen. Nur wenige Wochen später war ihr das klar geworden. Sie hatte die sorglosen Wonnen ihren Verpflichtungen, ihrer Verantwortung geopfert.

Kate seufzte.

Nach jenem Sommer war niemand an Dominics

Stelle getreten. Sie hatte ihre Karriere, ihre Berufung zur Lehrerin und ihre Bücher. Diese heftige und leidenschaftlich zügellose Liebe gehörte jetzt endgültig der Vergangenheit an.

Abrupt wandte Kate sich vom Fenster ab und beschäftigte sich damit, ihre Sachen in Schrank und Kommode zu räumen.

Schließlich gab es nichts mehr zu tun. Sie hielt es nun nicht länger im Hotelzimmer aus, ergriff ihre Aktentasche und verließ den Raum. Kate fuhr nicht mit dem Wagen. Sie wollte zu Fuß gehen. Sie war immer zu Fuß zu Dominic gegangen.

Den ersten Schock des Wiedersehens hoffte sie überstanden zu haben. Sie sagte sich, es sei nur natürlich gewesen, aufgeregt und verlegen zu reagieren. Außerdem war sie ehrlich genug, sich einzugestehen, dass sie zudem Freude empfunden hatte.

Dominic Silver schien sich nicht im Geringsten verändert zu haben. Er war noch immer arrogant, selbstbewusst und anmaßend. Diese Eigenschaften hatten sie einmal fasziniert. Damals war sie so jung gewesen. Heute wollte sie sich klug verhalten und die Kenntnis seines Wesens dazu benutzen, ihn zur Mithilfe zu überreden. Die Jagd nach einem versunkenen Schatz würde Dominics Abenteuerlust wecken.

Ihre Aktentasche in der Hand, schlenderte Kate durch das Städtchen. Sie stellte fest, dass alles beim Alten geblieben war. Das freute sie. Die Einfachheit und Beschaulichkeit des Ortes hatten ihr von Anfang an gefallen. Es gab viele kleine Geschäfte, Restaurants und Bars, alle irgendwie auf den Hafen als Zentrum ausgerichtet.

Kate kam zum Hafen und hielt unwillkürlich nach Dominics Boot Ausschau. Es lag an derselben Stelle wie einst. Die Leinen waren ordentlich vertäut, das Deck war sauber geschrubbt, und die Armaturen glänzten in der Sonne. Das Boot schien frisch gestrichen worden zu sein, und an den Scheiben ließ sich keine einzige Spur von getrocknetem Meerwasser entdecken. Mochte Dominic auch sein eigenes Äußeres oder sein Haus vernachlässigen, seinem Boot widmete er jede erdenkliche Pflege.

Wirbelwind. Kate betrachtete die leuchtenden Buchstaben am Heck des Kabinenkreuzers. Dominic hatte ihn aus zweiter Hand erworben und liebevoll renoviert.

Wie oft habe ich neben Dominic am Steuer gestanden, wenn er lachend schneller und immer schneller gefahren ist, dachte Kate. Der Wind hatte das Haar aus ihrem Gesicht geweht, während sie mit laut pochendem Herzen und rasendem Pulsschlag neben Dominic ausgeharrt hatte.

Er liebte die Herausforderung, den Nervenkitzel. Das wusste Kate, und dies war mit ein Grund für ihr Kommen. Sie umfasste den Griff ihrer Aktentasche fester. Es mochte zwar viele erfahrene Taucher geben, aber es gab nur einen Dominic Silver.

„Kate? Kate Hardesty?"

Als Kate ihren Namen hörte, wandte sie sich um. „Linda!" rief sie aus. Dieses Mal legte sie sich bei der Begegnung mit der Vergangenheit keinerlei Zurückhaltung auf. Nur wenigen Menschen gegenüber zeigte sich Kate so offen wie der jungen Frau, die nun auf sie zueilte. „Wie schön, dich zu sehen!"

Lachend umarmte Kate Linda und hielt sie dann an den Schultern zurück, um sie anschauen zu können. Strahlende braune Augen blickten ihr aus dem von kurz geschnittenen kastanienbraunen Haaren umgebenen Gesicht entgegen. Auch Linda schien noch wie früher zu sein.

„Als ich aus dem Fenster schaute und dich sah, konnte ich es gar nicht fassen. Kate, du hast dich kaum verändert." Linda musterte Kate rasch. Sie tat es schnell, weil sie alle Dinge mit großer Schnelligkeit erledigte, nicht weil sie oberflächlich war. „Du bist ein wenig zu dünn", stellte sie fest. „Vielleicht kommt es mir aber auch nur so vor, weil ich auf deine Figur neidisch bin."

„Du siehst noch genauso fantastisch aus wie früher. Und aus mir spricht ganz gewiss der Neid."

Linda lachte, doch gleich darauf wurde sie ernst. „Es tut mir Leid, dass dein Vater tot ist, Kate. Die letzten Wochen müssen schlimm für dich gewesen sein."

Kate tat Lindas Mitgefühl gut, obwohl sie ihren Schmerz inzwischen überwunden und etwas Abstand gefunden hatte. „Hat Dominic es dir erzählt?" fragte sie.

„Von Dominic erfahre ich nie etwas", erwiderte Linda. „Ich weiß es von Marsh. Wie lange wirst du bleiben?"

„Das kann ich nicht genau sagen. Es gibt für mich einiges auf der Insel zu erledigen."

„Auf keinen Fall solltest du versäumen, ab und zu im ‚Roost' zu essen. Es ist das Restaurant gleich gegenüber deinem Hotel."

Kate schaute zurück zu dem Holzschild über dem Eingang des Restaurants. „Ja, ich habe es schon gesehen. Ist es neu?"

Linda nickte stolz und zufrieden. „Ja. Und es gehört uns."

„Uns?"

„Marsh und mir." Mit einem strahlenden Lächeln hob Linda ihre linke Hand und deutete auf den Ring. „Wir sind seit drei Jahren verheiratet." Dann verdrehte sie die Augen und fügte hinzu: „Es hat mich zehn Jahre meines Lebens gekostet, ihn davon zu überzeugen, dass er ohne mich nicht leben kann."

„Ich bin froh für dich", sagte Kate. „Du hast einen Mann, ein Restaurant! Mein Vater hat mir nie Neuigkeiten von der Insel berichtet. Dabei war ich wirklich sehr neugierig."

„Und wir haben eine kleine Tochter. Joy ist anderthalb Jahre alt. Komischerweise ist sie nach Dominic geraten." Linda schaute nun wieder ernst drein.

Sie legte die Hand leicht auf Kates Arm. „Du gehst zu ihm."

Es war keine Frage, sondern eine Feststellung. Der Weg, den Kate eingeschlagen hatte, führte zu Dominics Haus.

„Ja." Kate bemühte sich um Gelassenheit. Sie durfte sich nicht von der Besorgnis in Lindas Blick beeindrucken lassen. Sie wusste, dass es zwischen Linda und Dominic außer der verwandtschaftlichen Beziehung das Gefühl der Zugehörigkeit zu einer festen Gemeinschaft auf Ocracoke gab. „Mein Vater arbeitete an einer bestimmten Sache, für die ich nun Dominics Hilfe brauche."

Linda betrachtete Kates Gesicht prüfend. „Weißt du, was du tust?"

„Ja", antwortete Kate und verbarg ihr Unbehagen. „Ja, ich weiß es", bekräftigte sie.

„Dann ist es ja gut." Linda zog ihre Hand zurück. „Bitte schau irgendwann mal bei uns rein, entweder im Restaurant oder bei uns zu Hause. Wir wohnen nicht weit von Dominic entfernt. Marsh wird mit dir plaudern wollen, und ich möchte dir gern Joy vorstellen – und unsere Speisekarte", fügte sie lächelnd hinzu. „Beide sind ganz außergewöhnlich."

„Natürlich werde ich kommen." Impulsiv ergriff Kate Lindas Rechte. „Es ist wirklich schön, dich wiederzusehen. Es war nicht nett von mir, nichts mehr von mir hören zu lassen, aber ..." Sie biss sich ein wenig verlegen auf die Lippe.

„Ich verstehe dich", versicherte Linda. „So, jetzt muss ich aber schleunigst zurück. Während der Saison drängeln sich mittags bei uns die Sommergäste." Sie seufzte und überlegte, ob Kate tatsächlich so gelassen war, wie sie vorgab. „Viel Glück", wünschte sie, bevor sie zum Restaurant eilte.

„Danke." Kate würde es brauchen können.

Kate setzte ihren Weg an den kleinen Läden vorbei fort. Heute hatte sie keine Muße, sich die kunsthandwerklichen Gegenstände oder die Antiquitäten anzuschauen. Sie kam an den blau und weiß gestrichenen Holzhäusern am Rande der Stadt vorbei, die wie früher die Straße säumten, umgeben von grünem Rasen und Schatten spendenden Bäumen.

Ein Hund rannte kläffend auf Kate zu, so weit seine Kette reichte. Da jedoch weder sie noch sein Herrchen eine Reaktion zeigten, hielt er seine Pflicht für getan und trottete zu seiner Hütte zurück. Schließlich hatte Kate die Stadt hinter sich und befand sich auf dem schmalen Pfad zu Dominics Haus. Diesen Weg würde sie immer wiederfinden.

Ihr Herz begann schneller zu klopfen, und erneut stürmten Erinnerungen auf sie ein. Sie bemühte sich, jeden Gedanken an ihre frühere Beziehung zu Dominic zu verdrängen. Nur die Gegenwart zählte! Die Tatsachen ...

Die Tatsachen: Der mit Kies bestreute Weg war kaum breit genug für ein Auto. Büsche rechts und links engten ihn ein. Sie machten den Eindruck eines wild wachsenden Gestrüpps, das zur Landschaft passte. Und zu Dominic.

Dominic hatte Kate einmal gesagt, dass ihm an Besuchern nichts gelegen sei. Suche er Gesellschaft, brauche er nur in die Stadt zu gehen, wo ihm alle Bewohner von Kind an vertraut waren. Diese Einstellung war typisch für Dominic Silver. Er legte Wert auf Abstand zu seinen Mitmenschen und überbrückte die Distanz nur, wenn ihm der Sinn danach stand, wenn er es wollte.

Damals hatte er einen Schritt auf sie, Kate, zugetan. Nervös nahm sie ihre Aktentasche in die andere Hand.

In der Nähe des Hauses blieb Kate stehen. Es wirkte nicht mehr so, als könne es vom nächsten stürmischen Windstoß umgeblasen werden.

Das Dach war neu gedeckt worden. Dominic brauchte also keine Töpfe zum Auffangen der Tropfen mehr aufzustellen, wenn es regnete. Eine Veranda verlief nun an der gesamten Front des Gebäudes. Die ehemals mehrfach geflickte Gittertür hatte Dominic durch eine neue ersetzt.

Kate kam aus dem Staunen nicht mehr heraus. Selbst die Fenster waren geputzt, und an einer Ecke des Hauses entdeckte sie einen Efeustock, der mit Hilfe eines robusten Spaliers begann, eine Hauswand für sich zu erobern.

Ich habe mich also getäuscht, es ist doch eine Veränderung in Dominic vorgegangen, dachte Kate.

Gerade hatte sie den Fuß auf die erste Stufe zur Veranda gesetzt, als sie Geräusche hörte. Sie kamen aus dem Schuppen hinter dem Haus, in dem sich Werkzeuge und Gerümpel befanden, zumindest war das früher so gewesen. Erleichtert darüber, dass sie Dominic nicht in der vertrauten Umgebung seines Hauses entgegentreten musste, ging Kate zu dem kleinen Hinterhof. Deutlich vernahm sie das Rauschen des Meeres, das man in zwei, drei Minuten erreichen konnte.

Ob Dominic wohl noch immer abends den Weg durch hohes Gras und Sanddünen zum Meer ging wie früher? Zum Schauen, zum Riechen, hatte er erklärt.

Manchmal hatte er Treibholz gesammelt oder Muscheln oder sonstige kleine Schätze, die das Meer an den Strand spülte. Einmal hatte er ihr eine strahlend weiße Muschel mit rosafarbenem Innern gegeben, die gerade in ihre Handfläche passte. Nie wieder hatte Kate ein solches Glück, eine solche Freude über ein Geschenk empfunden ...

Energisch schob Kate die Gedanken an die Vergangenheit beiseite und betrat den Schuppen. Er war so hoch und halb so breit wie das Haus. Das Gerümpel war verschwunden, und Kate blickte auf den Rumpf eines Bootes. Mit dem Rücken zu ihr stand Dominic an einem Arbeitstisch und schliff den Mast.

„Du hast es tatsächlich gebaut.“ Wie von selbst kamen die Worte über ihre Lippen. Interessiert betrachtete Kate den Bootsrumpf. Wie oft hatte Dominic ihr das Boot beschrieben, das er eines Tages bauen wollte? Es schien sein einziger wirklicher Ehrgeiz zu sein. Mahagoni auf Eiche. Eine fünf Meter lange Schaluppe sollte es werden, die leicht wie ein Pfeil über die Wellen schießen würde. Mit diesem Boot wollte er von Ocracoke an der Küste entlang nach New England segeln. Die Beschreibungen seines Traumes waren so detailliert, so lebhaft gewesen, dass Kate sich das Boot deutlich hatte vorstellen können. Und nun war es Wirklichkeit geworden.

„Ich sagte es dir doch." Dominic wandte sich von seiner Arbeit ab und sah Kate an.

„Ja." Sie kam sich dumm vor und umfasste den Griff ihrer Aktentasche fester.

„Aber du hast mir nie geglaubt." Er warf das Schleifpapier auf den Tisch. „Es ist dir immer schwer gefallen, über die Gegenwart hinauszuschauen." Ihre adrette, kühle Art verfehlte ihre Wirkung auf Dominic nicht. Er wollte diese Wand durchbrechen.

„Und dir ist es immer schwer gefallen, mit der Gegenwart fertig zu werden."

Dominics Gesicht verriet nichts über seine Gefühle. „Wir hatten beide Probleme." Er trat auf sie zu. „Aber nicht immer miteinander."

Er konnte nicht länger widerstehen, streckte die Hand aus und legte sie auf ihre Wange. Ihre Haut hatte nichts von ihrer Weichheit verloren. Kate bewegte sich nicht. „Du siehst müde aus, Kate."

Sie verspürte ein nervöses Kribbeln in ihrem Magen, doch ihre Stimme blieb ruhig. „Es war eine lange Fahrt.“

Mit dem Daumen strich Dominic über ihre Wange. „Du solltest hier ein wenig ausspannen.“

„Das habe ich vor.“ Kate wich einen Schritt zurück.

„Und was sonst noch?“ Mit vor der Brust verschränkten Armen lehnte sich Dominic gegen den Türrahmen. „In diesem Brief schreibst du, dass du mir etwas persönlich mitteilen möchtest. Jetzt bist du da. Was hast du mir zu sagen?“

Das arrogante Lächeln auf seinen Lippen bestärkte Kate in ihrem Vorhaben, gelassen und unpersönlich zu bleiben. „Mein Vater hat Nachforschungen betrieben, die ich zu Ende führen will.“

„So, so. Und?“

„Dafür benötige ich deine Hilfe.“

Dominic lachte auf und ging ins Freie. Die frische Luft würde vielleicht den dringenden Wunsch vertreiben, Kate zu berühren. „Deinem Tonfall nach zu urteilen, ist dir nichts verhasster, als mich darum zu bitten.“

„Allerdings.“ Kate straffte die Schultern.

Abrupt wandte Dominic sich zu ihr um. Sein Blick war ausdruckslos. „Eines sollten wir von vornherein klarstellen, Kate. Du hast die Insel und mich verlassen. Du hast mir vorenthalten, was ich ersehnte.“

Sie ließ sich von seinem Vorwurf nicht beeinflussen. „Was vor vier Jahren geschehen ist, hat nichts mit der Gegenwart zu tun.“

„Oh doch." Als er wieder auf Kate zutrat, wich sie erneut einen Schritt zurück. „Hast du Angst vor mir?" fragte er.

Leiser Zorn regte sich in ihr. „Nein", erwiderte sie mit fester Stimme. „Ich fürchte mich nicht vor dir, Dominic. Und ich habe nicht die Absicht, über Vergangenes zu diskutieren. Ich gebe zu, dass ich Ocracoke und dich verlassen habe. Jetzt bin ich geschäftlich hier. Ich möchte, dass du dir anhörst, was ich zu sagen habe. Wenn es dich interessiert, können wir über die Bedingungen reden. Weiter nichts."

„Ich bin nicht einer deiner Studenten, Frau Dozentin." Dominics Stimme klang kühl. „Du brauchst mir keine Anweisungen zu erteilen."

„Im Geschäftsleben gibt es gewisse Grundregeln", entgegnete Kate so ruhig wie möglich.

„Niemand will, dass du sie hier anwendest."

„Ich sehe, es war falsch von mir, zu dir zu kommen", sagte Kate. „Verlass dich darauf, ich werde auch einen anderen finden."

Sie strebte fort, doch Dominic hielt sie am Arm zurück. „Nein, das wirst du nicht. Niemals." Sein Blick war finster.

Kate verstand sofort, was er meinte. Und sie musste ihm insgeheim Recht geben. Sie würde keinen anderen Mann finden, der ihre innersten Gefühle derart in Aufruhr versetzen konnte, der in ihr immer wieder das Verlangen nach Liebe und Leidenschaft zu erwecken vermochte.

Mit scheinbar unerschütterlicher Ruhe befreite sie sich aus Dominics Griff. „Ich bin geschäftlich hier und habe keine Lust, mit dir über etwas zu streiten, das nicht mehr existiert."

„Wir werden noch darauf zurückkommen." Es schmerzte Dominic, dass sich Kate mit jeder Minute mehr von ihm zu entfernen schien. Doch er zeigte es nicht. „Wie wäre es, wenn du mir jetzt verrietest, was du in deiner so wichtig aussehenden Mappe mit dir herumträgst, Frau Lehrerin."

Kate holte tief Luft. „Seekarten", erwiderte sie. „Notizbücher mit Informationen, sorgfältig zusammengetragenen Tatsachen und überzeugenden Theorien. Meiner Meinung nach stand mein Vater kurz davor, die genaue Lage der ‚Liberty' zu bestimmen, einem englischen Handelsschiff, das mit unversehrtem Laderaum vor etwa zweihundertfünfzig Jahren vor der Küste von North Carolina gesunken ist."

Dominic hörte ihr aufmerksam zu. Als sie geendet hatte, betrachtete er prüfend ihr Gesicht, ohne eine Regung zu zeigen. „Gehen wir ins Haus", sagte er schließlich und wandte sich dem kleinen Gebäude zu. „Ich bin gespannt, was du zu bieten hast."

Kate zögerte. Sie hatte das Bedürfnis, diesem arroganten Menschen den Rücken zu kehren und in die Stadt zurückzumarschieren. Aber sie würde wirklich keinen besseren Taucher als ihn finden.

„Nun?"

„Okay." Langsam folgte sie Dominic ins Haus.

3. KAPITEL

Dominic führte Kate in die Küche, die ebenfalls renoviert worden war. Kate kannte sie als vernachlässigten Raum mit einem wackligen Regal, einem Holztisch und zwei Stühlen als einzigen Möbelstücken. Der Boden war nun gefliest, und es gab ordentliche Wandschränke. Ein blankes Fenster ließ den Sonnenschein herein, der geradewegs auf den frisch gestrichenen Holztisch fiel. Vor den beiden Längsseiten des Tisches standen jetzt massive Bänke aus Holz.

„Hast du das selbst gemacht?" erkundigte sich Kate.

„Ja." Dominic nickte. „Überrascht es dich?"

Es lag Kate fern, höflich Konversation zu betreiben. Sie legte ihre Aktentasche auf den Tisch.

„Ja", erwiderte sie. „Ich hatte den Eindruck, du wärst mit einer primitiven Unterkunft und einem Dach über dem Kopf zufrieden gewesen."

„Ich habe mich einmal mit einer Menge mangelhafter Dinge zufrieden geben müssen. Möchtest du ein Bier?"

„Nein." Kate setzte sich und zog die Notizbücher ihres Vaters aus der Tasche. „Bitte, hier. Die Aufzeichnungen sind sehr interessant. Aber du brauchst nicht alles zu lesen. Ich habe das Wesentliche markiert. Wenn du dir das anschaust, kannst du dir gewiss schon ein Urteil bilden."

„Hm ... vielleicht." Dominic schloss die Tür des Kühlschranks, aus dem er sich eine Flasche Bier genommen hatte. Er öffnete sie und ließ sich Kate gegenüber nieder. Während er die ersten Schlucke aus der Flasche trank, fixierte er Kate ziemlich ungeniert. Schließlich griff er nach dem ersten Notizbuch und schlug es auf.

Edwin Hardestys Handschrift war sehr klar und deutlich. Er schrieb nüchtern, ohne irgendwelche romantischen Ausmalungen. Was für andere ein aufregendes Abenteuer gewesen wäre, wurde durch seine Ausdrucksweise zu einer Ansammlung trockener Tatsachen. Trocken, aber verlässlich. Daran bestand für Dominic nicht der geringste Zweifel.

Die „Liberty" war mitsamt ihrer Ladung, bestehend aus Zucker, Tee, Wein, Stoffen und anderen Waren für die Kolonien, untergegangen. Hardesty hatte die Ladeliste bis auf den letzten Zwieback nachvollzogen. Beim Verlassen des Heimathafens in England hatte das Schiff ebenfalls Gold an Bord. Fünfundzwanzigtausend Goldmünzen des Königreiches.

Dominic hob den Kopf und bemerkte, dass Kate ihn beobachtete.

„Interessant", lautete sein Kommentar, bevor er nach dem nächsten Notizbuch griff.

Es hatte drei Überlebende des Unglücks gegeben, die sich auf eine Insel retten konnten. Einer von ihnen, ein Besatzungsmitglied, hatte einen ausführlichen Bericht über das Unwetter hinterlassen, das der „Liberty“ zum Verhängnis geworden war. Es handelte sich um eine schauerliche Geschichte. Es sollten fünf Meter hohe Wellen über dem Schiff zusammengeschlagen sein. Die grausige Erzählung von zerberstendem Holz und eindringenden Wassermassen hatte Hardesty mit sachlichen Fußnoten kommentiert.

Der Berichterstatter konnte ebenfalls die zuletzt bekannte Position des Schiffes vor dem Untergang nennen.

Dominic brauchte Hardestys Berechnungen nicht erst nachzuprüfen, um zu wissen, dass das Schiff demnach vier Kilometer vor der Küste von Ocracoke versunken war.

Er überflog die fundierten Theorien, die einleuchtenden Ausführungen, die Kates Vater mit der Aufzählung unzähliger Tatsachen bekräftigt hatte, und schaute sich die Seekarten mit den Markierungen an. Flüchtig erinnerte er sich an Hardestys großes Interesse an den Gezeiten und am Tauchen. Nun wunderte er sich nicht mehr darüber.

Er ist also auf der Suche nach Gold gewesen und hat die ganzen vergangenen Jahre über Forschungen betrieben, überlegte Dominic. Bei jedem anderen hätte er die Unterlagen als Hirngespinst abgetan. Hier auf der Insel und in den Städtchen entlang der Küste erzählte man sich unzählige Geschichten von versunkenen Schätzen. Die Existenz von Piraten, die die Küstengewässer in früheren Jahrhunderten unsicher gemacht hatten, nährte derartige abenteuerliche Schilderungen zusätzlich.

Diese Unterlagen aber stammten von Doktor Edwin J. Hardesty, einem fantasielosen und humorlosen Mann, der keine Zeit mit unsinnigen Träumereien vertan hätte. Und dessen Tochter Kate saß ihm, Dominic, gegenüber und wollte seine Unterstützung. Er spürte, wie seine Neugier und seine Abenteuerlust wuchsen.

Dominic schloss das letzte Notizbuch und griff nach seiner Bierflasche. „Du möchtest also auf Schatzsuche gehen."

Kate ignorierte den ironischen Tonfall. Sie stützte ihre Unterarme auf den Tisch und beugte sich vor. „Ich habe die Absicht, das zu vollenden, was mein Vater begonnen hat."

„Glaubst du an einen Schatz?"

Kate überlegte einen Augenblick. „Ich glaube jedenfalls nicht, dass all die Arbeit und Mühe meines Vaters umsonst gewesen sein sollten", antwortete sie dann. „Ich möchte zumindest versuchen, die ‚Liberty' zu finden. Dazu benötige ich deine Hilfe. Du wirst entsprechend entlohnt werden."

„Was du nicht sagst." Dominic betrachtete die restliche Flüssigkeit in der Flasche.

„Ich brauche dich, dein Boot und deine Ausrüstung für einen Monat, vielleicht auch zwei. Ich kann nicht allein tauchen, weil ich die Gewässer nicht gut genug kenne. Ein Risiko möchte ich keinesfalls eingehen. Außerdem darf ich keine Zeit verlieren. Ich muss Ende August wieder in Connecticut sein."

„Um neuen Kreidestaub an die Finger zu bekommen?"

Kate lehnte sich zurück. „Du hast kein Recht, meinen Beruf zu kritisieren."

„Ich bin sicher, dass die Kreide in Yale ganz hervorragend ist", entgegnete Dominic. „Du willst also in ungefähr sechs Wochen diesen Goldschatz bergen?"

„Falls die Berechnungen meines Vaters stimmen, dürfte es nicht so lange dauern."

„Falls", gab Dominic zu bedenken. Langsam stellte er die Bierflasche auf den Tisch. „Ich habe keinen Stundenplan, der mich verpflichtet. Du möchtest sechs Wochen von meiner Zeit, und du kannst sie haben. Zu einem bestimmten Preis."

„Der wäre?"

„Einhundert Dollar pro Tag und fünfzig Prozent des Fundes."

Kate bedachte Dominic mit einem kühlen Blick und begann die Notizbücher in ihre Aktentasche zu schieben. „Vor vier Jahren mag ich dumm gewesen sein, heute bin ich es nicht mehr. Einhundert Dollar pro Tag sind viel zu viel für einen solch langen Zeitraum. Und fünfzig Prozent kommen überhaupt nicht in Frage." Es war ihr recht, mit Dominic verhandeln zu müssen. So wurde ihre Beziehung eindeutig auf das Geschäftliche beschränkt. „Ich zahle dir fünfzig Dollar und zehn Prozent."

Mit einem aufreizend verächtlichen Lächeln auf den Lippen schüttelte Dominic den Kopf. „Für fünfzig Dollar pro Tag werfe ich nicht einmal den Motor meines Bootes an."

Kate neigte ihren Kopf etwas zur Seite und kniff die Augen leicht zusammen. Das hatte sie auch früher oft getan, wenn Dominic etwas gesagt hatte, worüber sie nachdenken wollte. „Du bist gewinnsüchtiger als damals", meinte sie schließlich.

„Wir müssen alle zusehen, dass wir über die Runden kommen, Frau Lehrerin." Dominic verbarg seinen Frust darüber, dass es Kate so offensichtlich gleichgültig ließ, in dem Haus zu sein, wo sie sich einst geliebt hatten. „Du willst eine besondere Dienstleistung", fuhr er fort, „also musst du sie auch entsprechend bezahlen. Fünfundsiebzig pro Tag und fünfundzwanzig Prozent. Sagen wir, der Vergangenheit zuliebe."

„Nein, dem Geschäft zuliebe." Kate streckte die Hand aus. Als Dominic sie ergriff, bereute sie die impulsive Geste. Seine Hand war fest und stark. Sie wusste genau, wie es war, wenn seine Finger ihre Haut berührten ...

„Abgemacht." Dominic ahnte, dass Kate ihre Impulsivität bereute. Deswegen hielt er ihre Rechte fest und sah sie eindringlich an, bevor er weitersprach: „Es gibt keinerlei Garantie dafür, dass wir den Schatz finden werden."

„Selbstverständlich nicht."

„Gut. Ich werde den Vorschuss deines Vaters von der Gesamtsumme abziehen."

„Einverstanden." Mit der Linken umklammerte Kate ihre Aktentasche. „Wann fangen wir an?"

„Sei morgen um acht Uhr im Hafen." Dominic legte seine andere Hand auf die Kates, die die Tasche hielt. „Lass die Mappe hier. Ich möchte noch einen Blick auf die Unterlagen werfen."

„Das ist nicht nötig."

Der Griff seiner Hände wurde etwas fester. „Wenn du kein Vertrauen zu mir hast, kannst du unsere Abmachung sofort vergessen." Dominics Stimme klang ruhig, gefährlich ruhig. „Und dir einen anderen Taucher suchen", setzte er hinzu.

Sie sahen einander in die Augen.

Kate wurde klar, dass sie Zugeständnisse machen musste. „Na gut, ich lasse dir die Tasche hier. Ich komme dann also um acht zum Hafen."

Er gab ihre Hände frei und setzte sich bequem zurück. „Okay."

Es gab nichts weiter zu sagen. Kate erhob sich. „Bis morgen."

„Bis morgen."

Dominic hob die Flasche hoch und trank den Rest Bier, während die Gittertür hinter Kate zufiel. Er wartete, bis er sicher sein konnte, sie vom Fenster aus nicht mehr zu sehen, sprang dann auf und öffnete es. Die frische Seeluft würde den Duft ihres Parfüms vertreiben. Versunkene Schiffe. Schätze auf dem Meeresboden. Diese Vorstellungen hätten Dominic fasziniert und begeistert, wenn er nicht den unbändigen Wunsch verspürt hätte, in sein Boot zu steigen und hinaus aufs Meer zu fahren – weit fort von Kate. Er hatte nicht gewusst, wie stark sie ihn noch fesseln konnte.

Allerdings hatte er sie nie vergessen, so sehr er sich auch bemüht hatte, die schlanke, intellektuelle Frau mit dem hochmütigen Gesicht und den braunen Rehaugen aus seinem Gedächtnis zu verbannen.

Er betrachtete die zierlichen goldenen Anfangsbuchstaben ihres Namens neben dem Griff der Aktentasche und knirschte mit den Zähnen.

In den vergangenen vier Jahren war es ihm irgendwie gelungen, sich selbst zu täuschen.

Ihr Anblick hat mir bewusst gemacht, dass es reiner Selbstbetrug gewesen ist, dachte er. Ich habe mir eingeredet, dieser Abschnitt meines Lebens gehöre der Vergangenheit an, um nicht zu verzweifeln.

Dominic fluchte leise vor sich hin.

Jetzt war Kate wieder da. Doch sie war nicht zu ihm zurückgekehrt, nein, es ging ihr um etwas anderes. Er strich mit den Fingern über das glatte Leder der Aktentasche. Kate wollte lediglich den besten Taucher und war bereit zu zahlen. Honorar gegen Leistung. Nicht mehr, nicht weniger. Ihre einstige Beziehung bedeutete ihr wenig oder gar nichts mehr.

Zornig ballte Dominic die Hände, bis die Knöchel

weiß hervortraten. Gut, er würde die Dienste erbringen, für die Kate zahlte.

Aber wenn sie dieses Mal die Insel verließ, wollte er nicht wieder wie ein Dummkopf zurückbleiben. Sie sollte dann diejenige sein, die sich mit ihren Selbsttäuschungen quälen musste!

Kate rutschte tiefer in das heiße Bad und atmete den süßen Rosenduft der Badelotion ein. Den Raum erfüllte dichter Wasserdampf, und der ovale Spiegel über dem Waschbecken war beschlagen.

Kate hätte nicht sagen können, wie lange sie schon in der Badewanne lag und versuchte, eine vorläufige Bilanz zu ziehen. Sie hatte nun auch den zweiten Schritt getan – und überstanden. Während der Unterredung mit Dominic in seiner Küche musste sie die Erinnerungen an Ausgelassenheit, Glück und Leidenschaft zurückdrängen. Der Anblick der zwar renovierten, aber vertrauten Umgebung hatte sie an die vielen Gelegenheiten denken lassen, bei denen sie früher den Fang des Tages vor seinem Haus gegrillt und ihn sich bei einer Flasche Wein hatten schmecken lassen.

Auf dem Rückweg ins Hotel war die Spannung langsam von Kate gewichen. Morgen würde ihr das Zusammensein mit Dominic leichter fallen.

Mit jedem Tag würde der Abstand zu jenem Sommer, der hier auf Ocracoke wieder so lebendig geworden war, größer werden. Dominics Feindseligkeit würde ihr dabei helfen. Sein Verhalten ließ bei Kate erst gar nicht die romantische Vorstellung aufkommen, dass er versuchen könnte, an ehemalige Gefühle anzuknüpfen. Und was sie selbst anging ... nun, was sich vor vier Jahren ereignet hatte, war die Sommerliebelei einer jungen, unerfahrenen Frau gewesen und gehörte endgültig der Vergangenheit an.

Dominic und sie, Kate, verband nur noch die Suche nach dem Schatz, der auf dem Meeresboden lag. Zumindest redete Kate sich das ein.

Zweihundertfünfzig Jahre. Kate blies in den weißen Schaum, der sich hoch über dem Wasser türmte. Der Zucker und die kostbaren Stoffe, die zur Ladung der „Liberty" gehörten, hatten sich in der Zwischenzeit zweifellos aufgelöst. Würden sie die Messingarmaturen noch finden, oder hatte das Meerwasser sie rosten und zerfallen lassen? Der Schiffsrumpf war gewiss von Schwämmen und Muscheln überwuchert, das Eichenholz morsch. Ob das Logbuch wohl noch existierte? Möglicherweise hatte man es in einem wasserfesten Behältnis untergebracht.

Sie könnte es einem Museum zum Geschenk machen – im Namen ihres Vaters.

Ja, das könnte sie wirklich noch für ihren Vater tun. Vielleicht würde sie anschließend Ruhe vor ihren zwiespältigen Gefühlen ihm gegenüber haben.

Kate stieg aus der Wanne und rubbelte sich trocken. Das Gold hatte sicherlich unversehrt die Jahre überdauert. Die Vorstellung von einer Kiste mit wertvollen Goldmünzen reizte sie. Dennoch, die Suche nach diesem Schatz war das eigentlich Aufregende. Wenn sie ihn finden würde, dann ...

Ja, was dann?

Kate legte das flauschige Badetuch über die Haltestange, schlüpfte in ihren Morgenmantel und band den Gürtel fest um ihre Taille. Der Spiegel war immer noch beschlagen, obwohl das Wasser langsam abfloss.

Sollte sie ihren neu gewonnenen Reichtum in Aktien anlegen? Oder eine ausgedehnte Ferienreise in die griechische Inselwelt machen, um zu sehen, was Byron seinerzeit faszinierte?

Mit einem Lächeln auf den Lippen trat Kate aus dem Badezimmer. Sie löste den Knoten in ihrem Nacken und bürstete ihr Haar. Seltsam, dass sie bisher noch nie darüber nachgedacht hatte, was nach der Schatzsuche sein würde. Aber es war wohl auch besser, nicht zu weit in die Zukunft zu planen.

„Es ist dir immer schwer gefallen, über die Gegenwart hinauszuschauen."

Fast glaubte Kate, Dominics Stimme zu hören, so deutlich traten ihr seine Worte ins Bewusstsein. Wütend warf sie die Bürste auf das Bett. Sie hatte sehr wohl einmal über die Gegenwart hinausgeschaut und erkannt, dass Dominic ihr nicht mehr als eine unsichere Zukunft in einem heruntergekommenen Haus zu bieten hatte. Keine Garantie, keine Verpflichtungen. Welch ein Glück, dass ihr dies rechtzeitig bewusst geworden und sie fortgegangen war!

Dominic sollte niemals erfahren, wie sehr es sie geschmerzt hatte, von ihm zu gehen.

Ich muss Vater für seine vernünftigen Worte dankbar sein, sagte sie sich. Er hatte sie damals auf Dominics Schwächen aufmerksam gemacht, sie an ihre Verpflichtung sich selbst gegenüber, an ihre Zukunft und an ihren Beruf erinnert. Dominics mangelnder Ehrgeiz, seine sorglose Einstellung zum Leben waren keine liebenswerten Eigenschaften eines Sonderlings, sondern Mängel.

Kate nickte, wie um sich selbst davon zu überzeugen, dass sie richtig gehandelt hatte. Sie nahm die Bürste wieder auf und schalt sich selbst, weil sie zu viel über Vergangenes grübelte. Das musste ein Ende haben.

Mit raschen, geschickten Bewegungen schlang sie ihr Haar im Nacken zusammen und steckte es fest.

Ab jetzt wollte sie nur nach vorn schauen, nicht zurück auf das, was war oder was hätte sein können.

Kate sehnte sich nach Abwechslung, und es drängte sie aus dem Zimmer. Entschlossen ging sie zum Schrank und holte ein Kleid hervor. Ihre Erschöpfung spielte keine Rolle mehr.

Kate beschloss, hinüberzugehen zu Linda und Marsh. Sie wollte Marsh begrüßen und ein ausgedehntes Abendessen einnehmen. Nach ihrer Rückkehr ins Hotel würde sie gewiss zu müde sein, um zu denken oder zu träumen.

Und morgen erwartete sie Arbeit.

Rasch und entschlossen kleidete Kate sich an.

Es war kurz nach sechs, als Kate im „Roost" eintraf. Das Restaurant gefiel ihr auf Anhieb. Es machte keinen eleganten, aber einen sehr gemütlichen Eindruck. Hier herrschte eine andere Atmosphäre als in den vornehmen Restaurants, in denen sie mit ihrem Vater oder mit Kollegen in Connecticut gespeist hatte. Dieser Raum wirkte einladend und anheimelnd.

Gemälde und Drucke von Schiffen aller Art zierten die weiß verputzten Wände. Weiteres Schiffszubehör fand sich als Dekoration im ganzen Restaurant. Ein Kompass, dessen Messingarmaturen glänzten. Ein großes, buntes Dreiecksegel war hinter der Bar drapiert. Unter der Decke hing ein Ausguck, aus dem üppiger Farn wucherte.

Trotz der frühen Stunde waren bereits viele Paare und Familien anwesend, von denen Kate die meisten unschwer als Sommergäste identifizieren konnte. Es roch gut und verlockend, und das leise Geräusch von Stimmen übte eine beruhigende Wirkung auf Kate aus.

Während sie sich umschaute, stellte sie fest, dass hinter der gemütlichen Atmosphäre ein gut organisierter Betrieb funktionierte. Die Kellner und Kellnerinnen waren flink, ohne allerdings zwischen den Tischen zu hetzen. Die Fenster ermöglichten einen herrlichen Ausblick auf den Hafen. Abrupt wandte Kate sich ab, weil sie sich dabei ertappte, wie sie unwillkürlich Ausschau nach der „Wirbelwind“ oder ihrem leeren Anlegeplatz hielt.

„Kate!“

Sie erkannte die Stimme sofort. Lächelnd drehte sie sich um. „Marsh, ich freue mich, dich zu sehen“, begrüßte sie Dominics Bruder.

Auf seine ruhige, überlegte Art betrachtete Marsh sein Gegenüber. „Schön wie eh und je“, meinte er dann. „Linda hat es mir zwar gesagt, aber es gefällt mir natürlich sehr viel besser, es mit eigenen Augen festzustellen.“

Kate lachte. In Marshs Gegenwart fiel es ihr leicht, sich zu entspannen und ausgelassen und fröhlich zu sein, wohingegen die Nähe seines Bruders alle ihre Sinne gefangen nahm. „Wie ich hörte, muss man dir gleich zu mehreren Anlässen gratulieren. Zu deiner Hochzeit, deiner Tochter und deinem Restaurant.“

„Ich nehme alle Glückwünsche dankend entgegen. Darf ich dir als Gegenleistung den besten Tisch des Hauses anbieten?“

„Mit weniger habe ich nicht gerechnet.“ Kate hakte sich bei Marsh ein. „Du machst einen zufriedenen Eindruck“, bemerkte sie, während Marsh sie zu einem Tisch am Fenster führte. „Und einen glücklichen.“

„Das bin ich auch.“ Marsh strich mit den Fingern leicht über Kates Hand. „Es tut mir Leid ... die Sache mit deinem Vater, Kate.“

„Ich weiß. Danke, Marsh.“

Marsh nahm Kate gegenüber Platz. Seine Augen hatten einen viel sanfteren und weicheren Ausdruck als die seines Bruders. Es war Kate immer ein Rätsel geblieben, warum Marsh mit dem verträumten Blick ein praktisch veranlagter Kaufmann war und Dominic die großen Träume hegte.

„Schön, dass du wieder hier bist“, sagte Marsh. „Wir haben dich vermisst – wir alle.“

„Alle?“

„Ja, alle.“

Kate faltete die rot-weiß karierte Stoffserviette auseinander und wieder zusammen. „Es ändert sich vieles im Laufe der Zeit“, meinte sie. „Du und Linda gebt dafür das beste Beispiel ab. Als ich damals fortging, hatte ich den Eindruck, dass du Linda für so etwas wie eine lästige Plage hieltest. Habe ich mich etwa so sehr getäuscht?“

„Daran hat sich nichts geändert“, behauptete Marsh und lachte. Er schaute zu der jungen Kellnerin mit dem blonden Pferdeschwanz auf, die an ihren Tisch getreten war. „Das ist Cindy, sie wird sich gut um dich kümmern. Cindy, das ist Miss Hardesty.“ Er warf Kate einen schelmischen Blick zu. „Oder sollte ich dich lieber als Frau Doktor Hardesty vorstellen?“

„Nein, nein“, antwortete Kate. „Ich habe Urlaub.“

„Miss Hardesty ist unser Gast, ein ganz besonderer Gast“, erklärte Marsh der Kellnerin. „Wie wäre es mit einem Aperitif vor dem Essen, Kate? Oder mit einer Flasche Wein?“

„Weißen Bordeaux“, ertönte eine tiefe männliche Stimme. Unwillkürlich zuckte Kate zusammen. Dann zwang sie sich, gelassen zu Dominic zu blicken, der neben dem Tisch aufgetaucht war. „Die Frau Lehrerin hat eine Vorliebe für weißen Bordeaux, Cindy.“

„Jawohl, Mr. Silver“, antwortete Cindy ehrerbietig.

Bevor Kate Ja oder Nein sagen konnte, war die Kellnerin davongeeilt.

„Hallo, Dominic“, begrüßte Marsh seinen Bruder. „Es ist jedes Mal von neuem erstaunlich, wie du die Bedienung auf Trab bringen kannst.“

Dominic zuckte mit den Schultern und legte die Hand auf die Stuhllehne seines Bruders. „Ich habe Appetit auf Scampi.“

Die Atmosphäre war seit Dominics Erscheinen gespannter geworden, aber die drei Menschen bemühten sich, darüber hinwegzugehen.

„Die kann ich wärmstens empfehlen“, sagte Marsh eifrig zu Kate. „Linda und der Koch haben das Rezept lang und breit diskutiert und sind schließlich zu wahrer Meisterschaft in der Zubereitung der Scampi gelangt.“

„Ich werde sie probieren. Leistest du mir dabei Gesellschaft?“ Sie lächelte Marsh an, als spüre sie den düsteren Blick des Mannes an seiner Seite nicht.

„Das kann ich leider nicht. Linda musste nach

Hause, um irgendeine mittelschwere Katastrophe zu verhindern. Joy ist darauf spezialisiert, den Babysitter zur Verzweiflung zu bringen. Deshalb muss ich mich allein um den Betrieb kümmern. Vielleicht schaffe ich es, mich später noch ein Weilchen zu dir zu setzen. Ich wünsche einen guten Appetit.“ Marsh warf seinem Bruder einen warnenden Blick zu, bevor er ging.

4. KAPITEL

Nachdem Marsh verschwunden war, nahm Dominic unaufgefordert den Platz seines Bruders ein. Kate setzte sich kerzengerade hin.

„Was soll das, Dominic? Du hast zwar das Recht, dich im Restaurant deines Bruders aufzuhalten, aber ich bin sicher, dass du meine Gesellschaft zum Abendessen so wenig möchtest wie ich die deine“, sagte sie steif.

„Mit dieser Vermutung irrst du, liebe Kate.“ Er lächelte der Kellnerin zu, die den Wein brachte, und machte sich nicht die Mühe, Kate über die Besitzverhältnisse hinsichtlich des Lokals aufzuklären.

Während Cindy die Weinflasche öffnete und den ersten Schluck in Dominics Glas goss, saß Kate stumm und mit unbeweglicher Miene am Tisch. Sie hielt es für unschicklich, die Diskussion in Gegenwart der Bedienung fortzuführen, und wollte warten, bis diese gegangen war.

Dominic hob das Glas an die Lippen. „Er ist gut“, befand er dann. „Danke, Cindy, ich werde selbst eingießen.“

Die Kellnerin nickte und stellte die Flasche auf den Tisch. Danach legte sie zwei Speisekarten daneben und zog sich zurück.

Dominic ergriff die Flasche und füllte Kates Glas. „Da wir uns beide für dasselbe Restaurant entschieden haben, können wir uns einem kleinen Test unterziehen."

Kate antwortete nicht. Sie trank von ihrem Wein. Er war kühl und trocken. Sie erinnerte sich noch genau daran, wie sie zum ersten Mal eine Flasche Bordeaux mit Dominic geteilt hatte. Damals hatten sie auf dem Boden im Wohnzimmer seines Hauses gesessen. Es war die Nacht gewesen, in der sie sich zum ersten Mal geliebt hatten. Kate nahm einen zweiten Schluck.

„Was für einem Test?" fragte sie schließlich.

„Wir haben heute Gelegenheit festzustellen, ob wir beide es schaffen, ein zivilisiertes Mahl zu uns zu nehmen. In der Öffentlichkeit zu speisen gehört zu den Dingen, zu denen wir früher nie kamen."

Kate runzelte die Stirn und beobachtete, wie Dominic sein Glas hob. Sie hatte ihn niemals Wein aus einem Weinglas trinken sehen. In seinem Haus hatte es nur Becher gegeben. Das Kristallglas wirkte in seiner Hand sehr zerbrechlich, die Farbe des Weines hell und rein, ganz anders als der unergründliche Ausdruck der dunkelgrünen Augen Dominics.

Ihr Vater hätte es damals nicht gutgeheißen, wenn sie mit einem Mann ausgegangen wäre, den er als eine Art Angestellten betrachtete. Kate hatte das gewusst und sich danach gerichtet. In gewisser Weise war jetzt vieles anders. Dominic war ihr Angestellter, wenn man so wollte. Sie konnte selbst entscheiden, was sie für gut und richtig hielt.

Impulsiv hob auch sie ihr Glas und prostete Dominic zu. „Auf eine erfolgreiche Zusammenarbeit, also."

„Ich hätte es nicht besser ausdrücken können." Dominic stieß leicht mit ihr an und ließ sie keine Sekunde lang aus den Augen. „Blau steht dir ausgezeichnet", sagte er und meinte die Farbe ihres Kleides. „Es ist das Tiefblau einer sternenklaren Nacht, die deine Haut so weiß, so zart wirken lässt wie etwas, das man sehr, sehr vorsichtig berühren muss."

Kate starrte ihn an. Der leise, vertraute Ton seiner Stimme hatte sie immer eigenartig berührt. Nun hatte er mit seinen Worten eine geheimnisvolle Atmosphäre geschaffen, der sie sich nicht entziehen konnte. Daran hatte sich nichts geändert.

„Haben Sie schon gewählt?" erkundigte sich Cindy in diesem Augenblick.

Kate schwieg.

Dominic lächelte und nickte. „Wir nehmen Scampi und für den Salat das Kräuterdressing."

Cindy notierte die Bestellung und verschwand wieder.

Dominic lehnte sich zurück. „Wie schmeckt dir der Wein, Kate? Vielleicht hätte ich mich vorher erkundigen sollen, ob sich dein Geschmack gewandelt hat."

„Der Wein ist hervorragend." Kate nahm erneut einen Schluck und legte anschließend beide Hände um den hohen Stiel, als könne sie an ihm Halt finden.

„Marsh sieht gut aus“, bemerkte sie. „Es freut mich, dass er und Linda ein Paar geworden sind. So habe ich es mir damals schon vorgestellt.“

„Wirklich?“ Dominic hob sein Glas gegen das Licht und ließ die flach einfallenden Strahlen der Sonne hindurchscheinen. Er betrachtete das Spiel der Farben. „Er nicht. Aber ...“ Dominic brach ab und blickte Kate in die Augen. „Marsh hat immer länger für seine Entscheidungen gebraucht als ich.“

„Leichtsinn passt tatsächlich mehr zu dir als zu deinem Bruder“, meinte Kate.

„Aber du bist mit deinen Seekarten und Notizen nicht zu meinem Bruder gegangen“, brummte Dominic.

„Nein.“ Sie bemühte sich um einen gelassenen Tonfall. „Das bin ich nicht. Vielleicht habe ich mir gedacht, dass eine gewisse Portion Leichtsinn zuweilen nützlich sein kann.“

„Du findest mich also nützlich.“

„Dreh mir nicht die Worte im Mund herum“, wies Kate ihn zurecht.

Cindy brachte den Salat und stellte die beiden Schüsseln vor Kate und Dominic hin, ohne etwas zu sagen. Dominics düsterer Blick mochte sie davon abgehalten haben, irgendetwas zu äußern.

„Du findest mich also nicht nützlich?“

„Ich habe die Erfahrung gemacht, dass es ganz erheblich Zeit und Ärger erspart, wenn man die am besten geeignete Person mit einer bestimmten Aufgabe beauftragt", wich Kate aus, ließ das Weinglas los und nahm ihre Gabel. „Es gab keinen anderen Grund für mich, nach Ocracoke zurückzukommen." Sie hob den Kopf und fügte hinzu: „Vieles wird für uns einfacher sein, wenn das von vornherein klar ist."

Dominic spürte, wie Zorn in ihm aufstieg. Doch er beherrschte sich. Wenn er sich auf Diskussionen mit Kate einließ, musste er wachsam bleiben. Sie war stets scharfsinnig gewesen, aber in der Zwischenzeit hatte ihre Schlagfertigkeit an Schärfe hinzugewonnen. Sein Herz krampfte sich zusammen, als er an die frühere, auf alles neugierige Kate zurückdachte.

„Soweit ich mich erinnere, neigst du dazu, die Dinge zu komplizieren, anstatt sie zu vereinfachen", sagte er. „Ich musste dir Sinn und Zweck, Entstehungsgeschichte und Funktionsweise jedes einzelnen Teiles erklären, bevor du zum ersten Mal getaucht bist."

„Ich nenne es Vorsicht, nicht Kompliziertheit."

„Nenn es, wie du willst. Du zählst jedenfalls zu den Menschen, die ihr halbes Leben damit verbringen, die Windrichtung zu bestimmen." Dominic trank einen großen Schluck. „Ich ziehe es vor, mich vom Wind treiben zu lassen."

„Allerdings", bestätigte Kate. „Keine Pläne, keine Bindungen. Morgen schon könnte sich der Wind drehen."

„Wenn man zu lange an einer Stelle verharrt, ergeht es einem wie den Bäumen da draußen." Er wies mit dem Kopf aus dem Fenster auf eine Gruppe von

Zedern, die der beständige Wind vom Meer zu einer Seite gebogen hatte. „Man verkümmert."

„Trotzdem lebst du auf der Insel, auf der du geboren und aufgewachsen bist."

Langsam schenkte Dominic Kate und sich selbst Wein nach. „Vielen ist die Insel zu einsam, das Leben hier zu einfach. Ich ziehe sie all den wohl geordneten Gesellschaften mit Partys und Landhäusern vor."

Nachdenklich betrachtete er Kate. Sie schien hervorragend in eine solche Gesellschaft zu passen, die er gerade verächtlich erwähnt hatte. Vor seinem geistigen Auge sah er Kate in einem kostbaren Abendkleid, mit einem überkandidelten Intellektuellen über englische Dichter des achtzehnten Jahrhunderts diskutierend. Gemessen an ihrer kühlen, abweisenden Art kam Dominic sich plötzlich rau, impulsiv und seinen Gefühlen und Launen zu leicht nachgebend vor.

Das Hauptgericht wurde aufgetragen, und Dominic versuchte sich auf die köstlich zubereiteten Scampi zu konzentrieren.

„Ich habe mir die Unterlagen – die Notizbücher und Seekarten – genauer angeschaut, bevor ich herkam", bemerkte er nach einer Weile.

„So?" Kate unterdrückte die Aufregung, die sich ihrer bemächtigte.

„Dein Vater hat sehr gründlich recherchiert."

„Selbstverständlich."

Dominic lachte kurz auf. „Selbstverständlich", wiederholte er sarkastisch. „Na ja! Ich meine, dass er auf der richtigen Fährte gewesen sein könnte. Du bist dir im Klaren darüber, dass das Gebiet, in dem er das Wrack vermutete, ziemlich gefährlich ist?"

Kate runzelte die Stirn und ließ die Gabel sinken, blickte aber nicht von ihrem Teller auf. „Haie?" fragte sie.

„Haie kann man nicht auf ein bestimmtes Gebiet festlegen. Sie sind überall und nirgends", antwortete Dominic. „Ich meine etwas anderes. Die meisten Menschen haben vergessen, dass sich der Krieg in den Vierzigerjahren bis hier unten hin auswirkte. An der ganzen Küste entlang liegen noch Minen. Wenn wir bis auf den Meeresboden tauchen, dürfen wir das nicht außer Acht lassen."

„Da hast du Recht."

„Danke."

„Bitte."

„Oh Kate ..." Dominic verstummte und griff nach seinem Glas. Er brachte kaum einen Bissen hinunter. Mit allen Sinnen nahm er Kates Nähe auf. Wie früher verspürte er den Wunsch, die Nadeln aus ihrem Haar zu ziehen und die Hände in der weichen Fülle zu vergraben. Er erinnerte sich an das Gefühl von Glück und Zufriedenheit, wenn er Kate in die Arme geschlossen und ihren Körper an seinem gespürt hatte.

Er dachte daran, wie sie ihn sehr ernst angeschaut hatte, bevor die Lust die Oberhand in ihr gewann und sie sich frei und ungehemmt dem letzten ekstatischen Augenblick überließ.

Sollte das, was ihm damals so natürlich erschienen war, verkehrt gewesen sein? Unmöglich!

Aber würde sie sich je wieder wie einst an ihn schmiegen? Wenn sie einander geliebt hatten, flüsterte Kate seinen Namen, als genüge ihr der Klang, um sich zu vergewissern, dass ihre Wonnen, ihre Glückseligkeit kein Traum waren. Wie gerne würde er seinen Namen nochmals aus ihrem Mund hören, während sie eng umschlungen nebeneinander lagen und langsam in die Wirklichkeit zurückfanden!

Schweigend beendeten Dominic und Kate ihr Mahl. Anschließend tranken sie Kaffee.

Dominic beschloss, sich keine Mühe zu geben, dem Verlangen zu widerstehen, Kate erneut zu besitzen. Er brauchte sie. Und inzwischen glaubte er festgestellt zu haben, dass er ihr auch nicht gleichgültig war. Gewiss würde der Augenblick kommen, in dem er seine brennende Begierde nach ihr stillen konnte. Und dann musste er sie für immer stillen. Noch einmal würde das Schicksal sie gewiss nicht zusammenführen.

Kate musterte Dominic verstohlen. Seine Miene verriet nichts. Dennoch spürte Kate, dass er irgendeine Entscheidung getroffen hatte, die sie betraf.

„Ich werde also um acht Uhr am Hafen sein“, sagte sie sachlich, um Dominic zu verstehen zu geben, dass sie nur an ihrer Abmachung interessiert war. „Ich werde Sauerstoffflaschen benötigen, Tauchermaske und Flossen. Meinen Taucheranzug habe ich mitgebracht. Nimm bitte meine Aktentasche und die

Unterlagen mit an Bord. Es wird wohl das Beste sein, wenn wir zwischen sechs und acht Stunden täglich auf dem Meer verbringen."

„Hast du noch Übung im Tauchen?"

„Ich weiß, was ich zu tun habe", antwortete sie bestimmt.

„Das bezweifle ich nicht, da du einen sehr guten Lehrer hattest." Mit der für ihn typischen schnellen und ungeduldigen Geste trank Dominic den restlichen Kaffee. „Wenn du aber untrainiert bist, sollten wir ein, zwei Tage lang kürzer treten."

„Ich kenne mich aus."

„Ich verlange von einem Partner mehr als Kenntnisse."

Dominic bemerkte, dass Kates Augen zornig aufblitzten. Es verstärkte seine Sehnsucht nach ihr. Er hätte gern gesehen, wie sie ihre Beherrschung verlor.

„Wir sind keine Partner", berichtigte sie ihn. „Du arbeitest für mich."

„Das ist Ansichtssache", erwiderte Dominic leichthin und stand auf. „Wir werden morgen den ganzen Tag über auf dem Meer sein. Es wäre gut, wenn du den Schlaf nachholen würdest, den du in der letzten Zeit versäumt hast."

„Mach dir nur keine Gedanken um meine Gesundheit, Dominic."

„Ich denke eher an mich", entgegnete er. „Solange du nicht ausgeruht und hellwach bist, gehe ich nicht mit dir unter die Wasseroberfläche. Solltest du morgen mit Schatten unter den Augen zum Hafen kommen, wirst du nicht tauchen. Es wäre zu gefährlich."

Kate schluckte ihren Ärger hinunter. Es hatte keinen Sinn, mit ihm zu streiten, denn er hatte Recht.

„Wenn du müde bist, begehst du Fehler", fuhr Dominic fort. „Jeden Fehler, den du machst, muss ich ausbügeln. Ist das verständlich, Frau Lehrerin?"

„Absolut." Nun erhob sich auch Kate.

„Ich begleite dich zum Hotel."

„Das ist nicht nötig."

Sie spürte den Griff seiner langen Finger um ihr Handgelenk. „Es gehört sich so", sagte er. Sein Tonfall ließ keinen Widerspruch zu. „Du legst doch großen Wert auf gute Manieren."

„Das schon. Nur ..." Sie verstummte und schaute sich um. „Ich möchte mich bei Marsh bedanken."

„Das kannst du morgen tun." Dominic legte ein Trinkgeld für die Kellnerin auf den Tisch. „Er ist sehr beschäftigt."

Kate wollte protestieren, da sah sie, dass Marsh gerade hinter einer Tür verschwand, die vermutlich zur Küche führte.

An Dominics Seite verließ Kate das Restaurant und trat hinaus in die milde Abendluft. Die Sonne stand sehr tief und verlieh den Wolken im Westen eine rosige Färbung. Die Straße wirkte wie ausgestorben. Viele Touristen kehrten mit der letzten Fähre zurück aufs Festland.

Jetzt wäre es schön, aufs Meer hinauszufahren,

dachte Kate. Das Licht wirkte weich, und es war fast windstill. Die meisten Boote lagen bereits im Hafen. Man würde das endlos wirkende, weite Meer fast für sich allein haben ...

Kate wandte den Blick vom Hafen ab und ging auf das Hotel zu. Wie töricht, sich solchen Träumen hinzugeben! Der morgige Tag war wichtig, und sie benötigte dringend Schlaf.

Dominic schaute an der Hausfront des Hotels hinauf zu Kates Zimmer. Er wusste, dass sie in demselben Zimmer wie vor vier Jahren wohnte. Damals hatte er sie oft zum Hotel gebracht. Im Gegensatz zu heute hatte sie sich dann bei ihm eingehängt, über die Ereignisse des Tages gesprochen und gelacht. Und bevor sie in das Gebäude geschlüpft war, hatte sie ihn geküsst, lange und hingebungsvoll.

Ähnliche Gedanken mussten auch Kate beschäftigt haben, er sah es ihr an.

„Vielen Dank, Dominic", sagte sie und schob umständlich den Riemen ihrer Handtasche auf ihrer Schulter zurecht. „Es ist nicht nötig, dass du dir weitere Umstände machst."

„Nein?" Dominic betrachtete sie prüfend. „Hm ... wir hatten immer schon andere Vorstellungen davon, was nötig ist und was nicht." Er legte die Hand in ihren Nacken.

„Nicht", sagte Kate, wich ihm jedoch nicht aus. Sie wollte nicht verletzlich erscheinen, sondern zeigen, dass Empfindungen für ihn nicht mehr existierten. Aber bereits die Berührung seiner Finger weckte sehnsüchtige Gefühle in ihr.

„Da ist noch etwas, das du mir schuldest, Kate." Dominic ließ sich nicht beirren. Er hatte das Bedürfnis, sie zu bestrafen für die langen Jahre der Einsamkeit und der Qual.

Sein Kuss war nicht sanft. Hart und verlangend presste er seinen Mund auf ihre Lippen. Dann zog er Kate fest an sich. Ihre Arme waren zwischen ihren Körpern gefangen, und Dominic spürte, dass sie die Hände zu Fäusten ballte.

Gut. Sollte sie ihn hassen. Mit ihrer Verachtung konnte er eher fertig werden als mit ihrer zurückhaltenden Höflichkeit.

Doch es fiel ihm schwer, sich nicht von seiner Begierde überwältigen zu lassen. Der vertraute Duft von Kates Haut, der süße Geschmack ihrer Lippen hatten nichts von ihrem Reiz eingebüßt.

Kate hoffte, dass mit dieser Umarmung endlich ein Schlussstrich unter die Vergangenheit gezogen würde. Aber schon bald musste sie feststellen, dass die Erinnerungen übermächtig wurden.

Dominics Küsse hatten stets ein prickelndes Gefühl in ihr hervorgerufen. Sein muskulöser Körper, der so gut zu ihrem zu passen schien, übte immer noch eine elektrisierende Wirkung auf sie aus. Und den Geschmack von Meer und Salz, der unzertrennlich mit Dominic verbunden war, nahm sie auch dieses Mal wieder intensiv wahr.

Kate leistete keinen Widerstand, wollte ihm nicht die Genugtuung geben und sich wehren. So sehr sie sich dann aber bemühte, ihre Empfindungen unter Kontrolle zu halten – es gelang ihr nicht.

Leidenschaftlich erwiderte sie Dominics Kuss. Langsam öffnete sie die Fäuste und legte die Hände flach auf seine Brust. Dominic hatte mit seiner Zunge nun ein zärtliches und zugleich ungeduldiges Spiel begonnen.

Er küsste Kate mit ganzer Konzentration. Sie fühlte sich plötzlich um vier Jahre zurückversetzt ...

Heiße Wellen stiegen in Dominic auf, und ihm wurde klar, dass er ihnen Einhalt gebieten musste. Leise stöhnend gab er Kates Mund frei und schaute auf sie hinab. Wie damals nach ihrem ersten Kuss sah sie ihn überrascht und forschend, abwartend an. Das brachte ihn aus dem Konzept.

Wie wenig hatte sie sich verändert, und trotzdem sollte alles nicht mehr so sein wie früher? Er löste seine Umarmung, nickte leicht mit dem Kopf und wandte sich ab.

„Du brauchst mindestens zehn Stunden Schlaf", sagte er bewusst forsch, ohne sich noch einmal nach Kate umzublicken.

An manchen Morgen schien die Sonne langsamer aufzugehen als an anderen, gerade so, als wolle sie ganz bewusst auf dieses alltägliche und trotzdem faszinierende Schauspiel aufmerksam machen. Kate hatte die Vorhänge am Abend nicht vor die Fenster gezogen, um sich von den Sonnenstrahlen und nicht von dem schrillen Klingeln ihres Reiseweckers wecken zu lassen.

Nun stand sie am Fenster und empfand das Farbenspiel des Sonnenaufganges über dem Meer als persönliches Geschenk der Natur. Der kühle Morgenwind strich über ihre Haut und erfrischte sie. Kate genoss die Stille und die Muße, mit der sie diesen Tag beginnen konnte. In dem engen Zeitplan, nach dem sie sich in den vergangenen Jahren gerichtet hatte, war jede Minute kostbar gewesen. Die kurze Frist zwischen Aufstehen und Schulbeginn wurde ausgefüllt mit hastigem Ankleiden und Frühstücken, wobei sie ihre Notizen für den bevorstehenden Unterricht durchlas.

Nach einem tiefen, festen Schlaf fühlte sich Kate heute ausgeruht und gestärkt. Die letzten Tage – seit sie die Aufzeichnungen ihres Vaters gefunden hatte bis zu dem Wiedersehen mit Dominic – waren nur das Vorspiel zu dem eigentlichen Abenteuer, das heute seinen Anfang nahm. Kate wusch sich, kleidete sich an und verließ das Hotel.

Ans Frühstücken dachte sie nicht. Die Aufregung, mit der Schatzsuche beginnen zu können, hielt sie davon ab. Sie musste nach dem Gold suchen, von dem ihr Vater geträumt hatte. Fand sie es nicht, würde sie wenigstens die Genugtuung haben, den Versuch unternommen zu haben. Es würden sie keine Selbstvorwürfe mehr quälen.

Je näher Kate dem Hafen kam, desto klarer wurde

die Erinnerung an Dominics gestrigen Kuss. Sie hatte Dominics Verlangen, seinen Schmerz und seinen Zorn gespürt. Er hatte ihr nicht verziehen. Sie hatte seinen Stolz verletzt, als sie in ihre Welt zurückgekehrt war. Wie leicht war es ihm gestern gelungen, die Zeit zurückzudrehen, ihre Sehnsucht wieder aufflammen zu lassen!

Kate steckte die Hände tief in die Taschen ihrer weißen Hose und beschleunigte den Schritt. Dabei nahm sie sich fest vor, Dominic nicht ein zweites Mal zu verfallen. Nein, sie wollte die Insel nicht wieder mit schmerzendem Herzen verlassen müssen.

Dominic stand bereits an Bord der „Wirbelwind". Von weitem konnte Kate sehen, wie er die Ausrüstung verstaute. Er trug zu Shorts abgeschnittene Jeans und lose darüber ein T-Shirt, das seine breiten Schultern betonte und das Spiel seiner Muskeln erkennen ließ.

Kate hielt den Atem an. Ist es nicht völlig natürlich, dass sich beim Anblick eines gut gewachsenen Mannes ein Kribbeln auf der Haut einstellt? fragte sie sich. Es handelte sich um eine Empfindung, die ganz unabhängig von einem bestimmten Mann war und nicht das Geringste mit Dominic persönlich zu tun hatte, oder?

Wie um sich selbst immun gegen derartige „Schwächeanfälle" zu machen, ließ sie Dominic nicht aus den Augen, während sie über den Anlegesteg auf sein Boot zuging. Er stand nun an der Reling, sah einem Fischerboot nach, das leise tuckernd aufs Meer hinausfuhr. Es war gewiss kein ungewöhnliches Ereignis. Dennoch konnte Kate seiner konzentrierten Haltung entnehmen, dass er jede Einzelheit dieses Anblicks genau verfolgte. Er stand ganz aufrecht, hatte die Hände leicht in die Hüften gestützt. Der Wind spielte mit seinem schwarzen Haar.

Obwohl Dominic sich nicht bewegte, war es Kate, als strahle er Ruhelosigkeit und Ungeduld aus, als sei er sprungbereit. Sie wusste, dass er lange am Meer sitzen und den Wellen zuschauen konnte, als gäbe es nichts Wichtigeres als das endlose Auf und Ab des Wassers. Selbst dann schien er aber noch in Bewegung zu sein.

Nun blickte auch Kate in die Richtung des Fischerbootes. Sie fragte sich, welche Gedanken Dominic durch den Kopf gehen mochten, wenn er auf das Meer hinausschaute. Sah er in ihm eine ständige Herausforderung? Bedeutete es Romantik für ihn?

Kates Schritte waren wegen ihrer leichten Tennisschuhe unhörbar. Doch kaum hatte sie das Boot erreicht, wandte sich Dominic nach ihr um, als hätte er ihr Kommen gespürt.

„Du bist früh“, sagte er, trat näher und hielt ihr die Hand hin, um ihr an Bord zu helfen.

„Ich dachte mir, dass du es genauso wenig erwarten kannst hinauszufahren wie ich.“ Kate ergriff die dargebotene Hand, doch als sie an Deck stand, zog sie sie sofort wieder zurück.

„Es dürfte eine angenehme Fahrt werden“, verkündete Dominic und ließ den Blick über den Horizont schweifen. „Der Wind weht aus nördlicher Richtung. Nicht stärker als zehn Knoten.“

„Fein.“

Kate half ihm, die Leinen loszumachen, und ging anschließend zum Heck. Dies war der größtmögliche Abstand zu Dominic auf der begrenzten Fläche des Bootes.

Dominic ließ den Motor an und manövrierte das Boot aus dem Hafen. Obwohl er zunächst nur langsam fuhr, warf das Kielwasser kleine Wellen gegen die Holzpfähle des Landungsstegs.

Während das Boot mit gleich bleibender Geschwindigkeit das flache Gewässer vor Ocracoke durchquerte, stand Kate am Heck und beobachtete, wie die Entfernung zur Insel immer größer wurde. Das Letzte, was sie deutlich erkennen konnte, war ein kleiner Junge, der mit einer Angel über der Schulter unternehmungslustig auf den Hafen zusteuerte.

Kate wandte sich um und setzte sich auf die Bank. Die Sonne brannte nun schon heiß, und der Wind war warm. Kate schloss die Augen, so dass sie die Sonne hinter ihren Lidern lediglich als hellen Lichtpunkt gewahrte. Sie empfand das gleiche aufregende Gefühl der Freiheit, des Ungebundenseins, das sie bereits vor vier Jahren in seinen Bann geschlagen hatte. Diese Erinnerung hieß sie gern willkommen.

Völlig ruhig saß Kate. Sie merkte, dass Dominic

die Fahrt allmählich beschleunigte. Leicht wie ein Pfeil schoss das Boot über das Wasser. Kate genoss den Nervenkitzel, den Rausch der Geschwindigkeit. Es war der richtige Auftakt für das Abenteuer einer Schatzsuche.

Eigentlich wollte sich Dominic nicht nach Kate umschauen. Aber dann konnte er nicht widerstehen und sah zum Heck. Ein Lächeln umspielte Kates Mund. Sie hatte die Augen geschlossen und das Gesicht zur Sonne emporgehoben. Der Wind wehte einzelne Strähnen ihres aufgesteckten Haares um ihren Kopf. Genauso hatte Dominic sie vor vier Jahren gesehen, und da war ihm bewusst geworden, dass er sich in sie verliebt hatte.

Er wandte sich wieder dem Meer zu, doch das Bild der regungslos und friedlich auf der Heckbank sitzenden Kate blieb vor seinem geistigen Auge. Um sich abzulenken, versuchte er, sie sich im Hörsaal vorzustellen, wie sie zum wiederholten Male geduldig die Besonderheiten dieses oder jenes Gedichtes erklärte.

Es gelang ihm nicht. Er sah sie immer nur, wie sie Sonne und Wind in sich aufnahm.

Kate wünschte, dass dieser Zauber ewig dauern würde. Durch ihre Reise nach Ocracoke hatte sie sich nicht nur räumlich von dem College und ihrem Beruf entfernt. Sie empfand auch deutlich den seelischen Abstand zu ihrem bisherigen Leben. Die Lehrerin, die Kate gern und unter vollem Einsatz war, machte der unbekümmerten Träumerin Platz, die sie in jenem ersten Sommer auf der Insel Ocracoke in sich entdeckt, dann aber verbannt hatte.

Kate öffnete die Augen, und ihr Blick fiel auf den Mann am Steuer. Er hatte ihr damals diese Welt eröffnet und sie geführt. Selbst wenn sie sich einredete, auch ohne Abenteuer leben zu können, musste sich Kate ehrlicherweise eingestehen, dass sie diese Freiheit vermisst hatte. Und Dominic ebenfalls. Sein Kuss hatte ihr bewusst gemacht, wie groß ihre Sehnsucht war. Es mochte, vernünftig betrachtet, eine verrückte, vielleicht sogar gefährliche Sehnsucht sein, aber dieses eine Mal wollte sie sie nicht verdrängen.

Sie passierten das Fischerboot, das vor ihnen den Hafen verlassen hatte. Es hatte seinen Anker und seine Netze ausgeworfen. Es waren Beutelnetze. Kate erinnerte sich an Dominics Erklärungen zu diesen breiten, mit Gewichten beschwerten Netzen, die für den Fang von Heringsfischen benutzt wurden.

Sowohl auf dem Meer als auch an Land bildeten Fischer eine besondere Gemeinschaft.

Vielleicht würde es Dominic gefallen, Tag für Tag auf dem Wasser zu arbeiten, überlegte Kate. Aber nein, er bevorzugte die Einsamkeit und suchte nur selten das Zusammensein mit anderen. Bei manchen Gelegenheiten, so wie der jetzigen, verstand Kate ihn sehr gut.

5. KAPITEL

Etwa eine Stunde nach ihrem Aufbruch ging Kate nach vorn zu Dominic. Sie glaubte, sich nun ganz in der Gewalt zu haben.

„Das Meer ist so wundervoll wie früher", sagte sie.

„Es ändert sich kaum", erwiderte Dominic.

Gemeinsam beobachteten sie die Möwen, die in der Hoffnung auf leichte Beute um das Fischerboot kreisten.

„In diesem Jahr haben die Fischer keinen Grund zur Klage", bemerkte Dominic.

„Bist du häufig auf Fischfang gewesen?"

„Hin und wieder."

„Auf Muschelsuche?"

Dominic lächelte. Er sah Kate vor sich, wie sie mit bis zu den Knien aufgerollten Jeans im Wasser stand und nach seiner Anleitung den Sand nach Muscheln umgrub. „Ja, auch."

„Ich habe oft versucht, mir vorzustellen, wie die Insel im Winter sein mag."

„Ruhig."

Kate akzeptierte seine knappe Antwort mit einem Kopfnicken. „Ich habe mich auch oft gefragt, was du im Winter treibst."

Dominic warf ihr sofort einen forschenden Seitenblick zu. „Tatsächlich?"

Vielleicht war es nicht richtig gewesen, dieses Thema anzuschneiden. Nun blieb Kate nichts anderes übrig als zu antworten. „Es wäre dumm von mir zu behaupten, dass ich in all den Jahren nicht an die Insel oder an dich gedacht hätte, Dominic. Du hast immer meine Neugierde erweckt."

Dominic lachte. Es war typisch für Kate, die Dinge so auszudrücken. „Du warst neugierig, weil fast alle deine Fragen unbeantwortet blieben. Du denkst zu sehr in den Kategorien einer Lehrerin, Kate."

„Bietet das Leben nicht mehrere Antworten auf eine Frage?" konterte Kate. „Vielleicht sind zwei oder drei Antworten möglich, aber nur eine einzige ist richtig."

„Nein, nur eine einzige ist falsch", behauptete Dominic.

Er bemerkte den nachdenklichen Ausdruck in ihren Augen. Sie wog jetzt das Für und Wider seiner Behauptung gegeneinander ab. Bevor sie ihre Meinung kundtat, würde sie das Problem aus allen möglichen Blickwinkeln betrachten.

„Du hast dich nicht verändert", sagte er leise.

„Das habe ich anfangs auch von dir gedacht. Wir haben beide Unrecht. Keiner von uns ist der Alte geblieben. Das ist auch ganz natürlich." Sie wich seinem Blick aus und schaute über das Meer. „Oh, sieh mal!" rief sie plötzlich aus und legte impulsiv die Hand auf seinen Arm. „Delfine."

Es waren ein Dutzend oder mehr dieser Tiere, die

aus dem Wasser schossen und wieder untertauchten. Fasziniert sah Kate ihnen zu. Sie beneidete die Tiere um ihre Freiheit.

„Ist es nicht wundervoll?“ flüsterte sie. „Teil zu sein von Luft und Meer. Fast hätte ich es vergessen.“

„Was?“ Dominic ließ sie nicht aus den Augen. „Was hättest du beinahe vergessen?“

Kate wandte ihm das Gesicht voll zu. Erst jetzt bemerkte sie, wie dicht sie nebeneinander standen. Sie war Dominic unwillkürlich näher gekommen, als sie die Delfine entdeckt hatte. Sein Gesicht, sein Mund befanden sich nur wenige Zentimeter von ihr entfernt. Sie spürte die Wärme seiner Haut unter ihren Fingerspitzen. Die Bedeutung seiner Worte lastete schwer auf ihr.

Kate zog ihre Hand zurück und trat einen Schritt zur Seite. „Alles, was nötig war“, erwiderte sie und fügte dann hinzu: „Ich würde mir gern die Seekarten meines Vaters noch mal anschauen. Hast du sie mitgebracht?“

„Deine Aktentasche ist in der Kabine.“ Dominic blickte nun starr geradeaus und hielt das Steuerruder fest umkrampft. „Ich nehme an, dass du allein hinunterfindest.“

Ohne zu antworten ging Kate zu der kurzen, steilen Treppe, die hinabführte.

In der Kabine befanden sich zwei schmale Liegen, deren Decken ordentlich und straff gespannt waren. Außerdem gab es eine Kombüse, und obwohl Kate wusste, dass sie die komplette Einrichtung säuberlich geordnet vorfinden würde, schaute sie nach. Der schmale Raum war rationell ausgenutzt worden.

Auch die Kabine weckte Erinnerungen. Kate sah sich und Dominic in enger Umarmung auf einer der Liegen, während das Boot sanft schaukelte und leise Jazzmusik aus dem Radio erklang.

Hastig griff Kate nach ihrer Aktentasche und öffnete sie. Sie holte vorsichtig eine Karte heraus, breitete sie auf einer der Liegen aus und vertiefte sich in die von ihrem Vater exakt angefertigte Zeichnung. Obwohl es keineswegs sein Metier gewesen war, hatte Hardesty eine derart präzise Seekarte gezeichnet, dass sich jeder Seemann nach ihr hätte richten können. Zusätzlich zu den Linien der Längen- und Breitengrade fanden sich fein gestrichelte Linien, die unterschiedliche Meerestiefen markierten.

„Sechsundsiebzig Grad Nord und fünfunddreißig Grad Ost", murmelte Kate vor sich hin. „Das ist das Gebiet, in dem nach den Recherchen Vaters die ‚Liberty' untergegangen sein muss. Also südöstlich von Ocracoke."

Die Wassertiefe in diesem Bereich würde keine mit Blei beschwerten Stiefel und Helme erforderlich machen. Eine normale Ausrüstung reichte also durchaus.

Kate warf einen letzten Blick auf das große schwarze X, mit dem ihr Vater die Stelle gekennzeichnet hatte, bevor sie die Karte sorgfältig wieder zusammenfaltete. Sie verspürte Aufregung und Abenteuerlust.

In diesem Moment hörte sie am Geräusch des Motors, dass die Geschwindigkeit des Bootes gedrosselt wurde. Gleich darauf schaltete Dominic den Motor ganz ab. Kate stand auf und stieg die Treppe hoch.

Dominic überprüfte die Sauerstoffflaschen, obwohl er das jedes Mal auch schon vor dem Verlassen des Hafens tat.

„Wir gehen hier hinunter", sagte er zu Kate und erhob sich aus seiner gebückten Stellung. „Wir befinden uns etwa eine halbe Meile von der Stelle entfernt, an der dein Vater im letzten Sommer getaucht ist."

Mit einer raschen, geschickten Bewegung zog er sein T-Shirt über den Kopf. Sekundenlang konnte Kate ihren Blick nicht von seinem muskulösen, braun gebrannten Oberkörper lösen. Als Dominic nun seine Jeans abstreifte, unter der eine knappe Badehose zum Vorschein kam, wandte sie sich abrupt um und bereitete sich ebenfalls auf das Tauchen vor.

Ihr Herz klopfte wild, und ihr Hals war völlig ausgetrocknet. Kate sagte sich, dass es die Vorfreude auf das Tauchen sein müsse, die sie derart nervös machte, und nicht Dominics fester schlanker Körper. Sie interessierte sich nur für Dominics Kenntnisse und seine Erfahrung. Und er dachte nur an sein Honorar und an seinen Anteil am Fund. So sollte es jedenfalls sein.

Kate entledigte sich ihrer Hose und ihrer Bluse.

Darunter trug sie bereits den eng anliegenden Taucheranzug, der ihre langen Beine gut zur Geltung brachte.

Dominic zwang sich, nicht zu ihr hinüberzuschauen. Sie waren auf Schatzsuche, nur das zählte. Während er in seinen Taucheranzug schlüpfte, ging ihm der Gedanke durch den Kopf, dass manche Schätze unwiederbringlich verloren waren. Er presste seine Lippen fest aufeinander und sah nun doch zu Kate, die gerade die Nadeln aus ihrem Haar zog. Weich und schwer fiel es ihr über die Schultern. Dominics Herz krampfte sich zusammen. Mit einem energischen Ruck verschloss er den Reißverschluss seines Anzuges.

„Wir gehen heute eine Stunde lang hinunter", bestimmte er.

„Aber ..."

„Eine Stunde ist mehr als genug", unterbrach er ihren Einwand und hob eine Sauerstoffflasche hoch. „Du bist seit vier Jahren nicht mehr getaucht."

Er half Kate beim Anlegen der Gurte. Sie zog sie stramm, jedoch nicht zu fest.

„Das habe ich dir doch gar nicht gesagt", bemerkte sie verwundert.

„Nein, aber du hättest mir ganz bestimmt erzählt, wenn es nicht so wäre."

Als Kate nun verwirrt schwieg, lächelte Dominic in sich hinein und befestigte das Gurtwerk seiner eigenen Ausrüstung. Danach kletterte er auf die Leiter und stieg hinab.

Er reinigte seine Tauchermaske und spülte sie mit Meerwasser aus. Anschließend setzte er sie auf und ließ sich ins Meer fallen.

Es dauerte nicht lange, bis Kate neben ihm im Wasser war. Er wartete einen Augenblick, um sich zu vergewissern, dass ihr nicht schwindlig wurde und sie nicht vergaß zu atmen. Dann schwamm er voran in größere Tiefen.

Während Kate durch das Wasser glitt, erfüllte sie die gleiche Begeisterung wie beim ersten Mal. Welch unglaubliches Gefühl der Freiheit, im Meer tauchen zu können und dabei normal zu atmen!

Sie schaute zu den Sonnenstrahlen auf, die durch die Wasseroberfläche drangen, und hielt eine Hand hoch, um das Spiel von Licht und Schatten zu beobachten. Es faszinierte sie sehr, und fast hätte ihr dieses Erlebnis der Wiederbegegnung mit dem Meer genügt. Doch dann besann sie sich und schwamm weiter hinter Dominic her.

Dominic blickte einem Schwarm Heringsfischen entgegen und überlegte, ob dieser wohl in den Netzen des Fischerbootes landen würde, an dem sie vorbeigefahren waren. Die Fische wichen Dominic aus und schwammen eilig an ihm vorbei. Er sah sich nach Kate um und konnte beruhigt sein. Sie schien keine seiner Anweisungen vergessen zu haben. Ihre Bewegungen waren sauber und akkurat.

Sie hatten sich bisher noch nicht über die Methode unterhalten, wie sie nach dem Schiff suchen sollten.

Solange Kate keinen Einspruch erhob, wollte Dominic vorgehen, wie er es für richtig erachtete. Am sinnvollsten schien es ihm, im Halbkreis um die Stelle herumzuschwimmen, an der Hardesty zuletzt getaucht war, und den Halbkreis langsam immer größer zu ziehen. Auf diese Weise würden sie die „Liberty" am leichtesten finden. Vorausgesetzt, Hardesty hatte mit seinen Vermutungen Recht.

Die Sauerstoffflaschen auf ihrem Rücken erinnerten Kate daran, dass sie den Aufenthalt auf dem Meeresboden nicht frei und unbegrenzt genießen konnte. Am liebsten wäre sie stundenlang hier unten geblieben, so herrlich fand sie das Seegras und den weichen, sandigen Boden. Übermütig streckte sie die Hand nach einem Schwarm kleiner Fische aus, die erschrocken auseinander stoben, um sich danach wieder zu einer Gruppe zu formieren.

Welch fantastische Welt! Schade, dass sie sie nicht eingehender erforschen konnte. Aber vielleicht hatte Dominic Recht mit seiner Anordnung, nur eine Stunde zu tauchen. Die zahlreichen neuen Eindrücke hätte sie sonst nicht zu verarbeiten vermocht.

Dominic entdeckte die flache, scheibenförmige Gestalt als Erster. Instinktiv griff er nach Kates Arm, um sie am Weiterschwimmen zu hindern. Es mochte zwar schön sein, den Stachelrochen dabei zu beobachten, wie er dicht über dem Boden nach Nahrung suchte, doch die Berührung mit seinem Schwanz konnte tödlich sein. Dominic schätzte die Größe dieses Rochens auf fast zwei Meter. Vorsichtig schwammen sie in großem Bogen um den imposanten Meeresbewohner herum.

Der Anblick des Rochens brachte Kate zu Bewusstsein, dass nicht alles in dieser Welt unter der Meeresoberfläche schön und traumhaft war. Es gab auch Leid und Tod. In dem Augenblick, da sie den Rochen deutlich sah, schlug das Tier mit seinem Schwanz wie mit einer Peitsche nach einem kleinen Fisch. Einmal, dann ein zweites Mal. Ein ganz natürlicher Vorgang. So war das Leben. Trotzdem wandte Kate sich rasch ab.

Nach einer Weile begegnete ihr Blick durch die Schutzmaske dem Dominics. Kate hatte erwartet, Verachtung oder sogar Belustigung über den Moment der Schwäche in Dominics Augen zu lesen. Stattdessen drückten seine Augen Wärme und Verständnis aus. Er hob die Hand und strich mit seinen Fingerspitzen zärtlich über ihre Wange, wie er es früher getan hatte, um Trost zu spenden und Kate seine Liebe zu zeigen.

Dann allerdings war der Augenblick der Vertrautheit schlagartig vorüber. Dominic drehte sich um und schwamm fort. Mit einer Handbewegung bedeutete er Kate, ihm zu folgen.

Es fiel Dominic schwer, gleichgültig zu bleiben, wenn Kate hinter ihrer Maske aus Tüchtigkeit und Förmlichkeit Anzeichen von Verletzlichkeit offenbarte. Er durfte nicht zulassen, dass sie seine Gefühle und ihn beherrschte. Was immer geschah, er musste Herr der Lage bleiben.

Dominic und Kate entdeckten keinerlei Hinweise auf ein englisches Handelsschiff. Lediglich Wrackteile eines anderen Schiffes fielen Dominic auf. Die verrosteten und mit Muscheln übersäten Metallteile stammten vermutlich von einem Unterseeboot oder einem Kriegsschiff aus dem Zweiten Weltkrieg.

Dominic beschloss weiterzusuchen, obwohl sie allein zwanzig Minuten für die Rückkehr zum Boot brauchen würden. Er wollte das Gebiet, das sie gerade untersucht hatten, ein zweites Mal auf Wracks prüfen und dann erst umkehren.

Es kam ihm vor, als suchten sie die Nadel im Heuhaufen. In den zweieinhalb Jahrhunderten, die seit dem Untergang der „Liberty“ verstrichen waren, hatte es unzählige Stürme gegeben, und auch die Meeresströmungen sowie Seebeben hatten die Lage des Wracks verändern können. Selbst wenn die Position des Schiffes zum Zeitpunkt seines Untergangs bekannt war, gehörte eine große Portion Glück neben den Berechnungen und Vermutungen dazu, das Wrack in einem Umkreis von dreißig Kilometern zu finden.

Dominic verließ sich auf sein Glück, so wie Hardesty sich wohl auf seine Berechnungen verlassen hatte. Eine Mischung aus beidem würden ihn und Kate vielleicht zur „Liberty“ führen.

Dominic schaute sich nach Kate um. Sie zeigte die

gleiche Neugierde und das gleiche Interesse am Meer und an dem Leben unter seiner Oberfläche wie damals vor vier Jahren.

Ob sie sich noch an all die Informationen erinnerte, die er, Dominic, ihr gegeben hatte? Sie hatte nach den Auswirkungen des Druckwechsels gefragt, nach der physiologischen Anpassung des Körpers. Dominic war sicher, dass Kate ihm seine Antworten wortwörtlich wiederholen könnte.

Er gab das Zeichen zur Rückkehr und schließlich das zum Aufstieg. Langsam schwammen sie nach oben. Dominic beobachtete, wie die Sonnenstrahlen auf Kate fielen, sich in ihrem offenen Haar verfingen und sie wie eine Nixe wirken ließen. Im Volksmund hieß es, dass man eine Nixe nur dann besitzen könne, wenn man die Welt, in der sie lebte, als seine eigene anerkannte.

Kate bewegte ihre Füße leicht und hielt ihr Gesicht entspannt der Sonne entgegen. Dominic verspürte den Wunsch, ihren schlanken Leib zu umfassen und festzuhalten. Er streckte die Hand aus und berührte ihr Haar, kurz bevor sie gemeinsam die Wasseroberfläche erreichten.

Dort nahm Kate das Mundstück aus dem Mund und schob die Maske hoch. „Oh, es ist wunderschön. Genau wie damals.“ Sie lachte übermütig.

Zum ersten Mal nach vier Jahren hörte Dominic wieder diesen hellen Klang ihres Lachens. „Ich hatte den Eindruck, dass du nur spielen wolltest und nicht auf Schatzsuche warst." Er lächelte sie an, froh über ihre gute Laune und ihre Ausgelassenheit, die er vermisst hatte.

„Du hast Recht." Nur widerstrebend griff Kate nach der Leiter, um an Bord zu klettern. „Ich habe nicht damit gerechnet, dass wir gleich beim ersten Mal etwas entdecken würden. Es war einfach herrlich, wieder zu tauchen."

Sie nahm ihre Sauerstoffflaschen ab und überprüfte die Ventile, bevor sie die Flaschen auf die Planken stellte. „Wenn ich am Meeresgrund bin, glaube ich ohne Sonne auskommen zu können, bin ich aber wieder oben, kommt es mir vor, als schiene sie wärmer und heller als je zuvor." Sie streifte die Gummiflossen und die Schutzmaske ab und ließ ihr Gesicht von der Sonne bescheinen. „Es ist ein tolles Gefühl. Unübertrefflich."

„Schnorcheltauchen ist auch fantastisch." Dominic öffnete den Reißverschluss seines Taucheranzuges. „Ich habe es letztes Jahr auf Tahiti ausprobiert und fand es wundervoll, in dem klaren Gewässer zu schwimmen, nur mit Tauchermaske und Gummiflossen."

„Tahiti?" Überrascht schaute Kate zu ihm hin. „Du bist auf Tahiti gewesen?"

„Ja, einige Wochen im Herbst letzten Jahres." Er zog den Anzug aus und legte ihn in den großen Plastikbehälter, in dem er die Ausrüstungsstücke unterbrachte, die gesäubert werden mussten.

„Weil du eine Vorliebe für Inseln hast?“

„Ja – und für Baströckchen“, meinte er schmunzelnd.

Kate brach in lautes Gelächter aus. „Ich bin sicher, dass dir ein Bastrock ausgezeichnet steht.“

Dominic genoss die ungezwungene und fröhliche Stimmung, die ihn an frühere Zeiten erinnerte. Ausgelassen griff er nach ihrem Haar und zog leicht daran. „Schade, dass ich keine Schnappschüsse gemacht habe.“ Er drehte sich um und ging die Treppe hinab in die Kabine.

„Warst du zu sehr damit beschäftigt, die Eingeborenen zu bestaunen, statt sie für die Nachwelt auf Zelluloid zu bannen?“ rief Kate ihm nach, während sie sich auf die schmale Bank am Steuerbord des Bootes setzte.

„So ähnlich. Und natürlich habe ich so getan, als hätte ich nicht bemerkt, dass die Eingeborenen mich bestaunten.“

„Eingeborene in Baströcken ...“ Bevor Kate weitersprechen konnte, erschien Dominic wieder und warf ihr einen Pfirsich zu. Sie fing ihn auf und lächelte Dominic an, bevor sie in die Frucht biss.

„Deine Reflexe sind noch genauso ausgezeichnet wie früher“, lobte Dominic Kate.

„Besonders, wenn ich hungrig bin.“ Kate leckte mit der Zunge Saft auf, der auf ihre Handfläche getropft war. „Heute Morgen habe ich nichts gegessen. Ich war viel zu aufgeregt.“

„Wegen des Tauchens?“

„Einmal das und ...“ Kate hielt inne. Ihr wurde bewusst, dass sie sich miteinander unterhielten, als hätte es nie eine Trennung gegeben.

„Und?“ forschte Dominic. Er sprach beiläufig, doch sein aufmerksamer Blick verriet deutlich, wie gespannt er auf ihre Antwort war.

Kate bemerkte es und stand auf, um auf das Meer hinauszuschauen. „Die Morgendämmerung“, sagte sie leise. „Die Sonne ging über dem Wasser auf in den herrlichsten Farben.“ Sie holte tief Luft und fügte hinzu: „Ich habe schon sehr lange keinen Sonnenaufgang mehr gesehen.“

Dominic lehnte sich an die Reling und biss in seinen Pfirsich. „Warum nicht?“ wollte er wissen.

„Keine Zeit. Kein Bedürfnis.“

„Bedeutet dir beides das Gleiche?“

Kate überlegte einen Augenblick. „Wenn sich dein Leben um Unterrichtspläne und Schülerklassen dreht, läuft es wohl auf das Gleiche hinaus, denke ich.“

„Und das magst du? Einen täglichen Stundenplan?“

Kate schaute ihm über ihre Schulter hinweg in die Augen. Plötzlich spürte sie die tiefe Kluft zwischen ihnen wieder ganz deutlich. Ihre Welt war ihm so fremd wie ihr seine. „Ich habe dieses Leben gewählt.“

„Eine von deinen vielen möglichen Antworten auf die Frage nach dem Sinn des Lebens?“ konterte Dominic scharfsinnig.

„Kann sein. Vielleicht gibt es in manchen Bereichen des Lebens aber auch nur eine Antwort." Sie setzte sich wieder auf die Bank. Sie wollte sich ihre gute Laune nicht durch derartige Gespräche verderben lassen. „Erzähl mir von Tahiti, Dominic", bat sie. „Wie ist die Insel?"

„Milde Luft, weiches Wasser. Die Farben Blau, Grün und Weiß überwiegen in der Landschaft. Und natürlich gibt es rot, orange, gelb und violett leuchtende Streifen bei Sonnenauf- und untergang."

„Wie ein Gemälde von Gauguin."

„Mag sein, nur würde er sich heute über all die Hotels und Ferienanlagen wundern. Es ist keine unberührte Insel mehr."

„So etwas findet man heute kaum noch." Unter Dominics intensivem Blick fiel es Kate zunehmend schwer, ein unverfängliches Gespräch zu führen. Sie biss in ihren Pfirsich und sann nach weiteren Fragen. „Bist du auch in tieferen Gewässern getaucht?" erkundigte sie sich.

„Ja, manchmal. Dort gibt es Muscheln und Korallen in unvorstellbarer Vielfalt. Ich hätte ein ganzes Boot füllen können, wenn ich gewollt hätte. Die Fische waren so exotisch, wie man sie nur aus Aquarien kennt. Und Haie gab es auch." Er erinnerte sich, wie er nur einen Kilometer von der Küste entfernt einem Hai knapp entkommen war. „Das Meer um Tahiti ist alles andere als langweilig."

Kate kannte den übermütigen, sorglosen Ausdruck seiner Augen. Dominic mochte zwar nicht gerade das Abenteuer suchen, aber er würde niemals versuchen, ihm auszuweichen. Er stellte sich der Gefahr, und dies schien ein weiterer Punkt zu sein, in dem sie sich gewiss niemals verstehen würden. „Hast du auch eine Kette aus Haifischzähnen mitgebracht?"

Dominic nickte. „Ich habe sie Joy geschenkt. Aber Linda will sie ihr nicht geben. Sie sei noch zu jung dazu, meinte sie."

„Da hat sie Recht. Ist es eigentlich ein schönes Gefühl, Onkel zu sein?"

„Ja. Joy ähnelt mir."

„Aha, die männliche Eitelkeit."

Dominic zuckte mit den Schultern. Es freute ihn tatsächlich, dass seine Nichte, auch was ihr Wesen anbelangte, nach ihm geraten war. „Es macht mir ungeheuren Spaß zu beobachten, wie sie Marsh und Linda tyrannisiert. Es gibt sonst nicht viel Unterhaltung auf der Insel."

Kate vermochte sich beim besten Willen nicht vorzustellen, dass Dominic von einem Baby fasziniert sein konnte. „Es ist schon seltsam", sagte sie nach einer Weile, „wiederzukommen und zu sehen, dass Marsh und Linda verheiratet sind. Als ich ging, behandelte Marsh Linda wie seine kleine Schwester."

„Hat dir dein Vater nicht berichtet, was sich auf der Insel ereignete?"

Kate schaute auf ihre Hände. „Nein."

„Hast du dich danach erkundigt?"

„Nein."

Dominic warf den Stein seines Pfirsichs über Bord. „Er hat dir auch nie von dem Schiff erzählt und gesagt, warum er Jahr für Jahr nach Ocracoke kam."

Kate strich sich das Haar aus der Stirn. Dominic hatte keine Frage gestellt. Es war eine klare Feststellung gewesen. Doch es schien ihr am besten, darauf zu reagieren, damit es nicht aussah, als wolle sie dieses Thema meiden. „Stimmt", erwiderte sie mit fester Stimme, „er hat die ‚Liberty' mir gegenüber nie erwähnt."

„Quält dich dieser Gedanke nicht?"

„Warum sollte er?" fragte Kate ein wenig schnippisch zurück. „Er hatte ein Recht auf ein eigenes Leben, auf eine Privatsphäre."

„Aber du nicht."

Kate warf ihren Pfirsichstein ebenfalls ins Wasser. Sie streckte die Hand nach ihrer Bluse aus, weil ihr plötzlich kalt war. „Ich weiß nicht, worauf du hinauswillst."

„Das weißt du sehr gut, Kate." Dominic ergriff ihre Hände, bevor sie sie zurückziehen konnte. „Du weißt es", wiederholte er ruhig und sah ihr in die Augen. „Du bist nur noch nicht soweit, es dir einzugestehen."

„Lass mich in Ruhe, Dominic." Ihre Stimme zitterte leicht, sie konnte es nicht verhindern. „Lass mich in Ruhe", bat sie noch einmal.

Dominic musste sich überwinden, Kate nicht zu

schütteln, sie nicht zu drängen, endlich zu gestehen, dass sie vor vier Jahren gegangen war, weil ihr Vater es so gewollt hatte. Sie sollte ihm sagen, dass sie nicht die Kraft gehabt hatte, sich gegen den Mann aufzulehnen, von dem sie nach seinen Vorstellungen geformt worden war.

Er ließ ihre Hände los und wandte sich ab. „Also gut“, meinte er leichthin und ging zum Steuer. „Der Sommer fängt erst an.“ Er warf den Motor an und schaute Kate in die Augen. „Wir wissen beide, was solch ein Sommer bringen kann.“

6. KAPITEL

„Das Wichtigste, was du beim Umgang mit Joy beachten musst, ist die Tatsache, dass sie einen ausgeprägten eigenen Willen besitzt“, erklärte Linda und fing in letzter Minute eine Vase auf, die nach einem Stoß von Joy umzufallen drohte.

Kate beobachtete, wie die pausbäckige, schwarzhaarige Joy auf einen Ohrensessel kletterte, um ihr Spiegelbild in einem ovalen Spiegel zu bewundern. In den vergangenen fünfzehn Minuten, seit Kate Lindas Haus betreten hatte, war Joy keine Sekunde lang ruhig geblieben. Sie war flink und erstaunlich behände. In ihren Augen lag eine wilde Entschlossenheit, ihren Dickkopf auf die eine oder andere Weise durchzusetzen. Dominic hatte Recht gehabt. Seine Nichte war ihm tatsächlich in vielerlei Hinsicht ähnlich.

„Ja, das ist unverkennbar“, antwortete Kate. „Wo nimmst du nur die Energie her, ein Restaurant und einen Haushalt zu führen und nebenbei diesen Wirbelwind zu beaufsichtigen?“

„Von Vitaminen“, offenbarte Linda. „Von unzähligen Vitaminen. Joy, lass die Finger vom Spiegel!“

„Joy!“ rief das Kind aus und schnitt sich Gesichter im Spiegel. „Schön, schön, schön.“

„Das Selbstbewusstsein der Silvers“, meinte Linda trocken. „Es kommt immer wieder durch.“

Kate lachte und sah zu, wie Joy rückwärts von

dem Sessel herunterkletterte und auf ihrem mit Windeln gepolsterten Hosenboden landete. Mit wenigen Handstreichen zerstörte die Kleine einen Turm aus Holzklötzen, den sie erst vor wenigen Minuten aufgebaut hatte.

„Sie ist wirklich hübsch“, sagte Kate. „Und wenn sie es selber weiß, zeigt das nur, wie klug sie obendrein ist.“

„An dieser Klugheit zweifle ich besonders dann, wenn sie Zahnpasta nicht zum Zähneputzen benutzt, sondern eine ganze Tube auf dem Boden des Badezimmers verteilt.“ Seufzend lehnte sich Linda im Sofa zurück. Sie genoss es, die Montagnachmittage mit ihrer Tochter verbringen zu können. Es waren die einzigen Stunden, in denen das Restaurant nicht ihre Zeit beanspruchte. „Du bist jetzt schon seit einer Woche auf Ocracoke, und wir hatten noch keine Gelegenheit, ausführlich miteinander zu reden.“

„Du bist sehr beschäftigt.“ Kate beugte sich vor, um über Joys schwarzes Haar zu streichen.

„Du auch ...“

Kate hörte die Frage aus Lindas Worten heraus und lächelte. „Du vermutest, dass ich nicht zum Fischen und Sonnenbaden auf die Insel gekommen bin, stimmt's?“

„Also gut, warum soll ich länger taktvoll um den heißen Brei herumschleichen, wenn ich vor Neugierde platze“, gestand Linda. „Was machst du mit Dominic denn den lieben langen Tag draußen auf dem Meer?“

„Wir suchen nach einem Schatz", entgegnete Kate wahrheitsgemäß.

„Ach so." Ohne sonderlich erstaunt zu sein, nahm Linda diese Mitteilung zur Kenntnis. „Den Piratenschatz." Sie rettete die aufkeimenden Blüten eines Veilchens vor den neugierigen Tastversuchen ihrer Tochter und gab Joy eine Gummi-Ente. „Mein Großvater weiß noch Geschichten von diesem sagenumwobenen Schatz zu erzählen. Er sollte angeblich das Lösegeld für einen König sein. Ich habe mir immer vorgestellt, dass er irgendwo an Land vergraben ist."

„Wir suchen nicht den Piratenschatz", sagte Kate. Sie kannte die unzähligen Geschichten, die entlang der Küste kursierten und besonders hier auf Ocracoke, die als Pirateninsel aus früheren Zeiten bekannt war. Im Gegensatz zu den Recherchen ihres Vaters hielt sie die Geschichten für Hirngespinste. „Mein Vater hat Nachforschungen nach dem Verbleib eines englischen Handelsschiffes angestellt, das im achtzehnten Jahrhundert vor der Küste gesunken ist."

„Dein Vater?" Linda staunte. Den Edwin Hardesty, den sie in den vergangenen Jahren auf der Insel gesehen hatte, konnte sie sich beim besten Willen nicht als Schatzsucher vorstellen. „Das ist also der Grund, weshalb er Sommer für Sommer herkam." Sie hielt inne, lachte verlegen und fuhr dann fort: „Du musst entschuldigen, Kate, aber dein Vater schien nicht der Typ zu sein, der solche Abenteuer ... na, du weißt schon. Nun, man muss ihm lassen, dass er es verstand, sein Geheimnis zu hüten."

„Ja, sogar vor mir."

„Du hast nichts gewusst?" Lindas Augen weiteten sich.

In diesem Moment ertönte ein unregelmäßiges Trommeln, und sie warf einen Blick auf ihre Tochter, die mit einem ihrer Bauklötze auf den Boden eines Plastikeimers einschlug.

„Ich habe es erst aus den Unterlagen erfahren, die ich nach seinem Tod in seinem Schreibtisch vorfand", sagte Kate. „Ich entschloss mich dann, sein Werk fortzuführen."

„Und zu Dominic zu kommen?"

„Ja." Kate strich den dünnen Baumwollstoff ihres Rockes über den Knien glatt. „Ich brauche ein Boot", fügte sie sachlich hinzu, „und einen Taucher, möglichst von dieser Insel. Er ist der Beste."

Linda schenkte ihr ihre ungeteilte Aufmerksamkeit. Kates Worte klangen logisch, aber ihre Stimme hatte Linda verraten, dass Kate sich diese Logik nicht nur für andere, sondern vor allem für sich selbst zurechtgelegt hatte. „Ist das der einzige Grund, weshalb du Dominic gebeten hast, dir zu helfen?" forschte sie.

Unruhig zupfte Kate an ihrer Bluse und erwiderte leicht gereizt: „Ja, das ist der einzige Grund."

Linda schwieg einen Augenblick. Es betrübte sie, dass ihre Freundin sich offensichtlich selbst betrog. „Kate, er hat dich nie vergessen."

„Nein! Nein, das glaube ich nicht“, entfuhr es Kate. Sie schüttelte heftig den Kopf.

„Es stimmt aber. Kate, ich kenne ihn gut und habe ihn sehr gern.“ Linda stand auf, um Joy abzulenken, denn die Kleine hatte gerade festgestellt, dass es ihr viel mehr Spaß bereitete, die Holzklötze umherzuwerfen, als sie aufeinander zu setzen. „Obwohl er manchmal schwierig sein kann. Er ist Marshs Bruder.“ Sie platzierte ihre Tochter vor eine Reihe von Plüschtieren und nahm dann wieder neben Kate Platz. „Dominic ist auch für mich wie ein Bruder. Und du bist der erste Mensch vom Festland, zu dem ich ein enges Verhältnis habe. Deshalb möchte ich ...“

„Ich verstehe“, unterbrach Kate sie. Die Versuchung war groß, ihr Herz auszuschütten, über ihre Gefühle zu sprechen. Doch sie wich aus. „Glaub mir, Linda, was zwischen mir und Dominic war, ist längst vorüber. Das Leben geht weiter.“

Linda räusperte sich. An Kate stellte sie den gleichen Unwillen fest, über sich selbst zu reden, der auch Dominic auszeichnete. So verschieden die beiden in vielen Dingen sein mochten, diese Verschlossenheit war ihnen gemein. „Wie du meinst“, gab sie schließlich nach. „Du siehst selbst, was mir in den letzten vier Jahren zugestoßen ist.“ Sie schaute mit gespieltem Entsetzen auf Joy. „Jetzt erzähle mir, wie es dir ergangen ist. Wie war dein Leben?“

„Ruhiger.“

Linda lachte. „Manchmal habe ich tatsächlich den Eindruck, dass es in jedem Zirkus beschaulicher zugeht als in diesem Haus."

„Es war nicht leicht, meinen Doktortitel zu erlangen. Ich habe mich ganz auf dieses Ziel konzentrieren müssen", sagte Kate. „Und wenn man anschließend Lehrerin ist, bleibt auch nicht viel Zeit für irgendetwas anderes."

Sie stand auf und ging im Zimmer umher, unzufrieden darüber, dass ihre Beschreibung so leer und uninteressant klang. Es war damals ihr fester Wille gewesen zu lernen, weiterzukommen, und sie hatte Freude an ihrer Arbeit mit den Studenten. Jetzt, da sie zu Linda darüber sprach, hörte es sich so an, als sei ihr Leben unerfüllt und hohl.

Kate betrachtete die vielen Spielsachen, die im Raum verstreut lagen. Eine Krawatte war achtlos über die Lehne eines Stuhles gehängt worden, auf dem Lindas Handtasche stand. So unbedeutend diese Gegenstände auch sein mochten, sie wirkten wie Symbole für Familie und Zusammengehörigkeit. Eine eigenartige Furcht vor der Rückkehr in das große Haus in Connecticut erfüllte Kate plötzlich. Abrupt wandte sie sich zu Linda um.

„Dieses Jahr in Yale war faszinierend und schwierig zugleich", sagte sie und verdrängte den Gedanken, dass ihre Worte wie eine Verteidigung anmuten könnten. „Komisch, obwohl mein Vater ja auch Lehrer war, habe ich bis dahin nicht gewusst, dass dieser Beruf so hart und anstrengend ist wie das Studentendasein."

„Härter", meinte Linda nach einer kurzen Pause, „denn du musst die Antworten kennen."

„Ja." Kate ging in die Hocke, um sich Joys Sammlung an Plüschtieren anzuschauen. „Ich betrachte es als ständige Herausforderung. Entweder ich weiß die Antwort auf eine Frage, oder ich ergründe sie, und dann warte ich darauf, dass meine Erklärung verstanden wird."

„Was nicht immer der Fall ist", vermutete Linda.

„Richtig." Kate lachte. „Aber wenn der Groschen fällt, gehört dies zu den Augenblicken, die mich für die Mühe belohnen. Mutter zu sein stelle ich mir ähnlich vor. Du erteilst tagtäglich Unterricht."

„Zumindest mache ich den Versuch", entgegnete Linda trocken.

„Wie bei mir."

„Hm ..." Linda legte den Kopf schief. „Sag mal, bist du mit deinem Leben zufrieden, bist du glücklich?"

Joy drückte einen rosafarbenen Plüschdrachen an sich und hielt ihn dann Kate hin. Gehorsam kam Kate der unausgesprochenen Aufforderung nach und liebkoste das weiche Stofftier. Dies gab ihr Zeit, über Lindas Frage nachzudenken. Sie hatte stets ihr Ziel im Auge gehabt, ohne an Glück und an Erfüllung zu denken. Ihr Vater hatte ihr diese einfache, im Grunde selbstverständliche Frage nie gestellt.

„Ich bin gern Lehrerin“, antwortete Kate schließlich. „Ich wäre unglücklich, wenn ich es nicht sein könnte.“

„Du weichst dem eigentlichen Thema aus, Kate.“

„Manchmal kann man nicht mit Ja oder Nein antworten.“

„Dominic!“

Bei Joys Ausruf zuckte Kate unwillkürlich zusammen und fuhr herum.

„Nein, sie meint den Drachen“, erklärte Linda, ohne auf Kates heftige Reaktion einzugehen. „Er hat ihn ihr geschenkt, also heißt er Dominic.“

„Ach so.“ Kate sah sich das Tier an, das mit seinem weit geöffneten Maul und den weichen, eckigen Plüschzähnen aussah, als lache es den Betrachter an. Sie gab Joy ihr Lieblingsspielzeug zurück und richtete sich auf. „Es passt zu Dominic, dass er nicht wie alle anderen gewöhnliche Puppen verschenkt.“

„Allerdings.“ Linda blickte Kate fest in die Augen. „Er hat in allem einen ganz besonderen Geschmack.“

Kate musste schließlich doch lächeln. „Du gibst nie auf, stimmt's, Linda?“

„Nicht, wenn es um eine Sache geht, an die ich fest glaube.“ Lindas Antwort verriet ihren Trotz und ihre Ausdauer, die Eigenschaften, die ihr geholfen hatten, so lange zu warten, bis Marsh ihr endlich seine Liebe gestand. „Ich bin fest davon überzeugt, dass du und Dominic ... dass ihr zusammengehört“, fuhr sie fort.

„Ihr könnt es noch so kompliziert machen, mich täuscht ihr nicht."

„Du hast dich nicht verändert. Vier Jahre sind vergangen, du bist Ehefrau, Mutter und Besitzerin eines Restaurants geworden, aber du hast dich kein bisschen verändert."

„Die Tatsache, dass ich Ehefrau und Mutter geworden bin, bestärkt mich darin, dass meine Einschätzungen richtig sind." Linda verstand es, ihr Selbstbewusstsein einzusetzen, wenn sie es für angemessen hielt. „Aber das Restaurant gehört uns nicht", fügte sie erklärend hinzu.

„Nein?" Überrascht schaute Kate sie an.

„Wir führen das Restaurant und besitzen einen Anteil von zwanzig Prozent." Linda lehnte sich zurück und lächelte Kate an. Sie genoss es, Kate etwas mitzuteilen, das sie vermutlich nie für möglich gehalten hätte. „Das ‚Roost' gehört Dominic."

„Dominic?" Kate vermochte ihre Verblüffung nicht zu verbergen. Der Dominic Silver, den sie zu kennen glaubte, hatte nie etwas anderes besessen als ein Boot und ein wackliges Haus am Strand. Ein Restaurant zu kaufen, selbst ein kleines auf einer abgelegenen Insel, erforderte mehr als Kapital. Es erforderte Ehrgeiz.

„Er hat es dir offensichtlich nicht gesagt."

„Nein, das hat er nicht." Obwohl er Gelegenheit dazu gehabt hätte, erinnerte sich Kate. An dem Abend, an dem sie gemeinsam in seinem Restaurant gespeist hatten, hätte er es ihr erzählen können. „Es passt irgendwie nicht zu ihm“, fügte sie leise hinzu. „Ich meine, es wäre nicht überraschend, wenn er sich ein neues Boot gekauft hätte, ein schnelleres oder ein größeres. Aber ein Restaurant ... nicht zu fassen.“

„Wir waren alle überrascht, abgesehen von Marsh. Nun, er kennt seinen Bruder besser als jeder andere. Wenige Wochen vor unserer Hochzeit erzählte Dominic uns, dass er das Restaurant gekauft habe und es renovieren wolle. Marsh musste damals jeden Tag mit der Fähre nach Hatteras zur Arbeit fahren, und ich habe während der Saison im Kunsthandwerksladen meiner Tante geholfen. Als Dominic den Vorschlag machte, dass wir uns mit zwanzig Prozent an dem Geschäft beteiligen und das Restaurant als Geschäftsführer übernehmen sollten, erschien es uns als wahres Himmelsgeschenk. Im Nachhinein muss man sagen, dass wir alle wirklich gut mit dieser Lösung gefahren sind.“

Kate dachte an die anheimelnde Atmosphäre, das hervorragende Essen und die flotte Bedienung. „Ihr habt etwas Tolles zu Stande gebracht“, lobte sie. „Allerdings kann ich mir Dominic nicht als Geschäftsmann vorstellen.“

„Dominic weiß, was er will“, entgegnete Linda. „Meines Erachtens weiß er bloß nicht immer, wie er es erreichen soll.“

Kate wollte sich nicht länger mit diesem Thema befassen. „Ich habe große Lust, am Strand spazieren zu gehen. Kommst du mit?“ fragte sie.

„Nichts lieber als das, aber ...“ Linda wies mit einer Handbewegung auf ihre Tochter, die in den letzten Minuten sehr ruhig gewesen war. Joy hielt den rosafarbenen Drachen mit beiden Händen fest umschlungen und lag in tiefem Schlummer inmitten der übrigen Plüschtiere.

Kate lachte leise. „Sie hat sich völlig verausgabt.“

„Ja, sie ist oft anstrengend, aber wenn sie schläft, habe ich auch meine Ruhe.“ Vorsichtig hob sie Joy auf und wiegte sie in ihrem Arm. „Ich wünsche dir viel Spaß bei deinem Spaziergang. Wenn du Lust hast, könntest du heute Abend im ‚Roost' vorbeischauen.“

„Ja, ich komme“, versicherte Kate und strich Joy über den Kopf, über das dichte schwarze Haar, das so sehr dem ihres Onkels glich. „Sie ist wunderhübsch, Linda. Du kannst dich glücklich schätzen.“

Kate verließ Lindas Haus und ging durch die ruhige Stadt. Die Wolken hingen tief, wodurch die Umgebung düster und unheimlich wirkte. Doch der Regen ließ auf sich warten. Kate konnte ihn förmlich schmecken. Der Wind würde die reinen frischen Tropfen vom Meer herübertragen. Es war die Richtung, in die Kate ging.

Auf einer Insel fühlte man sich unwillkürlich mehr zum Meer hingezogen als zum Land. In diesem Punkt hatte Kate volles Verständnis für Dominics Vorliebe.

Es war ihr in Connecticut leichter gefallen, den Erinnerungen auszuweichen, die für sie mit dem

Meer verknüpft waren. Obwohl sie die felsige raue Küste von New England liebte, war sie nie hingefahren, um sich nicht den schmerzvollen Bildern der Vergangenheit auszusetzen. Hier auf der Insel ließen sie sich nicht verdrängen. Vielleicht hätte sie zur landzugewandten Seite der Insel gehen sollen, doch sie bevorzugte den Blick aufs offene Meer und konnte nicht widerstehen.

Die Luft war warm, und der Wind spielte mit dem dünnen Stoff ihres Rockes und ihrer Bluse. Kate kam an zwei Anglern vorbei, die mit tief ins Gesicht gezogenen Mützen auf der Mole saßen und darauf warteten, dass ein Fisch anbiss. Die beiden Männer unterhielten sich, aber die Brandung übertönte ihre Worte. Kate konnte sich allerdings sehr gut ausmalen, um welche Themen ihr Gespräch kreiste. Um Köder und vielleicht um den Fang vom gestrigen Tag.

Kate störte die beiden nicht, und auch die Angler sprachen sie nicht an. Die Bewohner der Insel waren nicht unfreundlich oder unhöflich, doch sie drängten sich auch niemandem auf.

Die Farbe des Wassers war so grau wie die des Himmels. Kate faszinierten die unterschiedlichen Launen der Witterung. Wenn sich das Meer so rau und aufgewühlt wie heute zeigte, empfand sie es als Spiegel ihrer eigenen inneren Unruhe, die sie sich selbst allerdings nur selten eingestand.

Höher und höher hinauf schienen die Wellen ihre schäumenden Kronen zu tragen, um sie mit lautem

Getöse an den Strand zu werfen. Der Schrei der Möwen klang nicht einsam und klagend, sondern wild und herausfordernd. Das Meer bot bei jedem Wetter ein überwältigendes Schauspiel.

Kate ging bis zum Meeresufer. Ungeschützt dem Wind ausgesetzt, der einzelne Strähnen ihres Haares löste, stand sie am Strand, hob ihr Gesicht und starrte mit weit geöffneten Augen auf die kaum erkennbare Linie des Horizontes.

Es tat ihr gut, die Urgewalt der Natur zu spüren. Das düstere, bedrohliche Licht kurz vor einem Sturm, der beständige Wind aus Osten passten zu ihren Gefühlen. So vieles hatte sie erlebt und erfahren, was sie aus dem Gleichgewicht warf, und sie wollte mit sich selbst ins Reine kommen.

Dominic. Seine Gegenwart wühlte sie auf und machte sie wehrlos und verletzlich. Vor vier Jahren hatte sie sich von ihm in einen Strudel ziehen lassen. Sie war überwältigt gewesen von seiner Art. Später hatte sie erkannt, dass seine Freiheitsliebe niemals auf ihren Lebensstil übertragbar sein würde, weil er sich vom Leben treiben ließ, während sie auf ein festes Ziel zustrebte, ohne nach rechts und links zu schauen.

Vielleicht war er mit dem Kauf des Restaurants nun eine Bindung eingegangen. Offenbar scheute er Verantwortung nicht mehr. Das freute Kate, doch an der Tatsache, dass sie aus zwei verschiedenen Welten stammten, änderte es nichts.

Sie, Kate, hatte sich für ein geordnetes Leben entschieden. Erfolg war ihr Genugtuung. Ohne ihren Beruf konnte sie nicht leben. Er bedeutete nicht nur Arbeit oder Beschäftigung. Als sie mit Linda gesprochen hatte, war ihre Schilderung vielleicht nicht überzeugend gewesen. Wie auch immer, Kate glaubte zu wissen, dass man am Ende mit leeren Händen dastehen würde, wenn man zu viel erhoffte und verlangte. Im Übrigen musste sie sich damit abfinden, dass man das Rad der Zeit nicht zurückzudrehen vermochte. Sie hatte ihrem Leben vor vier Jahren eine bestimmte Richtung gegeben, die es weiterzuverfolgen galt.

Mittlerweile hatte draußen auf dem Meer der Regen eingesetzt. Kate sah den dunklen Vorhang, der allmählich weiter vorrückte.

Dominic verspürte das Bedürfnis, das Meer kurz vor dem Sturm zu sehen, und strebte dem Strand zu. Er hatte nicht vorgehabt, seine Arbeit an dem neuen Boot zu einer bestimmten Zeit zu unterbrechen. Es war eine Laune, die ihn ans Meer führte, eine von jenen Stimmungen, denen er sich hingab, ohne sie rational zu ergründen.

Dominic hörte das Tosen der Brandung. Langsam wanderte er über eine Düne. Er würde den Weg auch bei stockfinsterer Nacht finden. Unzählige Male war er ihn schon gegangen. Oftmals, so wie heute, um die aufgewühlte See zu beobachten.

Er hatte schon zahlreiche tropische Stürme und Orkane erlebt, aber er wusste auch einen relativ friedlichen Sommerregen zu schätzen. Gern ließ er die Tropfen auf sich herabklatschen und beobachtete dabei das Auf und Ab der Wellen. Heute war er dankbar für den angekündigten Regen. So hatte er einen Tag für sich – einen Tag ohne Kate.

Sie hatten sich wortlos auf ein möglichst unpersönliches Miteinander geeinigt, das es ihnen vereinfachen sollte, auf engem Raum zusammenzusein.

Ihm kam der Zustand vor wie die Ruhe vor dem Sturm. Und die ständige Anspannung zerrte an seinen Nerven. Kate zu sehen, in ihrer Nähe zu sein in dem Bewusstsein, dass sie sich von ihm zurückgezogen hatte, war ungleich schwieriger, als Tausende von Kilometern von ihr entfernt zu leben.

Für Kate bin ich lediglich Mittel zum Zweck, ein Werkzeug, das sie so einzusetzen versteht wie ihre Bücher, dachte Dominic bitter. Dennoch konnte er ihr im Grunde keine Vorwürfe machen. Er selbst hatte ihren Bedingungen zugestimmt und musste sich mit ihnen abfinden.

Seit jenem Tag, an dem sie zum ersten Mal getaucht waren, hatte Kate nicht mehr gelacht. Er vermisste den hellen Klang, so wie er auch den Geschmack ihrer Lippen und die Berührung ihres Körpers vermisste. Trotz seiner Bemühungen, sich selbst davon zu überzeugen, dass er auch ohne sie leben konnte, lag er nachts oft lange wach und sehnte sich nach ihr. Ja, zuweilen glaubte er dann sogar, keine Sekunde länger ohne sie sein zu können.

In den vergangenen Jahren hatte Dominic Möglichkeiten gefunden, gegen solche Gefühle anzukämpfen. Kates Fortgang hatte ihm hart zugesetzt und war schließlich der Grund für eine gewisse Veränderung in ihm gewesen. Er wollte sich selbst beweisen. Deshalb hatte er jeden Pfennig, über den er verfügte, in den Erwerb des Restaurants gesteckt.

Der Schritt hatte sich als richtig erwiesen. Ebenso wie der Kauf des Bootes, das er an Sommergäste vermietete. Der Besitz verlieh ihm ein bisher unbekanntes Gefühl von Wert, von Beständigkeit.

Er besaß also ein Restaurant, das Gewinne erzielte, und ein Boot, das bestimmt auch die Investition lohnen würde. Ihm lag aber nichts am Geld. Ihn hatte das Risiko gereizt, der ungewisse Ausgang seiner Käufe. Ganz ähnlich empfand er die Schatzsuche, in die er jetzt verwickelt war.

Was mochte Kate bewegen? Wollte sie das Gold? Oder fand sie diese ungewöhnliche Art, ihre Ferien zu verbringen, reizvoll? Vielleicht war der Grund auch nur ihr blinder Gehorsam ihrem Vater gegenüber, den dieser stets von ihr erwartet hatte.

Während Dominic der langsam heranrückenden Regenwand entgegensah, hoffte er inständig, dass es die Abenteuerlust sei, die Kate nach Ocracoke geführt hatte.

Nur hundert Meter voneinander entfernt standen

Dominic und Kate am Strand und schauten auf das Meer. Er dachte an sie, sie an ihn, aber sie wussten nicht, wie nahe sie einander waren.

Der Wind wurde stürmischer. Die aufgewühlte See spiegelte die innere Unrast der beiden Menschen wider. Doch sie wollten sich beide nicht eingestehen, dass Einsamkeit die Ursache dafür war.

Schließlich wandten sich beide dem Weg über die Dünen zu – und sahen einander.

Kate durchzuckte der Gedanke, wie es möglich sein konnte, dass sie so intensiv an Dominic hatte denken können, ohne zu spüren, wie nah er ihr war. Seit wann mochte er wohl am Strand gestanden haben?

Mit aller Macht zog es sie zu Dominic. Sie vermochte ihre Sehnsucht nach ihm nicht zu leugnen, nicht zu bekämpfen. Sie wusste, wie zerstörerisch ihr Verlangen für sie selbst war, und dennoch konnte sie es nicht unterdrücken. Kate dachte an Flucht, sagte sich dann jedoch, dass sie nicht davonlaufen dürfe, weil diese Reaktion sie verraten würde.

Also ging sie langsam durch den weichen Sand auf Dominic zu.

Ihr dünner weißer Rock wurde vom Wind aufgebläht und dann eng an ihre schlanken Beine gepresst. Kates Gesicht war blass, und ihre Augen wirkten groß und dunkel. Wieder musste Dominic an Wassernixen, an Illusionen und Traumvorstellungen denken.

„Du hast dich immer gern vor einem Sturm am

Strand aufgehalten“, bemerkte Kate, als sie vor ihm stand.

„Der Regen wird nicht lange auf sich warten lassen.“ Dominic steckte die Hände in die Taschen seiner Jeans. „Wenn du deinen Wagen nicht dabei hast, wirst du nass werden.“

„Ich habe Linda besucht“, erklärte Kate und schaute nach dem grauen Regenvorhang. „Der Regen macht mir nichts aus. Solche Unwetter sind so schnell vorüber, wie sie kommen.“ Sie strich sich einige lose Strähnen ihres Haares aus dem Gesicht. „Ich habe Joy kennen gelernt. Du hattest Recht.“

„Womit?“

„Sie gleicht dir.“ Kate lächelte, obwohl ihr nicht danach zu Mute war. „Weißt du, dass sie eines ihrer Kuscheltiere nach dir benannt hat?“

„Den Drachen.“ Dominic nickte und lächelte ebenfalls. Er hatte gelernt, sich zu verschließen. Wenn es aber um seine Nichte ging, trat seine Zuneigung deutlich zu Tage. „Sie ist ein lieber Kerl. Und sie fährt gern Boot.“

„Du nimmst sie mit auf deinem Boot hinaus?“

Dominic entging der überraschte Tonfall in Kates Stimme nicht. „Warum nicht? Sie mag das Meer.“

„Ich kann mir nicht vorstellen, wie du ...“ Abrupt hielt Kate inne und schaute aufs Meer zurück. Dominic, der einem Kleinkind Spielzeugdrachen schenkte und mit ihm Bootsfahrten unternahm, war ihr genauso unvorstellbar wie Dominic, der mit Grundstücksmaklern und Steuerberatern verhandelte. „Du überraschst mich“, gestand sie leichthin. „In vielerlei Hinsicht.“

„Zum Beispiel?“

„Linda erzählte, dass du der Besitzer des ‚Roost‘ bist.“

„Das stimmt, der größte Teil gehört mir“, bestätigte Dominic.

Kates Gesicht nahm einen nachdenklichen Ausdruck an. „Du hast es mir nicht gesagt, als wir dort zusammen gegessen haben“, warf sie ihm vor.

„Warum sollte ich es dir erzählen? Die meisten Menschen interessiert es nicht, wem das Restaurant gehört, solange das Essen gut und die Bedienung freundlich ist.“

„Ich denke nicht, dass ich zu den meisten Menschen gehöre“, sagte Kate leise.

Ihre Worte durchbrachen Dominics aufgesetzte Gleichgültigkeit, und er schaute sie forschend an. „Wieso bedeutet es dir etwas, dass das ‚Roost‘ mir gehört?“

Kate biss sich auf die Lippe. „Weil alles von Bedeutung ist. Fragen nach dem Warum und Wieso. Weil sich so vieles verändert hat und so vieles gleich geblieben ist. Weil ich ... ich möchte ...“

Dominic kniff die Augen leicht zusammen. „Was?“ fragte er und ergriff ihren Arm. „Was möchtest du?“

„Ich weiß es nicht!“ fuhr Kate ihn an. Ungestüm

brach sich ihre Verzweiflung Bahn. „Ich weiß nicht, was ich will. Und ich begreife nicht, warum ich es nicht weiß."

„Versuch nicht immer, alles zu verstehen." Dominic zog sie näher zu sich heran. „Vergiss, was nichts mit dem Hier und dem Jetzt zu tun hat." Er konnte seine Empfindungen nicht länger verbergen. Zu stark war die Anspannung der letzten Tage gewesen. „Du bist damals von mir fortgegangen, aber ich laufe dir nicht nach, Kate. Trotzdem", fügte er hinzu und neigte langsam den Kopf, „trotzdem wirst du dieses Mal nicht so leicht gehen können. Dieses Mal nicht, Kate."

Wie mit Eisenbändern hielt er sie in seinen Armen gefangen. Sein Mund war nur wenige Zentimeter von ihrem entfernt. Kates Gedanken wirbelten durcheinander. Verstand und Gefühle lagen miteinander im Wettstreit.

Ihre Gefühle trugen den Sieg davon. Nur noch Nähe zählte, sie sehnte sich nach ihm, wollte, dass er sie küsste und liebkoste. Plötzlich war ihr die Zukunft gleichgültig, wollte sie nur für den Moment leben.

„Sag mir, was du möchtest, Kate", wiederholte Dominic. „Sag mir, was du jetzt möchtest."

Jetzt, dachte Kate. Wenn doch immer nur der Augenblick genügen würde! Sie spürte, wie Dominics Atem ihre Haut streifte, und warf nun endlich alle Vorsicht über Bord.

„Dich", flüsterte sie. „Nur dich." Mit beiden Händen zog sie seinen Kopf noch tiefer zu sich herab.

Sie nahm die Härte und Stärke seines Körpers wahr, den leidenschaftlichen, drängenden Druck seines Mundes. Leise stöhnend gab sie sich ihrer Sehnsucht hin. Sie begehrte Dominic und hatte nicht länger die Kraft, sich zu wehren.

Während Kate Dominics Kuss voller Hingabe erwiderte, strich sie mit den Fingerspitzen über sein Gesicht. Sie hatte in den vergangenen Jahren nicht vergessen, wie sich sein Kinn und seine Wangen anfühlten. Höher glitten ihre Finger, berührten sein vom Wind zerzaustes Haar. Dann schlang sie die Arme fest um seinen Nacken.

Dominic spürte, wie das Verlangen Oberhand in ihm gewann. Er drückte Kate an sich. Durch den dünnen Stoff ihrer Bluse hindurch fühlte er ihre warme Haut. Er wusste, dass sie so zart und weich wie das Blütenblatt einer Rose war. Erinnerungen vermischten sich mit der Gegenwart und brachten ihn fast um den Verstand. Er hatte nur noch den einen Wunsch – Kate zu besitzen.

„Ich begehre dich", flüsterte er und vergrub sein Gesicht an ihrem Hals. „Du weißt, wie sehr ich dich brauche. Du hast es immer gewusst. Willst du mich ebenfalls?"

„Ja, ja." Auch ihr Verlangen wuchs.

„Oh Kate ..."

Sie hatte das Gefühl, in einem Strudel zu versinken. Mit rasender Geschwindigkeit würde dieser Strudel sie hinabziehen, und am Ende erwarteten sie höchste Lust und Glückseligkeit ...

Doch Dominic hatte Recht. Sie würde sich danach nicht leicht von ihm trennen können. Durfte sie sich dann zu Dingen hinreißen lassen, die ihr den unvermeidlichen Abschied noch erschwerten?

„Nein, Dominic." Kate versuchte sich aus seinen Armen zu winden. „Nein." Sie legte die Hände um sein Gesicht und schob seinen Kopf fort. „Es wäre nicht richtig."

Dominics Leidenschaft schlug in Zorn um. Sie erkannte es an seinem Blick und an der Art, wie er jetzt ihre Schultern umklammerte. „Es ist richtig, Kate, und es war damals schon richtig."

„Nein", widersprach sie. „Das ist es nicht. Ich habe mich immer zu dir hingezogen gefühlt. Es stimmt, und es wäre lächerlich, etwas anderes zu behaupten. Aber es ist nicht das, was ich für mich möchte."

Sein Griff wurde noch härter, schmerzte. „Ich habe dich vorhin gefragt, ob du mich willst, und du hast Ja gesagt."

In diesem Moment erreichte sie die Regenwand. Große schwere Tropfen prasselten auf Dominic und Kate herab. Im Nu waren sie durchnässt. Doch sie beachteten den Regen nicht. Sie standen regungslos und schauten einander in die Augen.

„Vorhin hätte ich beinahe nicht widerstehen können. Ich gebe es zu."

„Und jetzt?“ fragte Dominic.

„Ich gehe zurück ins Hotel.“

„Verflixt, Kate, weißt du überhaupt, was du willst?“

Kate sah den wütenden, unbeherrschten Ausdruck seines Gesichts. Ihr innerer Konflikt brachte sie zur Verzweiflung. Sie musste Dominics Anziehungskraft bekämpfen. Ihre Beziehung hatte keine Zukunft.

„Ja. Etwas, das du mir nicht geben kannst“, antwortete sie leise. „Etwas, das wir beide einander nicht geben können.“

„Kate ...“

„Ich möchte jetzt gehen.“

„Du wirst zu mir zurückkommen“, sagte Dominic und nahm die Hände von ihren Schultern. „Früher oder später kommst du zu mir zurück, Kate.“

Schweigend wandte sie sich ab und nahm den Weg zur Stadt.

7. KAPITEL

Der Sturm ging vorüber. Am nächsten Morgen war das Meer ruhig, und auf seiner glatten, tiefblauen Oberfläche spiegelte sich das strahlende Sonnenlicht wider. Der Himmel war wolkenlos und die Luft so klar, dass Kate die Redeweise bestätigt fand, der Regen wasche alles rein.

Die Tatsache allerdings, dass sich ein solcher fast windstiller Tag hervorragend zum Tauchen eignete, machte Kate nicht froh. Sie musste sich zwingen, zum Hafen zu gehen und an Bord der „Wirbelwind" zu steigen. Nur der Gedanke an ihren verstorbenen Vater bewog sie dazu weiterzumachen.

Dominic mochte ihre Anspannung spüren, aber er verlor kein Wort darüber. Er begrüßte Kate knapp und gab beim Ablegen die notwendigen Anweisungen, danach herrschte Stille zwischen ihnen.

Er stand am Ruder und Kate am Heck, während das Boot aufs offene Meer hinausfuhr. Schließlich hatten sie ihr Ziel erreicht. Dominic kontrollierte die Position des Bootes und schaltete den Motor ab.

Schweigend bereiteten sie sich aufs Tauchen vor. Sie legten ihre Taucheranzüge an, schnallten Gürtel mit Gewichten um und setzten die Lampen und Tauchermasken auf. Während Dominic den Tiefenmesser und den Kompass an seinem rechten Handgelenk prüfte und anschließend die Armbanduhr mit den

Leuchtziffern an seinem linken Handgelenk befestigte, band Kate die Scheide mit ihrem Tauchermesser wenig unterhalb des Knies an ihr Bein.

Dann vergewisserten sie sich, dass der Druck in den Sauerstoffflaschen ausreichte, streiften die Gurte über und zogen sie fest. Wie gewöhnlich sprang Dominic als Erster ins Wasser und wartete, bis Kate die Leiter hinabgestiegen war. Gemeinsam glitten sie in die Tiefe hinab.

Erneut verzauberte Kate die Welt unter Wasser. Sie hatte erwartet, dass das Tauchen für sie irgendwann einmal zur Routine und das Leben unter Wasser zum gewohnten Anblick werden würde, aber es begeisterte sie immer wieder. Sie fand sich damit ab, dass sich der Mensch mit Technik und Hilfswerk ausstatten musste, um den Geschöpfen im Meer für begrenzte Zeit Gesellschaft leisten zu können. Das Mundstück, der Schlauch zu der Sauerstoffflasche auf ihrem Rücken, die verschiedenen Ventile – all dies war notwendig. Sie wusste, wie die Ausrüstung funktionierte, und bewahrte dieses Wissen in ihrem Gedächtnis auf, um sich ganz auf die sie umgebende Schönheit konzentrieren zu können.

Sie schwammen tiefer, blieben stets in Sichtweite. Kate konnte sich ganz auf Dominic verlassen. Er tauchte häufig auch allein, obwohl das mit einem großen Risiko verbunden war. Seine Erfahrung und sein Gespür leiteten sie, vielleicht in größerem Maße als die Berechnungen ihres Vaters. Sie hatten fast das gesamte von Hardesty gekennzeichnete Gebiet durchgekämmt, ohne das Wrack der „Liberty“ zu finden. Kate fühlte sich trotzdem nicht entmutigt. Unbewusst vertraute sie darauf, dass Dominic sie doch irgendwann ans Ziel bringen würde.

Heute tauchten sie tiefer als sonst. Kate glich den Druck aus, indem sie ein wenig Luft aus ihrem Taucheranzug abließ. Sie spürte den Druckwechsel sofort auf ihren Ohren. Vorsichtig regulierte sie den Druck erneut. Ein defektes Trommelfell würde bedeuten, dass sie viele Wochen lang nicht tauchen könnte.

Dominic schaltete die Lampe auf seinem Kopf ein, und Kate folgte seinem Beispiel. Allmählich wuchs ihre Aufregung. Bis hier unten fiel niemals ein Strahl Sonnenlicht. In dem Lichtkegel der Lampe sah sie, wie das Seegras in der Strömung hin und her wogte. Manchmal wagte sich ein Fisch in die Nähe der beiden Eindringlinge. Eine plötzliche Bewegung aber ließ all seinen Mut und seine Neugierde zunichte werden, und er verschwand im Nu.

Mit konzentrierten, gleichmäßigen Zügen schwamm Dominic voraus. Die beiden Lampen erhellten das Dunkel und überraschten manchen Fisch. Sie beleuchteten Felsgebilde, die Kates Fantasie anregten, und sie glaubte Gesichter und Gegenstände in dem toten Gestein zu erkennen.

Ich dürfte niemals allein tauchen, dachte Kate, als Dominic sein Tempo verringerte und sich ihrem Rhythmus anpasste. Die Welt unter Wasser nahm sie so gefangen, dass für sie die Gefahr bestand, den Sinn für Zeit und Richtung zu verlieren. Gut, dass Dominic alle wichtigen Dinge beachtete. Sie vermochte normal zu atmen und sich relativ frei zu bewegen. Das ließ sie schnell die Messgeräte an ihrem Handgelenk vergessen.

Kates Gedanken an die Gefährlichkeit des Tauchens wurden von dem Zauber verdrängt. Sie gab sich ihm völlig hin und verließ sich ganz auf Dominics Umsicht, während sie fast schwerelos dahinglitt. Wie einmalig, wie herrlich!

Es gab so vieles zu sehen, zu berühren. Unzählige Krustentiere und Muscheln in den verschiedensten Formen und Größen türmten sich vor ihr auf. Sie wirkten hier unten in ihrem Lebensraum ganz anders, als wenn sie an den Strand gespült und von Kindern zu Dutzenden gesammelt wurden. Auch das wogende Seegras wäre an Land stumpf und schlaff. Nur hier in seinem Element konnte es seine ganze Schönheit entfalten.

Der Lichtstrahl von Kates Lampe fiel auf ein weiteres Gebilde aus Muscheln und Meerestieren. Neugierig näherte sie sich diesem merkwürdig aussehenden Fels und ließ den Lichtstrahl ein zweites Mal über ihn gleiten. Es mutete sie seltsam an, dass manche Felsen derart ausgeprägte Formen hatten. Fast hätte man annehmen können ...

Aufgeregt griff Kate nach Dominics Arm und zog kräftig daran. Dominic erschrak und suchte nach einem Defekt in ihrer Ausrüstung. Kate schüttelte den Kopf und deutete mit dem Finger auf den Fund.

Gemeinsam strahlten sie die Stelle an, und je näher sie sich vortasteten, desto deutlicher wurde, dass es sich nicht um einen Felsen handelte, sondern um eine zwar arg verrostete und überwucherte, aber noch erkennbare Kanone.

Dominic berührte mit beiden Händen das Kanonenrohr. Dann zog er sein Messer aus der Scheide unterhalb seines Knies und klopfte mit dem Rücken des Messers auf das Rohr. Der dumpfe metallische Klang erschien Kate wie die schönste Melodie. Glücklich lachte sie auf, und eine Kette von Luftblasen stieg empor.

Dominic schaute zu ihr hinüber und freute sich mit ihr. Sie hatte eine alte Kanone entdeckt. Das Besondere und Wertvolle an dem Fund war, dass er mehr als zwei Jahrhunderte lang unberührt auf dem Meeresboden lag.

Nach einer Weile bedeutete Dominic Kate, sie möge ihm folgen, und entfernte sich langsam in östlicher Richtung. Sicherlich würden sie bald noch mehr finden.

Nur widerstrebend trennte sich Kate von ihrer Entdeckung. Sie hätte ihr Glück laut hinausrufen mögen. Es schien ihr unfassbar, ein Geheimnis gelüftet zu haben, das das Meer zweihundertfünfzig Jahre gehütet hatte. Wer konnte ihr Gefühl wohl am besten nachvollziehen – ihre Kollegen in Yale oder Dominic? Die Kollegen würden wahrscheinlich den Wert der Kanone für Forschung und Wissenschaft bewundern, aber den Nervenkitzel vermochten sie bestimmt nicht nachzuempfinden. Intellektuelle Freude machte sie nicht so übermütig, dass sie am liebsten Purzelbäume schlagen würden.

Und wie hätte ihr Vater empfunden? Kate bedauerte, dass sie es nicht wusste, dass sie nicht die Gelegenheit hatte, diesen Augenblick des Triumphs mit ihm zu teilen. Sie hatten so wenig wirklich gemeinsam erfahren. Er hatte die Pläne geschmiedet, die theoretische Arbeit geleistet. Und ihr war es vergönnt, diese alte Waffe zu entdecken, die Erfüllung seines Traums zu erleben.

In diesem Moment berührte Dominic ihre Schulter und schaute Kate in die Augen. So verworren waren ihre Gedanken und ihre Gefühle, dass sie sich danach sehnte, in seinen Armen zu liegen und sich dort fangen zu können. Sie war innerlich schrecklich aufgewühlt und kämpfte mit den gegensätzlichen Empfindungen von unbändiger Freude und von Trauer über etwas, das sie verloren hatte und niemals wieder finden würde.

Dominic verstand sie auch ohne Worte und Erklärungen. Er hob die Hand und strich leicht über ihre Wange. Diese zärtliche Berührung tat Kate unendlich gut.

Plötzlich wurde ihr klar, dass sie Dominic immer noch liebte. Die langen Jahre und die vielen Kilometer der Trennung hatten daran nichts geändert. In der Zeit seit jenem Sommer hatte sie, Kate, existiert, mit einer Leere gelebt. Liebe und Glück hatte sie mit Dominic auf Ocracoke zurückgelassen. Kate akzeptierte diese Erkenntnis als unabänderlich und wünschte sich, dass die Zeit sie lehren würde, mit ihrer hoffnungslosen Liebe fertig zu werden.

Dominic sah am Ausdruck von Kates Augen, dass sie irgendwelche besonderen Gedanken und Empfindungen verarbeitete. Er hätte sie gern gefragt, was in ihr vorging, aber das war auf dem Meeresboden nicht möglich.

Behutsam legte er die Hand wieder auf Kates Wange und hoffte auf ein Lächeln von ihr. Als sie ihn tatsächlich anlächelte, war er beruhigt und zeigte mit dem Finger auf etwas, das er vor wenigen Minuten hinter ihr aufgespürt hatte.

Es handelte sich um ein Stück Holz. Dominic holte erneut sein Messer hervor und begann das Holz vom Untergrund zu lösen. Sand wurde dabei aufgewirbelt und behinderte die Sicht. Schließlich hatte er das Holz befreit und steckte sein Messer zurück in die Scheide. Dann machte er mit dem Daumen das Zeichen zum Aufstieg.

Kate schüttelte den Kopf und wollte weitersuchen. Daraufhin wiederholte Dominic beharrlich das Zeichen und deutete auf seine Uhr. Kate blieb nichts anderes übrig, als sich zu fügen. Die Technik gab ihr zwar die Möglichkeit, sich auf dem Meeresboden zu bewegen, aber nur für begrenzte Zeit. Das musste sie nun einmal akzeptieren.

Dominic und Kate schwammen zum Boot zurück, Richtung Westen. Dabei kamen sie an der Kanone vorbei. Stolz betrachtete Kate nochmals ihre Entdeckung und folgte Dominic dann zur Wasseroberfläche.

Sobald ihr Kopf über Wasser war, lachte sie übermütig auf. „Wir haben sie gefunden.“ Sie hielt sich mit einer Hand an der Leiter fest, während Dominic ins Boot kletterte und das Holzstück sowie seine Sauerstoffflasche auf den Boden des Bootes legte. „Ich kann es überhaupt nicht fassen. Nach gut einer Woche! Unglaublich, dass all das so lange Zeit dort unten verborgen war.“ Sie löste die Gurte ihrer Sauerstoffflaschen und reichte sie Dominic, bevor sie selbst an Bord kam. „Wir müssen den Schiffsrumpf finden, Dominic.“

„Unsere Chancen sind gut, endlich.“

„Endlich?“ Kate strich ihr nasses Haar aus der Stirn. „Wir suchen erst seit einer Woche.“ Sie beugte sich über das Holzbrett und untersuchte es. „Wir haben die ‚Liberty‘ gefunden.“

„Wir haben ein Stück Holz gefunden“, berichtigte Dominic sie sachlich. „Es muss nicht von der ‚Liberty‘ sein.“

„Es ist von der ‚Liberty‘“, beharrte Kate. „Die Kanone und dieses Holz befanden sich innerhalb des Bereiches, den mein Vater markiert hat. Es passt alles genau zusammen.“

„Gleichgültig, um was für ein Wrack es sich handelt, jedenfalls hat es noch niemand vor uns entdeckt. Dein Name wird in die Geschichtsbücher eingehen, Frau Lehrerin."

Kate konnte seine Ironie nicht vertragen. Zu unsicher war noch der innere Friede, zu dem sie an diesem Morgen gefunden hatte. Verärgert richtete sie sich auf.

Sie standen einander gegenüber, zwischen ihren Füßen lag das Brett, das sie aus dem Meer geholt hatten. „Ich lege keinen Wert darauf, meinen Namen verewigt zu sehen."

„Dann den deines Vaters." Dominic öffnete den Reißverschluss seines Taucheranzuges.

Kate erinnerte sich an ihre Gedanken kurz nach dem Auffinden der Kanone. Dort unten schien Dominic sie verstanden zu haben. Konnten sie nur metertief unter dem Meeresspiegel liebevoll und freundlich zueinander sein?

„Ist das etwa nicht in Ordnung?" forschte sie ungehalten.

„Doch, solange es nicht zur Besessenheit wird. Du hattest immer ein Problem mit deinem Vater. Dessen war ich mir damals schon sicher."

„Weil er nicht wollte, dass du mit mir zusammen bist?" konterte Kate.

Dominics Augen waren ausdruckslos, ein Zeichen dafür, dass er seinen Zorn bezähmen musste. „Weil es dir zu viel bedeutet hat, was er wollte."

Kate holte Luft, schwieg aber. Dominic hatte die Wahrheit gesagt, mit der sie selbst nicht fertig wurde.

„Ich kam her, um die Pläne meines Vaters weiterzuführen", erklärte sie nach einer Weile. „Daran habe ich von Anfang an keinen Zweifel gelassen. Du erhältst noch dein Honorar."

„Und du befolgst noch immer Anweisungen. Seine Anweisungen." Bevor Kate antworten konnte, wandte sich Dominic zur Kabine um. „Wir werden etwas essen und uns ausruhen, bevor wir wieder tauchen."

Kate schluckte ihren Ärger hinunter. Sie wollte so gern wieder auf den Grund des Meeres hinab und nach dem Schiff suchen. Nicht um ihres Vaters willen, sondern für sich. Energisch zog sie den Reißverschluss ihres Taucheranzuges auf und stieg die Stufen hinab in die Kabine.

Sie würde essen und ausruhen, weil sie Kraft brauchte. Anschließend würde sie zum Wrack zurückkehren und den Beweis dafür erbringen, dass es sich tatsächlich um die „Liberty" handelte. Dieser Entschluss lenkte sie von ihrem Zorn auf Dominic ab.

Kate beobachtete, wie Dominic etwas in einem kleinen Schrank suchte und schließlich ein Glas hervorholte.

„Erdnussbutter?" fragte sie.

„Genau. Sie enthält viel Eiweiß."

Amüsiert lachte Kate auf. „Isst du vielleicht auch immer noch Bananen dazu?"

„Ja, und dir würde es auch nicht schaden."

Kate rümpfte die Nase über die absonderliche Kombination. „Wenn wir den Schatz finden, kaufe ich dir eine Flasche Champagner", versprach sie.

Ihre Finger berührten sich leicht, als Dominic ihr ein bestrichenes Brot reichte. „Ich werde dich an dein Versprechen erinnern." Er nahm sein Brot und eine Flasche Milch. „Lass uns an Deck essen." Er wollte Kates Nähe in der engen Kabine entfliehen, und er brauchte frische Luft.

Kate folgte ihm. „Es mag zwar gesund sein", befand sie nach dem ersten Bissen, „aber es schmeckt wie etwas, das man fünfjährigen Kindern gibt, um sie zu trösten, wenn sie hingefallen sind."

„Fünfjährige brauchen auch viel Eiweiß."

Kate gab die Diskussion auf und setzte sich im Schneidersitz auf den Boden. Neckereien und Seitenhiebe würden sie nicht an ihr Ziel bringen. Sie blinzelte in die strahlende Sonne und spürte die sanfte Bewegung des Bootes unter sich.

„Es ist die ‚Liberty', Dominic", sagte sie leise und betrachtete das Holzbrett. „Ich weiß es."

„Schon möglich." Dominic streckte sich. „Aber es gibt etliche Wracks in dieser Gegend. Diamond Shoals ist ein richtiger Schiffsfriedhof."

„Aber Diamond Shoals liegt fünfzig Kilometer nördlich von hier."

„Und an der gesamten Küste, entlang der vorgelagerten Inselkette, verlaufen Strömungen. Außerdem besaß man vor zweihundertfünfzig Jahren noch nicht die genauen Navigationssysteme und Instrumente. Es gab ja noch nicht einmal Leuchttürme. Sie sind eine Erfindung des neunzehnten Jahrhunderts. Niemandem wird es auch nur annähernd gelingen zu sagen, wie viele Schiffe seit Kolumbus' Zeiten vor dieser Küste untergegangen sind."

„Mich interessiert nur ein einziges Schiff." Kate biss wieder in ihr Brot.

„Eines zu finden, das ist nicht schwierig", erwiderte Dominic. „Schwierig wird es erst, wenn man ein ganz bestimmtes sucht. Im vergangenen Jahr wurden nach einer Reihe von Stürmen am Strand von Hatteras viele Wrackteile angespült. Die meisten Häuser auf der Insel sind aus solchen Überresten gebaut." Dominic drehte das Brett prüfend in der Hand.

„Warum soll es nicht von der ‚Liberty' sein?" fragte Kate hartnäckig.

Dominic lächelte über ihre Beharrlichkeit. „Wie dem auch sei, es ist ein richtiger Schatz. Wenn man eine solche Entdeckung macht, gehört der Schatz dem Finder."

Kate betonte nicht, dass sie nicht nach irgendeinem Schatz Ausschau hielt. Sie interessierte sich allein für die „Liberty". Dominic wusste, dass sie ein besonderes Verhältnis zu diesem Schiff hatte.

Kate trank von ihrer Milch. „Was hast du mit deinem Anteil vor?" erkundigte sie sich.

Dominic zuckte mit den Schultern. „Noch ein Boot kaufen, vielleicht", antwortete er.

„Wenn man bedenkt, welchen Wert uralte Goldmünzen heute haben, kannst du mit deinem Anteil ein ganz tolles Boot kaufen."

„Das habe ich auch vor." Dominic lächelte leicht, blieb aber reserviert. „Und du?"

„Oh, ich weiß es noch nicht." Kate konnte nichts Konkretes nennen. Irgendwie war es ihr nicht möglich, darüber nachzudenken, was nach der Suche sein würde. „Ich werde wohl verreisen."

„Wohin?"

„Vielleicht nach Griechenland. Zu den Inseln."

„Allein?"

Das Essen und die stete Bewegung des Bootes hatten Kate schläfrig gemacht. „Hm", antwortete sie nur und schloss die Augen.

„Gibt es da keinen engagierten Lehrer, den du mitnehmen würdest? Jemanden, mit dem du über den Trojanischen Krieg diskutieren könntest?"

„Ich möchte nicht mit einem engagierten Lehrer nach Griechenland."

„Mit jemand anders?"

„Es gibt niemanden."

Kate saß gegen die Reling gelehnt und hatte den Kopf zurückgelegt, um die warmen Sonnenstrahlen auf ihr Gesicht scheinen zu lassen. Der Wind spielte mit ihrem langen Haar, und ihre feinen, ebenmäßigen Gesichtszüge ließen sie unnahbar erscheinen wie eine wunderschöne Porzellanfigur, die man nicht berühren darf.

Es versetzte Dominic einen Stich, Kate so ruhig und entrückt zu sehen. Er dachte daran, wie ihre Augen einst gestrahlt und ihre Wangen sich vor Leidenschaft gerötet hatten, wenn sie in seinen Armen lag.

„Warum nicht?“ wollte er wissen.

„Hm?“

„Warum gibt es niemanden?“

Träge öffnete Kate die Augen. „Niemanden?“ Sie war nicht bei der Sache.

„Warum hast du keinen Liebhaber?“

Schlagartig wich die Schläfrigkeit von ihr. Sie verschränkte ihre Finger ineinander, so fest, dass die Knöchel weiß hervortraten. „Es geht dich nichts an, ob ich einen Liebhaber habe oder nicht.“

„Gerade hast du mir gesagt, du hättest keinen.“

„Ich habe lediglich gesagt, dass ich mit niemandem verreisen möchte“, widersprach Kate.

Als sie aufstehen wollte, legte Dominic die Hand auf ihre Schulter und hielt sie zurück. „Das ist das Gleiche.“

„Nein, das ist es nicht. Aber es geht dich wirklich nichts an, Dominic, genauso wenig wie mich dein Privatleben etwas angeht.“

„Ich war mit Frauen zusammen“, entgegnete Dominic leichthin, „aber seit du von der Insel fortgegangen bist, hatte ich keine Geliebte mehr.“

Kate verspürte Freude über seine Worte, obwohl sie sich sagte, dass es ihr gleichgültig sein müsste. Abwehrend hob sie die Hand, um seine von ihrer Schulter zu schieben. „Bitte nicht. Es wäre für uns beide nicht gut."

„Unsinn." Dominic verschränkte seine Finger mit ihren. „Wir fühlen uns zueinander hingezogen. Und dieses Mal kennen wir die Regeln."

Die Regeln lauteten: keine Verpflichtung, kein Versprechen. Kate kannte sie, aber wie leicht konnte sie sie vergessen! Allein schon die Berührung seiner Finger, der Blick seiner Augen banden sie stärker an Dominic, als gut für sie war. Sie wusste, dass die Regeln für sie nicht akzeptabel waren. Sie würde nicht mit Dominic zusammen sein und sich danach, ohne einen Blick zurückzuwerfen, von ihm trennen können. Der Abschied würde zu sehr schmerzen.

„Dominic, bitte, ich bin nicht dazu bereit." Ihre Stimme war leise, nicht flehend, aber sie zeigte Kates Verletzlichkeit.

Dominic zog Kate hoch. Trotz ihrer Größe wirkte Kate neben ihm klein und zerbrechlich. Sie hatte den Kopf gehoben und sah Dominic in die Augen. Ihr Gesichtsausdruck verbot es ihm, sie zu drängen. Er hatte sich vorgenommen, Kate zu besitzen. Ungeachtet ihrer Gefühle wollte er sich nehmen, was sie ihm verweigerte. Doch der gequälte Ausdruck in ihren Augen ließ ihn zurückschrecken.

„Ich habe nicht viel Geduld, Kate."

„Ich weiß."

Dominic gab sie frei. „Denk daran", warnte er sie, bevor er sich dem Ruder zuwandte. „Wir fahren jetzt in östliche Richtung und tauchen noch einmal."

Eine Stunde später fanden Dominic und Kate nur dreißig Meter von der Kanone entfernt ein Stück Takelage.

Mit Handzeichen signalisierte Dominic, ihre Funde aufzustapeln, um sie später mit den geeigneten Mitteln an Bord des Bootes zu bringen. In der Nähe lagen viele Holzbretter. Einige von ihnen waren zu groß, um von einer Person transportiert werden zu können. Andere konnte Kate in die Hand nehmen.

Als Kate eine kleine Steingutschüssel entdeckte, die auf wunderbare Weise nicht zerbrochen war, erfüllte sie ein solches Glück, wie es Archäologen empfinden mussten, die nach langen Stunden mühsamen Grabens eine Tonscherbe aus einem früheren Zeitalter in Händen hielten.

Aufmerksam betrachtete sie ihren Fund. Es handelte sich um einen einfachen Gebrauchsgegenstand. Kate stellte sich vor, wie ein Seemann aus dieser Schüssel gegessen hatte, während einer kurzen Verschnaufpause unter Deck. Es mochte womöglich seine erste Reise über den Atlantik in die Neue Welt gewesen sein. Auf jeden Fall war es seine letzte gewesen.

Kate brachte die Schüssel zu den übrigen Gegenständen, die Dominic und sie inzwischen zusammengetragen hatten. Sie wollte sie später mit aufs Boot nehmen und für sich behalten. Alle übrigen Dinge gedachte sie einem Museum zur Verfügung zu stellen.

Danach sammelte Kate Glasstücke und Keramikscherben ein, Bruchstücke von Flaschen und Geschirr, die den Untergang des Schiffes nicht heil überstanden hatten.

Es muss die Kombüse gewesen sein, dachte Kate. In all den Jahren hatte der Wasserdruck das Schiff in seine Einzelteile zerfallen lassen. Sie lagen verstreut auf dem Meeresboden. Das Meer hatte sich diese Fremdkörper einverleibt und sie zur Heimat der Tiere und Pflanzen gemacht.

Kate benutzte ihr Messer zum Graben und suchte emsig den Meeresboden ab. Es mochte keine allzu sinnvolle Methode sein, aber sie wollte ihr Glück im Umkreis der letzten Funde versuchen. Einmal schaute sie zu Dominic, der gerade einen Gegenstand untersuchte, der die Hälfte eines Tellers hätte sein können.

Schließlich hatte Kate wieder Erfolg. Sie stieß auf einen langen Schöpflöffel. Also tatsächlich die Kombüse! Hoffentlich fand sie bald einen Gegenstand, auf dem der Name des Schiffes stand. Dann konnte sie Dominic beweisen, dass es wirklich die „Liberty“ war.

Begeistert von ihrer wundervollen Entdeckung, nahm sie den Schöpflöffel hoch und wandte sich zu Dominic um. Dabei kam sie direkt in den Weg eines Stachelrochens.

Dominic sah ihn sofort. Er befand sich knapp zwei Meter von Kate entfernt, als sich der flache graue Rochen durch die Schicht aus Sand und feinem Schlamm, die den Boden bedeckte, hocharbeitete.

Dominic reagierte blitzschnell. Er handelte, ohne nachzudenken. Er schoss auf Kate zu, um sie fortzuziehen, doch es war zu spät. Der Rochen schlug mit dem tückischen Schwanz aus und erwischte Kate.

Ihr Schrei wurde vom Wasser gedämpft. Dominic erkannte, dass der Rochen Kate trotz seines Rettungsversuches getroffen hatte und dass sein Gift bereits zu wirken begann. Ihr Körper versteifte sich vor Schmerz und Schock. Der Schöpflöffel entglitt ihrer Hand und sank in Zeitlupe auf den Grund des Meeres zurück.

Dominic wusste, was er zu tun hatte, wie er sich in einem derartigen Notfall verhalten musste. Dennoch war ihm der Schreck in alle Glieder gefahren. Es handelte sich nicht um irgendeinen Taucher, der sich in Lebensgefahr befand, sondern um Kate. Plötzlich spürte er, wie ihr Körper erschlaffte und wie leblos in seinen Armen hing.

Hastig legte er Kates Kopf zurück, um so die Atemwege frei zu halten. Mit einer Hand hob er ihr Kinn hoch. Den anderen Arm schlang er von hinten um sie und presste die Hand unterhalb ihres Busens auf ihren Oberkörper. Auf diese Weise hatte er Kate fest und sicher im Griff. Dann begann er, mit Hilfe seiner Flossen an die Oberfläche zu schwimmen.

Es war gut, dass Kate das Bewusstsein verloren hatte. Womöglich hätte sie sich sonst vor Schmerzen gekrümmt und Widerstand geleistet.

Während Dominic mit ihr der Oberfläche zustrebte, drückte er in regelmäßigen Abständen auf Kates Brustkasten, um die Luft hinauszupressen. Es bestand die Gefahr einer Embolie. Eigentlich hätten sie langsamer hochsteigen müssen, um sich den veränderten Druckverhältnissen anpassen zu können.

Dominic bewegte seine Beine gleichmäßig und schaute sich hin und wieder um. Blutete Kate? Blut zog Haie an ...

Beim Boot angekommen, entfernte Dominic den Gürtel mit den Gewichten von Kates Taille. Er stützte ihren Körper mit einem Arm und befreite sich mit der anderen Hand von seinen Sauerstoffflaschen, die er danach an Bord hievte. Anschließend löste er Kates Gurte und hob ihre Sauerstoffflaschen ebenfalls über den Bootsrand.

Er sah ihr wächsernes Gesicht, als er die Maske von ihrem Kopf streifte. Kate stöhnte leise, und dieser Laut trieb ihn zur Eile an. Ihren reglosen Körper über der Schulter, kletterte Dominic die Leiter hinauf, um an Bord der „Wirbelwind“ zu gelangen.

Vorsichtig legte er Kate auf den Boden und begann ohne Zögern, ihr den Taucheranzug auszuziehen. Während er den festen blauen Gummistoff über die Wunde zog, die sich oberhalb des rechten Fußes befand, untersuchte Dominic die Verletzung, die der

Rochen verursacht hatte. Der Stachel am Schwanz hatte eine Wunde in ihr Fleisch geschlagen.

Nach einem letzten Blick in das bleiche Gesicht der immer noch ohnmächtigen Kate eilte Dominic hinab unter Deck, um den Erste-Hilfe-Kasten zu holen. Als er zurückkehrte, bewegte sich Kate.

Mit dem Bewusstsein kam der Schmerz. Kate spürte die Stiche in ihrem Knöchel, die alle anderen Empfindungen in ihr auslöschten. Sie rang nach Luft und versuchte sich aufzurichten. Als könne sie davonlaufen und auf diese Weise der Qual entfliehen.

„Bleib ruhig liegen“, sagte Dominic mit sanfter Stimme.

Kate ballte die Hände zu Fäusten und gehorchte. Sie öffnete die Augen und blickte in den wolkenlosen blauen Himmel. Gedanken jagten ihr durch den Kopf, doch der Schmerz war so stark, dass sie sie nicht entwirren konnte. Während sie in das endlose Blau über ihr schaute, bemühte sie sich angestrengt, sich zu konzentrieren und zu erinnern.

Der Schöpflöffel. Kate bewegte ihre Hand und merkte, dass sie ihn verloren hatte. Der Verlust dieses Gegenstandes schien plötzlich das Einzige zu sein, was sie wirklich bedrückte.

„Wir haben die Kombüse entdeckt.“ Ihre Stimme klang rau und schwach. „Ich habe einen Löffel gefunden. Wahrscheinlich haben sie mit ihm früher Suppe in die Steingutschüssel gefüllt. Die Schüssel ... ganz ... kein Riss. Dominic ...“ Kate hatte immer leiser gesprochen, bis ihre Stimme schließlich völlig versagte.

Nach einer Weile drehte Kate den Kopf zu Dominic. „Es war ein Rochen, stimmt's? Ich habe nicht aufgepasst. Er musste sich dort eingegraben haben. Werde ich durch sein Gift sterben?"

„Nein", erwiderte Dominic. Er beugte sich über sie und legte die Hände auf ihre Schultern. Aufmerksam schaute er in ihre Augen, um festzustellen, ob sie ihn verstand. „Ja, es war ein Stachelrochen. Ein Teil des Stachels ist abgebrochen und steckt in deinem Bein, am Knöchel." Er bemerkte die Angst, die Qual in Kates Blick und drückte zuversichtlich ihre Schultern. „Er steckt nicht allzu tief. Ich könnte ihn herausholen. Aber es wird sehr wehtun."

Kate begriff. Sie hatte die Wahl zwischen zwei Möglichkeiten. Entweder würde Dominic sie so, wie sie war, zu einem Arzt auf Ocracoke bringen, oder er würde ihr hier auf dem Boot Hilfe leisten. Ihre Lippen zitterten, doch sie sah Dominic fest und entschlossen an.

„Tu es!"

„In Ordnung. Versuch nicht, tapfer zu sein, Kate. Schrei so viel und so laut du kannst. Ich werde mich beeilen." Er beugte sich tiefer über sie und küsste sie hart auf den Mund. „Ich verspreche es dir."

Kate nickte und schloss die Augen.

Dominic beeilte sich tatsächlich. Sekunden später schoss der Schmerz wie ein Blitz durch Kate hindurch. Sie holte tief Luft, um ihre Pein hinauszuschreien. Im selben Augenblick aber versank sie erneut in Ohnmacht.

Blut schoss aus der Wunde. Dominic ließ es eine Weile ungehindert laufen, weil es einen Teil des Giftes aus der Verletzung spülen würde. Er hatte ruhig und überlegt gehandelt, als er den Fremdkörper aus der Wunde gezogen hatte. Jetzt lief Kates Blut über seine Hände, und die Angst um sie schnürte ihm im Nachhinein fast die Kehle zu. Er riss sich zusammen, desinfizierte die Verletzung und verband Kates Bein.

Dann kontrollierte er ihren Pulsschlag. Er war nicht stark, aber wenigstens gleichmäßig. Mit dem Daumen schob er vorsichtig ein Augenlid hoch und betrachtete die Pupille. Kate hatte wohl keinen Schock erlitten, sondern war durch ihre Bewusstlosigkeit den Schmerzen entflohen. Das war auch das Beste.

Sekundenlang schaute er noch auf sie hinab, sanft strich er mit den Fingerspitzen über ihre Wange. Hoffentlich blieb sie bewusstlos und damit ohne Qual, bis sich ein Arzt ihrer annehmen konnte.

Dominic nahm sich nicht die Zeit, das Blut von seinen Händen zu waschen. Er stellte sich ans Steuerruder, warf den Motor an und fuhr mit voller Geschwindigkeit nach Ocracoke zurück.

8. KAPITEL

Allmählich kehrte Kates Bewusstsein zurück. Langsam öffnete sie die Augen und schaute gegen eine weiße Zimmerdecke. Der wolkenlose blaue Himmel war verschwunden. Erschöpft schloss sie die Augen wieder. Sie erinnerte sich an den Schmerz, den sie zuletzt gespürt hatte, und presste ihre Augenlider fester zusammen, als könne sie auf diese Weise weiteren Qualen entgehen.

Da legte sich eine kühle Hand auf ihre Stirn, und Dominics Stimme drang leise und liebevoll zu ihr. „Es ist alles gut, Kate. Alles ist vorüber."

Seine Worte machten ihr Mut, und sie hob erneut die Lider. Der befürchtete Schmerz blieb aus. Sie spürte allein die wohltuende Kühle von Dominics Hand.

„Dominic", flüsterte Kate und tastete mit den Fingern über seine Hand. Ihre eigene schwache Stimme flößte ihr Angst ein.

„Es wird dir bald besser gehen, Kate. Der Arzt war hier." Während er sprach, strich Dominic mit dem Daumen über ihre Finger und legte seine andere Hand auf ihr Haar. Es würde ihr gut tun, seine Nähe zu fühlen. Es beruhigte ihn, dass sie endlich die Augen aufgeschlagen hatte. „Doktor Bailey hat dich behandelt. Erinnerst du dich an ihn?"

Kate gab sich Mühe. Sie sah einen hageren alten Mann vor sich, der eher auf ein Fischerboot als in ein

Untersuchungszimmer zu passen schien. „Ja. Er mag so gern ... Bier und Scholle."

Dominic musste lächeln. „Dein Gedächtnis hat offenbar nicht gelitten", bemerkte er. Dann wurde er wieder ernst. „Bailey hat gesagt, dass du noch ein paar Tage das Bett hüten musst."

„Ich fühle mich ... komisch."

„Doktor Bailey hat dir eine Spritze gegeben. Daher rührt deine Benommenheit. Verstehst du mich?"

„Ja." Langsam drehte Kate den Kopf und versuchte ihre Umgebung zu identifizieren. Die Wände waren in einem warmen Beigeton gestrichen, nicht in dem sterilen Weiß eines Krankenhauszimmers. Die Fußleiste aus Eichenholz glänzte matt. Auf dem Holzfußboden vor dem Bett lag ein Teppich, dessen Farben ein wenig verblichen waren. Kate erkannte ihn wieder. Ansonsten entdeckte sie keinen vertrauten Gegenstand. Als sie zuletzt in Dominics Schlafzimmer gewesen war, hatte weder die Wand einen ordentlichen Anstrich gehabt noch der Fußboden einen solchen Glanz. „Ich bin nicht im Krankenhaus", murmelte sie. „Ich bin in deinem ... deinem Haus."

„Richtig", bestätigte Dominic. „Ich hielt es für das Beste, dich herzubringen, nachdem Doktor Bailey dich versorgt hatte. Es war nicht nötig, dich ins Krankenhaus einzuliefern, aber es muss sich jemand um dich kümmern, was im Hotel nicht möglich ist."

„Dein Schlafzimmer", flüsterte sie. „Dies ist dein Schlafzimmer. Ich erkenne den Teppich wieder."

Dominic nickte. „Hast du Hunger?"

„Ich weiß nicht." Eigentlich empfand Kate nichts. Als sie versuchte, sich aufzurichten, wurde ihr schwindlig. Die Spritze wirkte noch und trennte das Zimmer und die Wirklichkeit durch eine Nebelwand. Kate wartete, bis der Schwindelanfall langsam vorüberging. Sie wollte lieber die Schmerzen erdulden, als länger in diesem Zustand zu bleiben, der sie so völlig hilflos machte.

Dominic richtete Kate ein Stückchen auf und stapelte fürsorglich mehrere Kissen in ihrem Rücken. „Der Arzt sagte, dass du essen musst, sobald du aufwachst. Nur ein wenig Suppe." Er stand auf und schaute auf sie hinab. „Ich werde sie zubereiten. Bleib ganz ruhig liegen", fügte er hinzu, während er zur Tür ging. „Du bist noch nicht kräftig genug, um aufzustehen."

Nein, sie ist nicht bei Kräften, dachte Dominic und stieg die Treppe hinab. Er sah Kates bleiches Gesicht vor sich, dessen Farbe sich nicht von den weißen Bettlaken unterschied.

Keine Widerstandskräfte, lautete Doktor Baileys Befund. Kate hatte nicht genügend gegessen, geschlafen und sich zu sehr angestrengt. Dominic betrat die Küche und öffnete den Vorratsschrank. Wenn er auch sonst nichts tun konnte – er würde dafür sorgen, dass Kate sich richtig erholte. Bis der Arzt sie für gesund erklärte, sollte sie nichts als essen und sich ausruhen.

Dominic machte sich Vorwürfe. Er hatte gewusst,

dass Kate übermüdet war, hatte ihr die Anstrengung von den Augen ablesen können und die Schatten unter ihren Augen gesehen. Aber er war zu sehr mit seinen eigenen Empfindungen, seiner Sehnsucht beschäftigt gewesen.

Unmutig legte Dominic den Dosenöffner beiseite und füllte den Inhalt der Dose in einen Topf. Dann schaltete er den Herd ein und stellte den Topf auf die Platte. Anschließend setzte er auch den Wasserkessel auf, um für sich Kaffee zu kochen.

Er brauchte eine Stärkung, und das Getränk würde ihn beleben. Einen Moment lang stand Dominic vor dem Herd und presste die Zeigefinger gegen die Schläfen. Er konnte sich nicht erinnern, jemals solch nervenaufreibende Stunden erlebt zu haben wie die vergangenen vierundzwanzig. Die Anspannung war nicht von ihm gewichen, selbst nachdem der Arzt sich um die Verletzung gekümmert und Kate, betäubt von der Spritze, regungslos in seinem Bett gelegen hatte. Er war zu besorgt gewesen, um das Zimmer auch nur für mehr als fünf Minuten zu verlassen. Das Fieber hatte unentwegt Schweiß auf Kates Stirn getrieben. Und Dominic hatte den größten Teil der Nacht damit zugebracht, neben ihr zu sitzen, sorgsam den Schweiß abzutupfen und mit Kate zu sprechen, obwohl sie ihn nicht hören konnte.

Dominic holte eine Tasse aus dem Hängeschrank und füllte einen Löffel Kaffeepulver hinein. Wahrscheinlich würde er wohl noch längere Zeit keine

Ruhe finden. Er goss kochendes Wasser auf das Pulver und beobachtete, wie die hellen Schaumblasen auf der Oberfläche nach und nach zerplatzten.

In dieser Nacht hatte er Muße gehabt, über sich und Kate nachzudenken. Er hatte geglaubt, dass er sich von seiner Verbitterung und seinem Zorn befreien könnte, wenn er sie erneut besitzen würde. Als sie aber ohnmächtig auf seinem Boot gelegen hatte und ihr warmes Blut über seine Hände geströmt war, hatte er erkannt, dass er sie noch liebte.

Die Intensität dieses Gefühles verwirrte ihn. Er sah die Unterschiede zwischen sich und Kate. Es schien ihm unmöglich, einen Menschen ihrer Art zu lieben. Dennoch konnte er seine Liebe zu ihr nicht leugnen. Sie war zur Gewissheit geworden.

Dominic rührte die Suppe um und schaltete die Herdplatte aus. Im Augenblick war es das Wichtigste, dass Kate zu Kräften kam und gesund wurde. Auf diese Aufgabe wollte er sich konzentrieren.

Kate brauchte all ihre Willensstärke, um gegen die Müdigkeit anzukämpfen, die das Medikament verursachte. Während sie auf Dominic wartete, beschäftigte sie sich damit, sein Zimmer anzuschauen. Hier hatte sich manches verändert.

Die Fensterrahmen waren neu, und das Eichenholz kontrastierte gut mit der hellbeige gestrichenen Wand. Auf dem breiten Fensterbrett hatte Dominic einige schöne Muscheln verteilt, und in einer Ecke stand ein seltsam geformtes Stück Treibholz, das wie eine Skulptur wirkte. Die frühere Kleiderstange war durch einen Schrank aus dunklem Holz ersetzt worden, und die Apfelsinenkisten hatten einem Rattansessel mit ovaler Lehne Platz gemacht.

Das Bett war noch dasselbe. Das breite Bett mit dem hohen verzierten Kopfteil hatte seinen Eltern gehört. Den Rest der Wohnungseinrichtung der Eltern besaß Marsh. Nur das Bett hatte Dominic für sich behalten wollen. Er selbst war hier geboren worden, mitten in der Nacht, als die Insel von einem heftigen Sturm heimgesucht worden war.

Und er und sie, Kate, hatten sich in diesem Bett geliebt. Leicht strich sie über das Laken.

Sie hielt mitten in der Bewegung inne, als Dominic mit einem Tablett ins Zimmer trat. „Du hast dir eine Menge Arbeit mit diesem Raum gemacht", sagte sie.

„Nur ein bisschen." Er stellte das Tablett auf ihren Schoß und setzte sich auf den Rand des Bettes.

Der Duft der Suppe stieg Kate in die Nase, und sie schnupperte. „Riecht wundervoll."

„Mag sein, aber vom Riechen allein wirst du weder satt noch gesund."

Kate lächelte. Bevor sie Einwände erheben konnte, hielt Dominic ihr den ersten Löffel vor den Mund und drängte sie zu essen.

„Sie schmeckt genauso gut, wie sie duftet", sagte sie wenig später und wollte den Löffel selbst in die Hand nehmen, aber Dominic ließ das nicht zu. „Ich mache es schon selbst", begann Kate. Weiter kam sie nicht, denn schon fütterte Dominic sie weiter.

„Du brauchst nur zu essen", sagte er kurz angebunden. „Du siehst fürchterlich aus."

„Das kann ich mir denken", antwortete Kate. „Ich nehme an, dass niemand wie aus dem Ei gepellt aussieht, der erst vor wenigen Stunden von einem Rochen geschlagen wurde."

„Vierundzwanzig", berichtigte Dominic sie und schob einen weiteren Löffel Suppe zwischen ihre Lippen.

„Vierundzwanzig was?"

„Stunden." Dominic beachtete ihre geweiteten Augen nicht.

„Ich war vierundzwanzig Stunden ohnmächtig?" Kate schaute zum Fenster hinaus in die helle Sonne, als könne sie dort einen Hinweis darauf finden, dass Dominic Unrecht hatte.

„Bevor Doktor Bailey dir die Spritze gab, war es ein ständiges Auf und Ab. Er meinte, dass du dich später an nichts mehr erinnern würdest."

„Ich erinnere mich wirklich an nichts."

Das war gut, fand Dominic. Denn jedes Mal, wenn Kate für wenige Augenblicke das Bewusstsein wiedererlangt hatte, hatte sie wahre Höllenqualen ausstehen müssen. Er glaubte noch ihr furchtbares Stöhnen zu hören und ihre Finger zu spüren, die sich fest um seine gekrampft hatten. Die ganze Zeit über hatte er mit ihr gelitten.

„Es muss ein sehr starkes Mittel gewesen sein, das er mir injiziert hat", meinte Kate.

„Er hat getan, was nötig war."

Ihre Blicke trafen sich. Zum ersten Mal bemerkte Kate die Spuren der Müdigkeit und Erschöpfung in Dominics Gesicht.

„Du bist die ganze Nacht über wach gewesen", flüsterte sie. „Hast du dich gar nicht ausgeruht?"

„Jemand musste auf dich aufpassen", erwiderte er. „Doktor Bailey meinte, du solltest schlafen, bis die schlimmsten Schmerzen vorüber seien. Deshalb hat er dir das Medikament gespritzt." Obwohl Dominic sich um einen beiläufigen Tonfall bemühte, schwang Besorgnis in seiner Stimme mit. Er konnte auch nicht verhindern, dass seine nächsten Worte vorwurfsvoll klangen. „Die Verletzung ist eigentlich nicht so schlimm, begreifst du das? Du wärst nur nicht in der Lage gewesen, allein damit fertig zu werden. Bailey sagte, du hättest dich selbst bis an den Rand der Erschöpfung getrieben."

„Das ist lächerlich. Ich ..."

Dominic ließ Kate nicht ausreden, sondern gab ihr einen weiteren Löffel Suppe. „Das ist überhaupt nicht lächerlich. Ich brauchte dich nur anzusehen, um festzustellen, dass Bailey Recht hatte. Du hast zu wenig gegessen, zu wenig geschlafen und dich überanstrengt. Kein Wunder, dass du auf die Nase gefallen bist."

Die Beruhigungsspritze bewirkte, dass Kates Widerspruch gedämpft wurde. Ihre Stimme klang nicht zornig, als sie leise erwiderte: „Ich bin nicht auf die Nase gefallen."

„Das wäre nur noch eine Frage der Zeit gewesen." Dominic bezähmte seinen Ärger über ihre Dickköpfigkeit, ihren Unverstand. „Es ist mir gleichgültig, wie sehr du auf den Schatz erpicht bist. Du hast jedenfalls keine Freude an ihm, wenn du flach ausgestreckt liegst."

Die Suppe tat ihre Wirkung. Sie wärmte Kate. „Das werde ich nicht." Kate bemerkte nicht, dass ihre Worte undeutlicher wurden. „Morgen werden wir tauchen, und ich werde beweisen, dass es sich um die ‚Liberty' handelt."

Dominic genügte ein Blick auf Kates erschöpfte rote Augenlider und ihre blassen Wangen. „Natürlich", sagte er und schob rasch noch einen Löffel Suppe in Kates Mund.

„Ich werde den Schöpflöffel, die Takelage und alles andere einem Museum stiften." Kate schloss die Augen. „Meinem Vater zuliebe."

Dominic setzte das Tablett auf den Boden. „Ja, das wirst du tun."

„Es war ihm wichtig. Ich muss ... ich muss es für ihn tun." Sie öffnete für einen kurzen Moment die Augen. „Ich wusste nicht, dass er krank war. Er hat nie von seinen Herzbeschwerden, von den Medikamenten gesprochen. Wenn ich es gewusst hätte ... wenn ich es nur rechtzeitig geahnt hätte ..."

„Du hättest nicht mehr tun können, als du ohnehin getan hast." Dominic räumte die Kissen beiseite und bettete Kates Kopf sanft auf ein einziges Kissen.

„Ich habe ihn geliebt."

„Ja, ich weiß."

„Ich habe es nie geschafft, den Menschen, die ich liebte, zu sagen, was ich wollte. Ich weiß nicht, weshalb."

„Schlaf jetzt. Wenn du gesund bist, werden wir den Schatz finden."

Kate versank tiefer in Wärme und Dunkelheit. „Dominic ..." Sie hob die Hand, und nachdem er sie umfasst hatte, schien sie beruhigt zu sein.

„Ich werde bei dir bleiben. Schlaf."

„All die Jahre ..." Sie entspannte ihre Finger. „Ich habe dich nie vergessen. Ich habe mich immer nach dir gesehnt. Immer. Ich wollte es allerdings nicht wahrhaben. Es ..." Kates Stimme erstarb, ihr Kopf sank auf das Kissen zurück.

Dominic starrte auf die schlafende Kate herab. Ihr Gesicht hatte einen absolut friedlichen Ausdruck angenommen, war jedoch noch so bleich wie Marmor. Vorsichtig löste er seine Hand und führte sie an ihre Wange. Er wollte nicht darüber nachsinnen, was Kate gesagt hatte. Er brauchte auch Ruhe. Die Anstrengung des letzten Tages war nicht spurlos an ihm vorübergegangen. Er musste Kräfte sammeln, um Kate pflegen zu können.

Dominic stand auf und zog die Jalousien herunter. Dann streifte er sein Hemd ab, legte sich neben Kate auf das breite Bett und hoffte, nun endlich auch ein wenig Schlaf zu finden.

Ein dumpfer, klopfender Schmerz weckte Kate. Sie öffnete die Augen, blieb dann regungslos liegen und versuchte sich in ihrer Umgebung zurechtzufinden.

Sie konnte nun klare Gedanken fassen. Die Wirkung des Betäubungsmittels hatte aufgehört, und sie spürte die Verletzung. Die Dunkelheit um sie herum wurde von silbernem Mondlicht durchbrochen, das seitlich an den Jalousien vorbei ins Zimmer drang.

Es war Nacht. Kate hoffte, dass nur wenige Stunden seit ihrem letzten Aufwachen vergangen sein mochten und nicht wieder ein ganzer Tag.

Es erfüllte sie mit Unruhe, auf diese Weise Zeit zu verlieren. Um sich Klarheit zu verschaffen, bemühte sie sich, die Bruchstücke ihrer Erinnerung in die richtige Folge zu bringen.

Da waren zunächst die Steingutschüssel, der Schöpflöffel ... und der Stachelrochen. Sie presste die Zähne fest zusammen, als spüre sie erneut den stechenden Schmerz, den der Hieb des peitschenartigen Schwanzes hervorgerufen hatte. Anschließend war sie an Bord der „Wirbelwind“ aufgewacht. Sie sah den blauen Himmel über sich und hörte Dominics Worte. Sie spürte den Kuss auf ihren Lippen, den er ihr gegeben hatte, kurz bevor er den Stachel aus ihrem Fleisch zog. An die Qual dieses Augenblickes hatte sie auch noch eine sehr deutliche Erinnerung. Danach war es dunkel um sie herum geworden.

Die Fahrt zurück zur Insel, Doktor Baileys Untersuchung und die Spritze ... nein, das entzog sich ihrem Bewusstsein. Das nächste Bild in ihrem Gedächtnis zeigte Dominics Schlafzimmer – die hellen Wände, den blanken Fußboden, den Teppich.

Später hatte Dominic ihr Suppe zu essen gegeben. Die nachfolgenden Ereignisse verschwanden wieder in einem Dunstschleier. Irgendetwas musste Dominic geärgert haben. Er hatte ihr Vorwürfe gemacht, oder? Ja, seine Stimme hatte vorwurfsvoll geklungen. Doch weswegen?

Sie grübelte noch darüber nach, als ihr bewusst wurde, dass jemand an ihrer Seite ruhig und gleichmäßig atmete. Sie drehte den Kopf. Dominic?

Ja, Dominic. Wer denn sonst? In dem schwachen Mondlicht sah sie ihn nur schemenhaft, doch es konnte einfach nur Dominic sein.

Er hatte ihr versprochen, in ihrer Nähe zu bleiben. Die Müdigkeit hatte ihn übermannt. Seine Fürsorge berührte Kate tief. Sie verspürte Dankbarkeit und Liebe. Sanft strich sie über seine Wange.

Obwohl Kates Berührung so leicht wie der Flügelschlag eines Schmetterlings war, weckte sie Dominic sofort. Er hatte geschlafen, tief genug, um sich zu erholen, dennoch immer bereit, auf das leiseste Anzeichen hin aus seinem Schlummer aufzuwachen, um für Kate da zu sein. Er richtete sich auf und rieb sich die Augen.

Diese Geste wirkte jungenhaft und rührend. „Ich wollte dich nicht wecken“, flüsterte Kate.

Dominic streckte die Hand aus und schaltete die Lampe auf dem Nachttisch ein. Dann wandte er sich Kate zu. „Hast du Schmerzen?“ erkundigte er sich. „Tut dir dein Bein weh?“

„Nein.“

Prüfend betrachtete er ihr Gesicht. Der matte Ausdruck, den das Betäubungsmittel verursacht hatte, war aus ihren Augen gewichen, aber nun lag ein schmerzvoller Zug um ihre Lippen. „Kate?“

Stille.

„Kate!“

„Also gut. Ein bisschen.“

„Doktor Bailey hat Tabletten dagelassen.“

Dominic wollte aufstehen, doch Kate hielt ihn zurück. „Nein, keine Tabletten. Sie machen mich gewiss auch benommen.“

„Sie lindern Schmerzen.“

„Mag sein, aber ... Dominic, nicht jetzt, bitte. Ich verspreche dir, ich schlucke das Zeug, wenn ich es vor Schmerzen nicht mehr aushalten kann.“

Ihre Stimme klang so flehentlich, dass Dominic nachgab. „Na schön.“ Nach einer kurzen Pause fragte er: „Bist du hungrig?“

Kate schüttelte den Kopf. „Nein.“ Dann: „Es ist bestimmt mitten in der Nacht. Ich habe vorhin versucht, mich nach all dem, was geschehen ist, zurechtzufinden.“ Sie berührte seine Schulter. „Du solltest weiterschlafen.“

„Ich hatte genügend Schlaf. Außerdem bist du die Patientin.“ Dominic legte die Hand auf ihre Stirn, um zu prüfen, ob Kate Fieber hatte. Sie bedeckte seine Finger mit ihren.

„Vielen Dank, Dominic.“ Er wollte die Hand zurückziehen, aber Kate hielt sie fest. „Du hast mich sehr gut gepflegt.“

„Irgendjemand musste es tun“, entgegnete er. Die Antwort kam ein wenig zu schnell, was verriet, dass er gegen die Gefühle ankämpfte, die Kates Nähe in ihm hervorrief, und gegen die Erinnerungen, die mit dem großen weichen Bett verbunden waren, auf dem sie lagen.

„Du bist die ganze Zeit über nicht von meiner Seite gewichen.“

„Wo hätte ich auch hingehen sollen?“ brummelte er.

Kate lächelte. „Ja, wohin?“ Sie runzelte die Stirn. „Dominic?“

„Hm?“

„Als du mich gefüttert hast ... aus irgendeinem Grund warst du mir böse.“

„Ja, weil du deine eigene Gesundheit vernachlässigt hattest.“

Er schaute sie an. Ihre Augen waren groß und dunkel und strahlten jene Unschuld aus, die ihn von

Anfang an gefesselt hatte. Dominic sehnte sich danach, Kate in seine Arme zu schließen, so lange, bis sie keine Schmerzen mehr verspürte. Doch wenn er das tun würde, gäbe es kein Zurück mehr. Um der Versuchung zu entgehen, machte Dominic erneut Anstalten, Kate seine Hand zu entziehen.

Kate ließ es nicht zu. „Ich wäre bestimmt im Meer gestorben, wenn du nicht bei mir gewesen wärst, mich nicht ...“ Sie verstummte, ein Schauer überlief sie.

„Deshalb ist es besser, mit einem Partner zu tauchen.“

„Hättest du dich später nicht weiter so sehr um mich gekümmert, hätte ich die Verletzung womöglich nicht überlebt.“

Dominic zuckte die Schultern und versuchte zu ignorieren, dass sie sein Gesicht streichelte. Sie hatte es früher oft getan, bevor sie sich geliebt hatten. Oder danach. Jedenfalls hatte sie sein Gesicht so abgetastet, als wollte sie sich seine Züge für immer einprägen.

Er konnte ihre Liebkosung nicht länger ertragen, umfasste ihre Handgelenke und zog ihre Hände hinab. „Die Verletzung war nicht lebensgefährlich“, sagte er leichthin.

„Ich habe noch nie einen solchen Rochen gesehen.“ Kate zitterte.

„Denk nicht mehr darüber nach. Es ist vorbei.“

Vorbei. Nichts schien wirklich für alle Zeit vorüber zu sein. Kate blickte Dominic in die Augen. Vier

Jahre lang hatte sie sich bemüht, Freude und Leid zu vergessen, und sich eingeredet, ihre Liebe zu Dominic mit Routine überdecken zu können, mit dem Zeitplan, den sie ihrem Leben aufgezwängt hatte. Nun erkannte sie, dass das alles vergebens gewesen war. Dominic schien ihr Schicksal zu sein ...

„Halt mich fest“, bat sie leise.

Er erwiderte ihren Blick. Etliche Fragen schossen ihm durch den Kopf. Versuchte sie, ihn aus dem Gleichgewicht zu bringen? Wollte sie wissen, ob sie noch Macht über ihn besaß? Was ging in ihr vor?

„Kate“, sagte er schließlich. „Du solltest wieder schlafen. Morgen ...“

„Ich will nicht an morgen denken“, unterbrach Kate ihn. „Nur an diesen Augenblick. Und jetzt brauche ich dich.“ Jäh schlang sie die Arme um Dominic und schmiegte ihren Kopf an seine Schulter.

Kate spürte Dominics Widerstand, sein Zögern. Und dann spürte sie, dass er sie an sich drückte, atmete tief durch und schloss die Augen. Wie sehr hatte sie seine Zärtlichkeiten entbehrt! Niemand hatte sie je so liebevoll umfangen gehalten wie er.

Seltsamerweise habe ich es damals nie als Gegensatz empfunden, dass Dominic auf der einen Seite hochmütig und leichtsinnig sein kann und auf der anderen einfühlsam und verständnisvoll, dachte sie verwundert und suchte nach einer Erklärung.

Wahrscheinlich hatten seine Sorglosigkeit und seine selbstsichere Art sie anfangs fasziniert, seine Liebkosungen aber einen tieferen Eindruck bei ihr hinterlassen. Erst jetzt verstand sie es, erst jetzt akzeptierte sie ihr Verlangen, das stets auf ihn gerichtet gewesen war. Gehörte es nicht auch zu ihrem Leben, dieses Verlangen zu stillen?

Dominic gab sich seinen Empfindungen hin. Kates Leib war so schlank, so fest unter dem dünnen Nachthemd. Ihr weiches Haar lag ausgebreitet über seinen Armen. Er fühlte ihre Handflächen auf seinem Rücken. Ihre Hände waren so fein und schmal. Sie schienen eher zu einer Künstlerin, einer Pianistin zu passen als zu einer Lehrerin. Kates Atem ging ruhig, und ihre Haut, ihr Nachthemd dufteten so unverwechselbar und verführerisch.

Mit einem Mal zog Ruhe in Dominics Herz ein. Es erfüllte ihn eine Zufriedenheit, nach der er sich lange Zeit unbewusst gesehnt hatte. Die Anspannung wich aus seinen Muskeln, er wurde freier, vergrub sein Gesicht in Kates Haaren und schloss ebenfalls die Augen. Es erschien ihm wie eine Ewigkeit, seit er zuletzt ein so stilles Glück erfahren hatte. Ob Kate ahnte, dass er ebenso sehr einen Halt brauchte wie sie?

Kate fühlte, wie sich Dominic sehr langsam entspannte. Sie fragte sich, ob sie der Anlass für seine Verkrampfung gewesen sei und ob er durch ihre Nähe jetzt ruhiger geworden war. Hatte sie ihn einst stärker verletzt und waren seine Gefühle für sie tiefer, als sie je vermutet hatte?

Kate schob die Fragen beiseite und dachte über die Regeln nach, die sie beide kannten und nach denen sie sich dieses Mal würden richten müssen. Plötzlich war sie bereit, diese Regeln zu akzeptieren. Gut, sie würde nicht mehr erwarten, als Dominic ihr geben konnte. Was er ihr bot, war auf jeden Fall viel mehr als das, was sie in langen, düsteren Jahren ohne ihn gehabt hatte. Dafür wollte sie ihm ihre Liebe schenken.

„Es ist genau wie früher", flüsterte Kate. Sie legte den Kopf in den Nacken und sah Dominic an. Ihr langes Haar glänzte seidig, und ihre Augen blickten ernst und ehrlich.

„Kate ..."

„Ich habe es nicht für möglich gehalten, dass ich genauso wie damals empfinden würde", unterbrach sie ihn. „Sonst wäre ich wohl nicht zurückgekehrt. Ich hätte nicht den Mut dazu gehabt."

„Kate, du bist krank." Dominic sprach langsam, so als müsse er sich selbst und Kate überzeugen. „Du hast viel Blut verloren, hattest Fieber. Das hat dich sehr geschwächt. Es wäre das Vernünftigste, meine ich, wenn du versuchen würdest, wieder zu schlafen."

Kate fühlte sich nicht schwach. Sie fühlte sich frei und leicht und war voller Verlangen. „Neulich während des Sturms hast du gesagt, ich würde zu dir zurückkommen." Sie ließ ihre Hände an seinem Rücken emporgleiten, bis sie seine Schultern erreichte. „Du hattest Recht. Ich bin zu dir zurückgekommen. Liebe mich, Dominic, hier in dem Bett, in dem wir uns zum ersten Mal geliebt haben."

„Kate, dir ist nicht gut."

„Gut genug, um zu wissen, was ich will", erwiderte sie. Mit den Lippen strich sie über Dominics Kinn, auf dem raue Bartstoppeln wuchsen. Dann fuhr sie fort: „Gut genug, um zu wissen, was ich brauche. Ich brauche dich, Dominic." Sie verstärkte den Druck ihrer Hände auf seinen Schultern. Ihre Lippen befanden sich nur wenige Zentimeter entfernt von seinem Mund. „Immer nur dich."

Dominic vermochte seine Sehnsucht kaum noch zu bezähmen. „Vielleicht bereust du es morgen", sagte er. Seine Stimme klang heiser.

Kate lächelte ihn an. „Jedenfalls bleibt uns diese Nacht."

Ihre Wärme, ihr weicher Körper waren unwiderstehlich. Dominics Verlangen wurde übermächtig. Dennoch vergaß er nicht, wie schwach, wie zerbrechlich Kate noch war, und nahm sich vor, sie mit so viel Zartgefühl und Vorsicht zu lieben wie beim ersten Mal vor vier Jahren.

„Ja, jedenfalls bleibt uns diese Nacht", wiederholte er und drückte Kate sanft in die Kissen zurück.

Dann beugte er den Kopf und berührte behutsam ihren Mund. Kate öffnete die Lippen, begierig, Dominics Kuss zu empfangen. Ohne Eile, ohne Druck kostete Dominic die Süße ihrer Lippen. Und während er mit der Zunge langsam und liebevoll ihren

Mund erkundete, stieg ein tiefes Glücksgefühl in ihm auf.

Mit den Fingerspitzen tastete Kate über sein Gesicht. Sie streichelte die rauen Bartstoppeln, die glatte Haut seiner Stirn. Ihr Herz pochte laut.

Dominic flüsterte ihr zärtliche Worte zu. Wenig später küsste er sie erneut voller Zärtlichkeit. Allmählich versank Kate tiefer und tiefer in einem weichen Nebel, als stünde sie wieder unter dem Einfluss des Betäubungsmittels.

Dominic spürte ihren biegsamen Leib, die Hingabe, die sie stets gezeigt hatte. Später würde ihre Liebe wilder, heftiger werden, ihm den Atem verschlagen. Doch solange sie sich in diesem süßen Anfangsstadium befand, ließ er sich von ihrem Zauber gefangen nehmen.

Er strich leicht über Kates Nachthemd. Der dünne Stoff, der seine Haut von ihrer trennte, reizte sie beide gleichermaßen. Kate passte ihre Bewegungen Dominics Liebkosungen an. Jede Berührung, jeder Kuss raubte ihr mehr die Besinnung. Sie vertraute sich bereitwillig seiner Führung an – in der Gewissheit, dass sie höchste Wonnen empfangen würde.

Leise stöhnend ließ Dominic seine Hände über ihren Busen gleiten. Ihre Haut, der Stoff ihres Nachthemdes waren weich, so dass die harten Spitzen ihrer Brüste einen erregenden Kontrast bildeten. Er verweilte bei den vorstehenden Knospen, liebkoste sie abwechselnd mit den Fingerspitzen. Während Kates

Atem schneller wurde, knöpfte er nach und nach ihr Nachthemd auf. Er nahm sich Zeit, schob langsam den Stoff zur Seite, als enthülle er einen kostbaren Schatz.

Dominic hatte nicht vergessen, wie schön Kate war. Er konnte sich nicht satt sehen an ihrer vertrauten zarten Gestalt, betrachtete ihren Leib, berührte ihn mit seinen kräftigen Händen. Seine Haut war braun gebrannt, ihre hell wie Elfenbein. Schließlich drückte er die Lippen auf die Stelle, die er zuvor mit der Hand gestreichelt hatte, und verfolgte mit dem Mund den Weg seiner Hände.

Kate begann sich unter ihm zu winden. Heiß schoss das Blut durch ihre Adern. Ihr Herz schlug rasend schnell. Es schien jahrelang unter einer dicken Eisschicht begraben gewesen zu sein, bis Dominic es zu neuem Leben erweckt hatte. Sie hörte, wie er ihren Namen flüsterte. Die Zeit verlor jegliche Bedeutung. Es gab kein Gestern und kein Morgen mehr. Für Kate zählten allein Dominics Liebkosungen und sein Atem, der über ihren Körper strich. Der Duft seiner Haut, der Geschmack seiner Lippen weckten Erinnerungen an das Meer in ihr. Wie hatte sie all dies einmal besitzen und dann verlassen können?

Dominic hob Kates Oberkörper leicht an und streifte ihr das Nachthemd vollends ab. Danach ließ er sie auf das warme, glatte Laken zurückgleiten. Seine Lippen wanderten über ihre Brüste, ihre Taille, ihren flachen Bauch zu ihrem Schoß und entfachten ein Feuer, das von ihrem ganzen Körper Besitz ergriff.

Hinter ihren geschlossenen Augenlidern sah Kate den Sonnenaufgang über dem Meer, wie sie ihn an ihrem ersten Morgen auf Ocracoke beobachtet hatte. Ihr war, als breiteten sich das rot glühende Licht und die Wärme der Sonnenstrahlen in ihr aus.

Dominic spürte, wie die Leidenschaft Kate mit sich fortriss. Er schenkte ihr größte Wonnen, indem er mit der Zungenspitze äußerst empfindliche Stellen liebkoste oder sie mit den Fingerspitzen abtastete. Es verlieh ihm ein Gefühl der Macht, Kate in Ekstase versetzen zu können. Flüchtig wunderte er sich darüber, dass er sein eigenes Verlangen unter Kontrolle zu halten vermochte und trotzdem eine überwältigende Lust empfand.

Plötzlich bäumte Kate sich auf. „Dominic", flüsterte sie. „Dominic!" Sie schlang die Arme um ihn, zog ihn fest an sich und rieb sich drängend an ihm. Wie eine Verhungernde presste sie die Lippen auf die seinen und küsste ihn mit ungestümer Begierde. Dann gab sie seinen Mund frei und bedeckte sein Gesicht und seinen Hals mit Küssen. Ihre Hände glitten über seinen Rücken, kneteten die straffen Muskeln.

Irgendwann konnte Dominic seine Erregung nicht mehr bezähmen. „Du bringst mich um den Verstand!" stieß er heiser hervor.

„Komm", wisperte Kate. „Komm ganz zu mir."

„Schau mich an", bat Dominic, bevor er in sie eindrang. „Ich möchte deine wundervollen Augen sehen, wenn wir uns lieben."

Kate bog sich ihm entgegen. Ein Stöhnen entfuhr ihr, und ihre Augen wurden dunkel und weit vor Lust, während Dominic sie hinabzog in einen schier endlosen Strudel der Lust. Er bemerkte, dass sich ihre Wangen röteten, sah, wie ihre Lippen zitterten, als sie wieder und wieder seinen Namen flüsterte.

Sie bewegten sich langsam miteinander, waren in vollkommener Harmonie vereint. Dominic beschleunigte den Rhythmus. Dabei ließ er Kate nicht aus den Augen. Unaufhörlich strebten beide einem Ziel entgegen und erreichten gemeinsam den Gipfel höchster Ekstase.

9. KAPITEL

Kate schlief noch fest, als Dominic erwachte. Er bemerkte erfreut, dass ihre Wangen nicht mehr bleich waren.

Zärtlich strich er über Kates Haar, legte die Hand kurz auf ihre Stirn. Die Haut war kühl und trocken. Kate befand sich auf dem Weg der Besserung.

Das Glück, das sie ihm in der vergangenen Nacht geschenkt hatte, bedeutete Dominic umso mehr, da Kate ihn freiwillig und ohne belastende Schatten der Vergangenheit geliebt hatte. Er wollte sich dieses Glück erhalten.

Dominic war entschlossen, sie nicht ein zweites Mal ziehen zu lassen. Er hatte Kate vor vier Jahren verloren, hatte sie vielleicht nie richtig besessen. Jedenfalls nicht in der Weise, wie er gedacht, wie er es als selbstverständlich vorausgesetzt hatte. Dieses Mal würde er sich anders verhalten. Er würde Kate geben, was sie brauchte. Einerseits schien sie ihm so hilfsbedürftig, andererseits besaß sie einen starken Charakter, der sie zum gleichwertigen Partner machte.

Nachdenklich schaute Dominic vor sich hin. Warum hatte er ausgerechnet bei Kate das sichere Gefühl, sie wäre die richtige Frau für ihn? Die Antwort auf diese Frage fand er nicht.

Aus Unbeholfenheit, Hochmut und Unerfahrenheit oder was auch immer hatte er seine Beziehung zu

Kate einmal aufs Spiel gesetzt. Nun hatte er eine zweite Chance und wollte sie besser nutzen. Er benötigte Zeit dafür.

Vorsichtig stand Dominic auf, zog sich an, ohne Licht zu machen, und verließ das Schlafzimmer.

Allmählich erwachte Kate aus ihrem Schlaf. Eigentlich wollte sie noch nicht wach werden, sondern zurückgleiten in ihren schönen, friedlichen Traum, aber es gelang ihr nicht.

Im Zimmer war es dunkel und Kate noch ein bisschen schlaftrunken. Zunächst wusste sie nicht, woher der dumpfe Schmerz an ihrem Fuß rührte. Wie konnte sie Schmerzen haben, wenn sie so glücklich war? Sie streckte die Hand nach Dominic aus. Aber der Platz neben ihr war leer.

Sofort verflog alle Müdigkeit. Hastig richtete Kate sich im Bett auf. Sie ignorierte das Klopfen in ihrem Bein, das mit jeder Bewegung stärker wurde.

Hatte sie nur geträumt? Zögernd tastete sie über das Laken neben ihr. Es fühlte sich kalt an. War alles nur ein Produkt ihrer Fantasie gewesen, hervorgerufen durch Medikamente? Vermochte sie wirklich in Gedanken so intensive Bilder der Zärtlichkeit, der Leidenschaft heraufzubeschwören?

Sie hatte sich nach Dominic gesehnt. An das starke Verlangen nach ihm erinnerte sie sich noch deutlich. Aber danach? Alles nur ein Traum?

Der Platz neben ihr war leer, das Laken kalt und

Kate allein. Alle Anzeichen sprachen dafür, dass sie sich die Ereignisse der letzten Nacht eingebildet hatte.

Die Zufriedenheit, die sie beim Erwachen verspürt hatte, verschwand schlagartig. Kate verspürte fast Dankbarkeit, den Schmerz in ihrem Fuß wahrnehmen zu können. Das war wenigstens Wirklichkeit, während alles andere wie eine Seifenblase zerplatzt war.

„Du bist ja schon wach."

Beim Klang von Dominics Stimme zuckte Kate zusammen. Ihre Nerven waren zum Zerreißen gespannt.

Dominic trat mit einem Tablett ins Schlafzimmer. „Also brauche ich dich nicht aus deinem süßen Schlummer zu reißen. Guten Morgen, Darling. Es gibt Frühstück!"

Er stellte das Tablett auf dem Nachttisch ab und ging zu den Fenstern, um die Jalousien hochzuziehen. Die helle Morgensonne fiel in das Zimmer.

„Wie hast du geschlafen?" erkundigte er sich und kehrte zum Bett zurück.

„Gut." Um ihre Verlegenheit zu verbergen, faltete Kate die Hände auf der Bettdecke und saß völlig ruhig. „Ich möchte dir für alles danken, was du für mich getan hast."

„Das hast du bereits getan. Es war und ist aber nicht nötig." Dominic schaute auf sie hinab und betrachtete sie aufmerksam. „Du hast immer noch starke Schmerzen", erriet er.

„Sie sind nicht schlimm."

„Dieses Mal nimmst du eine Tablette." Dominic platzierte geschickt das Tablett vor ihr. Danach holte er bedächtig eine kleine Dose von der Kommode. „Keine Widerrede", sagte er, um Kates Weigerung zuvorzukommen.

„Dominic, es tut wirklich nicht sehr weh." Fieberhaft überlegte Kate, wann Dominic ihr schon einmal eine Tablette hatte geben wollen. Eine deutliche Erinnerung blieb aus, was ihren Unmut verstärkte. Mit leicht vorgerecktem Kinn wiederholte sie: „Wirklich nicht."

„Es ist egal, wie weh es tut." Dominic setzte sich auf den Rand des Bettes und legte eine Tablette in Kates Hand. „Ich möchte, dass du überhaupt keine Schmerzen erleidest."

Er strich mit seinen Fingern über ihre. Dieser leichte Kontakt löste Wärme in Kate aus und brachte ihr endlich auch Gewissheit. Sie schaute Dominic in die Augen. „Ich habe es doch nicht geträumt."

„Was?" Dominic reichte Kate ein Glas Saft.

„Vergangene Nacht. Als ich vorhin aufwachte ... nun ... ich meinte, alles sei nur ein Traum gewesen."

Er lächelte und beugte sich vor, um sie auf den Mund zu küssen. „Hm ..."

„Dominic!"

„Wenn es so gewesen ist, habe ich den gleichen Traum gehabt." Er berührte noch einmal ihre Lippen. „Es war wundervoll."

„Dann spielt es keine Rolle, ob es ein Traum war."

„Oh nein, ich ziehe die Wirklichkeit vor."

Kate lachte auf und wollte die Tablette heimlich verschwinden lassen, da umfasste Dominic ihr Handgelenk.

„Du hast Schmerzen", sagte er. „Ich sehe es dir an. Ich kann es an deinen Augen ablesen. Die Spritze wirkt schon seit mehreren Stunden nicht mehr, Kate."

„Ihretwegen war ich den ganzen Tag lang ohne Bewusstsein", erwiderte sie fast trotzig.

„Dieses Medikament ist mild, dient nur zur Linderung der Schmerzen. Bitte, Kate." Sein Griff wurde fester. „Ich musste tatenlos zuschauen, wie du mit hohem Fieber gegen das Gift angekämpft hast, wie du ..."

„Vergiss es, Dominic", unterbrach Kate ihn.

„Wenn schon nicht für dich selbst, dann nimm die Tablette um meinetwillen", drängte er.

„Um deinetwillen?"

Dominic fuhr mit der Hand über ihr Haar, hob dann ihr Kinn hoch und sah ihr in die Augen. „Ich kann dir nicht beschreiben, wie schlimm die Stunden nach deinem ... deinem Unfall für mich waren, Kate. Ich könnte es einfach nicht ertragen, wenn du noch einmal Qualen durchstehen müsstest."

Schweigend senkte Kate die Lider und nahm die Tablette. Während sie den Saft trank, zog Dominic leicht an ihrem Haar.

„Sie hat kaum mehr Wirkung als Aspirin, Kate.

Bailey sagte, dass er dir etwas Stärkeres verschreiben würde, wenn es nötig sein sollte. Aber ihm wäre es lieber, wenn dieses Medikament ausreichte.“

„Es wird schon gehen. Die Verletzung ist eher unangenehm als schmerzhaft.“

Dominic wusste, dass das eine Lüge war. Aber er schwieg, wollte die Stimmung nicht zerstören, den hoffnungsvollen Wiederbeginn nicht im Keim ersticken.

„Hat Doktor Bailey auch gesagt, wann ich wieder tauchen kann?“ fragte Kate.

„Tauchen?“ Dominic traute seinen Ohren nicht. Er hatte mittlerweile den Teller entfernt, den er über einen zweiten mit Kates Frühstück gestülpt hatte, um es warm zu halten. „Du wirst den Rest der Woche das Bett nicht verlassen dürfen, Kate.“

„So lange soll ich ... oh nein, das darf nicht wahr sein!“ rief Kate entsetzt, ohne die große Portion Eier mit Schinken und Toast vor sich zu beachten. „Dominic, ich wurde von einem Rochen gestreift, nicht von einem Hai angefallen.“

„Ja, ein Rochen hat dich mit seinem Schwanz getroffen“, erwiderte Dominic. „Und deine Widerstandskräfte waren praktisch gleich Null. Doktor Bailey hätte dich fast ins Krankenhaus einliefern lassen, so jämmerlich war dein Zustand. Ich kann mir zwar vorstellen, dass du nach dem Tod deines Vaters einiges durchgemacht hast, aber du hättest wenigstens ein bisschen auf dich Acht geben können.“

„Ärzte übertreiben gern."

„Bailey nicht", erklärte Dominic ihr mit fester Stimme. „Er mag ein bärbeißiger Mensch sein, doch er versteht etwas von seinem Beruf. Er sagte mir, dass du dich selbst bis an den Rand der Erschöpfung getrieben, keinerlei Widerstandskräfte und gute zehn Pfund Untergewicht hättest." Dominic nahm die Gabel vom Tablett. „Dagegen werden wir etwas unternehmen, Frau Lehrerin, und zwar sofort."

Kate begutachtete das Essen vor sich. Für diese Portion musste Dominic vier große Eier in die Pfanne geschlagen haben. Außerdem zählte sie sechs Scheiben Schinken und vier Scheiben Toast. „Du meine Güte!" entfuhr es ihr.

„Du musst zu Kräften kommen." Dominic nahm ihre Hand in die seine und drückte sie. „Und ich werde dafür sorgen, Kate, ob es dir gefällt oder nicht."

Sie sah ihn ernst an. „Ich weiß noch nicht, ob es mir gefällt. Aber das werden wir schon herausfinden."

Dominic spießte den ersten Bissen auf die Gabel. „Iss", befahl er.

Kate musste lächeln. Sie war noch nie in ihrem Leben so umsorgt worden. Ihr schien, dass sie sich allzu leicht an diese Fürsorge würde gewöhnen können. „In Ordnung, aber dieses Mal esse ich allein."

Insgeheim beschloss Kate um des lieben Friedens willen, die Hälfte der Riesenportion zu verzehren. Womit sie, ohne es zu wissen, genauso handelte, wie Dominic es vorausgesehen hatte. Wenn er eine kleinere Portion zubereitet hätte, hätte Kate auch von ihr nur die Hälfte und somit viel weniger gegessen. Er kannte Kate besser, als sie ahnte.

„Du warst schon immer ein hervorragender Koch“, lobte Kate, während sie ein Stück Schinken zerteilte. „Du kochst viel besser als ich.“

„Wenn du ein braves Mädchen bist, werde ich heute Abend eine Scholle braten.“

„Wie brav muss ich sein?“ fragte Kate. Sie erinnerte sich an die vielen köstlichen Fischgerichte, die Dominic früher für sie zubereitet hatte.

Dominic schmunzelte nur. Er nahm eine Scheibe Toast entgegen, die Kate ihm reichte, und beschmierte sie mit Butter und Marmelade. „Vielleicht werde ich warmen Apfelstrudel aus dem ‚Roost‘ zum Nachtisch kommen lassen“, meinte er dann.

„Hm. Sieht so aus, als müsste ich ganz brav sein, um all die Köstlichkeiten zu bekommen.“

„Richtig, richtig.“

„Dominic ...“ Kate begann in ihrem Rührei herumzustochern. „Gestern Nacht, was passierte ...“

„... hätte niemals zu Ende gehen dürfen“, vollendete Dominic ihren Satz.

Kate blickte zu ihm auf. „Ich bin mir nicht so sicher.“

„Aber ich“, sagte er, beugte sich vor und küsste zärtlich ihre Nasenspitze. „Sprich jetzt nicht darüber, Kate. Wenn es schon kompliziert werden muss, lass uns warten, bis sich andere Dinge geklärt haben.“

Kompliziert. Hielt er es für eine Komplikation, was zwischen ihnen geschehen war? Betroffen schaute Kate auf ihren Teller, dachte eine Weile nach. Nein, sicherlich meinte er es nicht so.

„Einerseits habe ich das Gefühl, zurückzukehren zu jenem Sommer vor vier Jahren", sagte sie schließlich. „Andererseits ist es aber ..."

„... wie ein Schritt nach vorn", führte Dominic ihren Gedanken zu Ende.

„Ja", stimmte Kate impulsiv zu und ergriff seine Hand. Obwohl Dominic so wenig über ihre Beziehung sprach, schien er sie zu verstehen. Mochte er auch manchmal etwas rau sein, er empfand im Grunde wie sie. „Ich finde es allerdings ein bisschen beunruhigend."

„Ich habe es eigentlich nicht gern, wenn es im Leben wie bei ruhiger See zugeht. Ein paar Wellen machen die Fahrt interessanter."

„Mag sein."

Ob Kate in die Vergangenheit zurückkehrte oder in die Zukunft schritt, war Dominic im Grunde gleichgültig. Wichtig schien ihm nur, dass sie sich auf ihn zubewegte, ihm näher kam.

„Ich kann nichts mehr essen."

„Das habe ich mir gedacht." Dominic nahm eine zweite Gabel vom Tablett und begann die Überbleibsel ihres Frühstückes zu verzehren. „Du hast wahrscheinlich schon mehr gegessen, als du sonst in einer ganzen Woche frühstückst."

„Allerdings." Kate lehnte sich gegen die in ihrem Rücken gestapelten Kissen. Wie gut Dominic es verstanden hatte, sie zu überlisten! Zu ihrer Verärgerung stellte sie fest, dass sie wieder müde wurde. Sie durfte einfach keine Medikamente mehr nehmen.

Ohne diese Mittel und stattdessen mit kurzen Spaziergängen an der frischen Luft würde sie schneller genesen. Sie musste Dominic irgendwie von der Richtigkeit ihrer These überzeugen.

Während Dominic aß, schaute Kate zum Fenster hinaus in die strahlende Sonne. „Ich möchte keine ganze Woche verlieren."

„Ich werde zum Wrack hinabtauchen", erklärte Dominic, ohne von seinem Essen aufzublicken. Er wusste nur zu gut, in welche Richtung Kates Blick ging und in welche Richtung ihre Gedanken schweiften. „Morgen und übermorgen auch."

„Allein?"

Er hörte die Besorgnis in ihrer Stimme. „Ich bin schon oft allein getaucht", beruhigte er Kate und spießte das letzte Stück Schinken auf.

Kate war klar, dass es keinen Sinn haben würde, ihn auf die Gefährlichkeit eines solchen Unternehmens hinzuweisen. Dominic kannte das Risiko, im Übrigen entsprach es seinem einzelgängerischen Wesen, ohne Partner zu tauchen. Sie versuchte also eine andere Taktik. „Wir suchen die ‚Liberty' zusammen, Dominic."

Dominic warf ihr einen prüfenden Blick zu und

griff anschließend nach dem Becher Kaffee, den sie nicht angerührt hatte. „Hast du Angst, ich könnte mich mit dem Schatz auf und davon machen?"

„Natürlich nicht. Wenn ich kein Vertrauen zu dir hätte, hätte ich dir erst gar nicht die Karten gezeigt."

„Hm ..." Dominic trank einen Schluck Kaffee. „Wenn ich weitertauche, während du dich erholst, verlieren wir keine Zeit."

„Ich möchte dich aber auch nicht verlieren!" entfuhr es Kate. Abrupt wandte sie sich ab und schaute zur Seite. Sie hatte das nicht äußern wollen, weil ihre Beziehung ohne Bindungen und zeitlich befristet sein sollte. Und nun waren ihr diese Worte einfach herausgerutscht.

Dominic saß regungslos und ließ die Bedeutung ihrer Bemerkung auf sich wirken. Schließlich brach er die Stille. „Du würdest dir wirklich Sorgen um mich machen?"

Wütend drehte sich Kate zu ihm um. Sein zufriedener, selbstgefälliger Gesichtsausdruck brachte sie noch mehr auf. „Nein, ich würde mir keine Sorgen machen. Dummköpfe wie du haben im Allgemeinen einen guten Schutzengel."

Dominic stellte das Tablett auf den Boden neben dem Bett und lächelte Kate schelmisch an. „Kate, ich hätte es gern, wenn du dich um mich sorgtest, wenigstens ein ganz klein wenig."

„Es tut mir Leid. Den Gefallen kann ich dir wirklich nicht erweisen."

„Deine Stimme klingt immer sehr gouvernantenhaft, wenn du böse bist“, sagte Dominic. „Mir gefällt das.“

„Ich bin keine Gouvernante.“

Dominic strich über ihr offenes Haar. Er musste ihr Recht geben. Sie sah viel sanfter und attraktiver aus. „Deine Stimme klingt so, als gehöre sie zu einer dieser hübschen, wohlerzogenen Damen, die in früheren Zeiten in ihrem Salon saßen und Tee aus feinem zerbrechlichen Porzellan tranken“, zog er sie auf.

Kate schob seine Hand fort, wollte sich nicht von seiner Nähe beeinflussen lassen. „Sollte ich stattdessen schimpfen?“

„Das gefällt mir auch. Manchmal. Aber am liebsten ist es mir, wenn du mich anlächelst.“ Er küsste sie auf die Wange. „So, wie du sonst niemanden anlächelst.“

Kate versteifte sich ein bisschen. Wenn sie nicht aufpasste, würde sie von ihrem Vorhaben abgelenkt werden. „Ich würde mich hier schrecklich langweilen“, sagte sie. „Mir graut vor der Vorstellung, hier Stunde um Stunde herumsitzen zu müssen und nichts tun zu können.“

„Ich besitze eine Menge Bücher.“ Dominic nestelte an Kates Nachthemd.

„Ach ...“

„Du könntest auch Kreuzworträtsel lösen.“

„Nein, vielen Dank.“

„Unten habe ich sogar einen Gedichtband von Byron, der dir gefallen würde.“

Obwohl sie fest entschlossen war, nicht auf Dominic einzugehen, musste Kate ihn bei dieser Eröffnung anschauen. „Byron?“

„Ich habe das Buch gekauft, nachdem du fortgegangen bist. Es sind wundervolle Verse.“ Dominic hatte die drei Knöpfe ihres Nachthemdes so geschickt geöffnet, dass Kate es kaum bemerkt hatte. „Ich höre noch immer, wie du mir damals Gedichte vorgetragen hast. Besonders erinnere ich mich an eine Nacht am Strand. Es war Vollmond. Ich weiß nicht mehr, wie der Titel des Gedichtes lautet, aber ich weiß, wie es beginnt und wie es klang, als du es aufsagtest. ‚Ich zähl’, ob nicht ...‘“, begann er und lächelte Kate an.

„‚Ich zähl’, ob nicht in alter Zeit‘“, fuhr Kate fort, „‚ein Tag vorüberschwebte, den ich um alle Herrlichkeit noch einmal gern erlebte‘.“ Sie hielt inne. „Du hast nie großes Interesse an Byrons Technik gezeigt“, warf sie Dominic unvermittelt vor, um die romantische Atmosphäre, die die Zeilen hervorgerufen hatten, zu zerstören.

„Obwohl du dir alle erdenkliche Mühe gegeben hast, sie mir nahe zu bringen.“

„Er war einer der bedeutendsten Dichter seiner Zeit.“

„Hm.“ Dominic knabberte spielerisch mit den Zähnen an Kates Ohrläppchen.

Seine Liebkosungen lenkten Kate ab. Dennoch fuhr sie hartnäckig fort: „Er war fasziniert von Themen wie Krieg und Konfliktsituationen, trotzdem enthalten seine Gedichte mehr Liebesgeschichten als die von Shelley oder Keats.“

„Und wie war er als Mensch?“

Kate schloss die Augen und genoss die Berührungen von Dominics Zunge. „Er ... er zeigte beißenden Zynismus und konnte andererseits die schönste Lyrik schreiben. Wenn man seinen ‚Don Juan‘ liest ...“ Ihre Worte verloren sich in einem Seufzer.

„Ich höre dir sehr gern zu, wenn du Vorträge hältst.“ Dominic schlug die Bettdecke zurück und fuhr mit den Fingerspitzen äußerst zärtlich über Kates Oberschenkel. „Habe ich dich etwa unterbrochen?“

„Ja.“

„Schön.“ Behutsam zeichnete er die Konturen ihrer Lippen nach. „Ich dachte, ich könnte dich auf diese Weise beschäftigen.“ Er strich über ihre Hüften und ihren Busen. „Nur, um der Langeweile vorzubeugen. Möchtest du mir nicht mehr von Byron erzählen?“

Kate holte tief Luft und schlang die Arme um Dominics Nacken. Das Thema Byron war inzwischen bedeutungslos geworden. „Nein, aber ich werde mich auch ohne Vorträge oder Kreuzworträtsel nicht langweilen.“

„Nein? Vorhin sagtest du ...“

„Dominic“, fiel sie ihm ins Wort. „Vorhin ...“

„Entspann dich.“ Dominic sagte es leise, doch bestimmt. Um seinen Worten Nachdruck zu verleihen, küsste er Kate lange und intensiv.

„Mir bleibt gar keine andere Wahl", flüsterte sie danach. „Entweder machen mich die Tabletten benommen oder du."

„So ist es."

Dominic schwieg einen Augenblick, bevor er fortfuhr: „Es gibt so vieles, was ich von dir möchte." Er hob den Kopf und blickte Kate in die Augen. „So vieles, was ich von dir brauche."

„Du sagst mir nie genau, was, Dominic."

Er legte seine Stirn an ihre. „Jetzt jedenfalls möchte ich, dass es dir gut geht." Er schaute sie wieder an. „Ich bin kein selbstloser Mensch, Kate. Ich möchte dich lieben. Es war meine volle Absicht, dich wieder in mein Bett zu bekommen. Allerdings gehörte es nicht zu meinem Plan, dass du vorher das Bewusstsein verlieren solltest."

„Es spielt keine Rolle, was du beabsichtigtest. Ich treffe meine eigenen Entscheidungen." Kate strich mit den Fingerspitzen über sein Gesicht. „Es war meine Entscheidung, dich gestern Abend zu lieben. Und es ist heute wieder mein Wille."

Dominic lachte. „Frau Lehrerin, glaubst du im Ernst, dass ich dir die Wahl ließe? Wir mögen uns zwar nicht so gut kennen, wie wir eigentlich zu diesem Zeitpunkt sollten, aber das müsstest du wissen."

Nachdenklich fuhr Kate mit dem Daumen über seinen Wangenknochen. Die hohen Wangenknochen passten zu Dominic, genau wie das unrasierte Gesicht. Aber passte sie selbst auch zu ihm? Gehörten sie und Dominic trotz aller Gegensätze zueinander?

Körperlich ergänzten sie einander perfekt. Doch das reichte für eine dauerhafte Beziehung nicht aus. So sehr sie es auch abstreiten mochten, es genügte nicht. Irgendwann würde die sexuelle Anziehungskraft nachlassen, und dann ... ach, sie wollte jetzt nicht weiter darüber nachdenken.

„Wenn du dir etwas nimmst, das dir nicht aus freien Stücken gegeben wird, hast du nichts davon." Kate berührte die rauen Bartstoppeln an seinem Kinn. „Wenn ich aber freiwillig gebe, bekommst du alles, was du brauchst."

„Wirklich?" flüsterte Dominic an ihrem Mund. „Und du? Wie ist es mit dir?"

Kate schloss die Augen. „Ich bin zufrieden ..."

Wie lange? ging es Dominic durch den Sinn. Er stellte diese Frage nicht laut. Irgendwann würden sie ausführlich über alles miteinander reden, nach einer Lösung all ihrer Probleme suchen müssen. Doch nicht jetzt. Jetzt war Kate so entspannt, wie er es beabsichtigt hatte.

Dominic begann Kates Leib sanft und zärtlich zu streicheln und ihr die Wonnen zu bereiten, die nur er ihr zu schenken vermochte. Nie hatte er so wenig für sich selbst verlangt und doch eine so vollkommene Befriedigung seiner Sehnsucht erfahren.

Er lauschte ihren leisen Atemzügen und betrachtete sie liebevoll. Ihr friedlicher Gesichtsausdruck spiegelte seine eigenen Gefühle wider. Sie befanden sich in völliger Eintracht und Harmonie.

Die vier Jahre der Trennung zerrannen zu nichts. Sie hätten vierzig Jahre voneinander getrennt leben können, es hätte nichts daran geändert, dass sie einander begehrten. Dominics Streicheln genügte, um Kates Verlangen neu zu erwecken.

Beim Liebesspiel mit Dominic fühlte Kate sich frei und ungezwungen. Dieses Gefühl, dass Erotik richtig und natürlich ist, stellte sich nur beim Zusammensein mit Dominic ein. Nach jenem Sommer war es für Kate nie mehr selbstverständlich gewesen, sich einem Mann bedingungslos zu schenken, und so hatte sie sich in sich verschlossen.

Während Dominic jeden Zentimeter ihres Körpers liebkoste, dachte Kate daran, wie feurig und leidenschaftlich sie sich früher geliebt hatten. Sie hatte die Ekstase in seinen Armen gesucht, und es hatte sie jedes Mal von neuem überrascht, dass sie einen derartigen Rausch erleben konnte, ohne den Verstand zu verlieren.

Nun spürte sie sein geduldiges, fürsorgliches Streicheln. Kate hatte bisher nicht gewusst, dass Dominic ein solches Einfühlungsvermögen besaß. Die Erkenntnis trug dazu bei, ihre Liebe zu ihm zu vertiefen. Sie wollte das Feuer der Lust in ihm schüren, doch er ließ es nicht zu. Sie wollte ihm seine Wünsche erfüllen, doch er äußerte keine. Stattdessen schien er nur darauf bedacht zu sein, sie glücklich zu machen.

Er stellte keine Forderungen an Kate. Obwohl die Berührung mit ihrer weichen Haut ihn über alle Maßen erregte, hielt er sich zurück. Nur bei Kate hatte er das Bedürfnis, zärtlich zu sein. Nur bei ihr hatte er erfahren, dass wahre Liebe Geben und Nehmen bedeutete. Und sie gab ihm viel, stillte nicht nur sein körperliches Verlangen, sondern brachte ihm auch seelische Harmonie.

Schließlich drang er in sie ein, leicht und ohne Hast. Allmählich steigerte er seinen Rhythmus, beschleunigte seine Bewegungen und führte Kate auf den Gipfel der Erfüllung.

Dann schlief sie ein, und Dominic überließ sie ihren Träumen.

10. KAPITEL

Als Kate erwachte, fühlte sie sich nicht benommen, aber schwach. Ihre Hilflosigkeit ärgerte sie. Es war bereits Nachmittag. Sie benötigte keine Uhr. Ihr genügte ein Blick zum Fenster, um am Einfall der Sonnenstrahlen die Zeit bestimmen zu können. Schon wieder waren mehrere Stunden verstrichen, die sie einfach verschlafen hatte.

Kate tastete nach ihrem Nachthemd und streifte es über. Vermutlich würde Dominic bald erscheinen und verlangen, dass sie wieder eine Tablette einnahm. Aber sie wollte keine Arzneimittel mehr schlucken, wollte nichts mehr an sich heranlassen, was ihr die kostbare Zeit stahl.

Vorsichtig rutschte Kate an den Rand des Bettes und stand auf. Ein Schwächeanfall zwang sie dazu, nach dem Bettpfosten zu greifen, sonst wäre sie rücklings aufs Bett zurückgefallen. Sie führte den Schwächeanfall auf die Medikamente zurück, die ihr Körper hatte aufnehmen müssen. Trotzig presste sie die Lippen zusammen und belastete den verletzten Fuß. Wie ein Blitz schoss der Schmerz ihr durch alle Glieder und vertrieb den letzten Rest Müdigkeit.

Kate wartete ab, bis der Schmerz nachließ und zu einem dumpfen Pochen wurde. Dies würde sie ertragen können. Langsam ging sie zu dem Spiegel, der über Dominics Kommode hing.

Ihr Anblick missfiel ihr sehr. Ihr Haar war stumpf, ihr Gesicht blass, und ihren Augen fehlte jeglicher Glanz. Vergeblich versuchte sie, durch kräftiges Reiben Farbe auf ihre Wangen zu bringen. Ihrem jetzigen erbarmungswürdigen Zustand würde eine warme Dusche, der Duft eines milden Shampoos und frische Luft abhelfen. Und sie würde das durchsetzen – auch gegen Dominics stärksten Widerstand.

Kate straffte die Schultern und machte den ersten Schritt in Richtung Zimmertür. Als sie schließlich die Hand nach der Klinke ausstreckte, wurde die Tür von der anderen Seite geöffnet.

„Warum bist du nicht im Bett?"

Genau diese Frage hatte Kate erwartet, aber von Dominic, nicht von Linda.

„Ich wollte bloß ..."

„Willst du, dass Dominic mich bei lebendigem Leibe röstet?" fragte Linda und scheuchte Kate zurück. In den Händen trug Linda ein Tablett, auf dem eine Tasse köstlich duftender Suppe stand. „Also, du sollst dich ausruhen und essen, anschließend essen und dich ausruhen. Das ist ein Befehl."

Kate hielt in ihrem Rückzug inne. „Wessen Befehl?"

„Dominics. Und", fügte Linda hinzu, bevor Kate etwas erwidern konnte, „Doktor Baileys."

„Ich brauche mir von keinem der beiden etwas befehlen zu lassen", begehrte Kate auf.

„Mag sein", erwiderte Linda ungerührt. „Aber ich

habe keine Lust, mich mit einem Mann herumzustreiten, der sich um einen geliebten Menschen sorgt, oder einem, der mir im zarten Alter von drei Jahren eine Spritze in den Po gab. Beide können nämlich äußerst unangenehm werden. Also tue ich, was sie mir sagen. Jetzt leg dich bitte wieder hin."

„Linda ..." Kate seufzte. „Ich habe nur eine kleine Verletzung am Fuß und bereits ungefähr achtundvierzig Stunden in diesem Bett verbracht. Wenn ich nicht bald eine warme Dusche nehmen und frische Luft atmen kann, werde ich verrückt."

„Haben wir etwa schlechte Laune?" Linda verkniff sich ein Lachen und biss sich leicht auf die Unterlippe.

„Ja, haben wir!" Kate machte ihrem Unmut ungehindert Luft. „Schau mich einmal an", murrte sie und hielt eine Strähne ihres Haares hoch. „Ich fühle mich, als hätte ich achtundvierzig Stunden im Kohlenkeller zugebracht."

„Schon gut. Ich vermag es mir vorzustellen. Nachdem ich von Joy entbunden wurde und sie der Hebamme zurückgegeben hatte, wollte ich auch nichts anderes. Ich war damals den Tränen nahe." Linda stellte das Tablett auf dem Nachttisch ab. „Ich gebe dir zehn Minuten für eine Dusche. Das kann ich verantworten. Danach musst du essen, während ich den Verband wechsle. Ich habe Dominic versprochen, alles daran zu setzen, dass du die Suppe ganz aufisst." Sie stemmte die Hände in die Hüften. „Abgemacht?"

„Dominic übertreibt“, sagte Kate. „Es ist absurd. Ihr braucht mich nicht wie ein Baby zu behandeln.“

„So kannst du reden, wenn du nicht aussiehst, als könnte dich der leiseste Windstoß umblasen. Komm, ich helfe dir beim Duschen.“

„Nein, danke sehr. Ich bin durchaus in der Lage, allein zu duschen“, entgegnete Kate patzig und stürmte aus dem Schlafzimmer, ohne die heftigen Schmerzen in ihrem Bein zu beachten.

Nachdem die Tür hinter ihr ins Schloss gefallen war, lachte Linda laut, setzte sich aufs Bett und wartete.

Eine Viertelstunde später kehrte Kate zurück. Sie fühlte sich erfrischt und schämte sich ihres Verhaltens. Sie hatte Dominics Morgenmantel angezogen und rieb mit einem Handtuch ihr Haar trocken, während sie Linda schuldbewusst anblickte.

„Linda, es tut mir Leid, dass ich vorhin ...“

„Du brauchst dich nicht zu entschuldigen“, wehrte Linda ab. „Wenn man mich zwei Tage lang ans Bett fesselte, würde ich wahrscheinlich nicht anders reagieren. Übrigens“, bemerkte sie schlau, „wenn es dir wirklich Leid tut, iss bitte die Suppe ganz auf, damit ich mir keine Schelte von Dominic einfange.“

„Okay.“ Kate kletterte ins Bett und stellte das Tablett auf ihren Schoß. In die Kissen zurückgelehnt, kostete sie und ließ es geschehen, dass Linda ihren Verband entfernte. „Sie schmeckt hervorragend.“

„Fischsuppe ist eine unserer Spezialitäten. Oh, du

Ärmste“, entfuhr es Linda, nachdem sie den Mullverband abgewickelt hatte und die Wunde begutachten konnte. „Das muss schrecklich wehgetan haben. Kein Wunder, dass Dominic ganz außer sich ist.“

Kate nahm ihren Mut zusammen und beugte sich vor, um ebenfalls einen Blick auf die Verletzung zu werfen. Die Haut war nicht rot und aufgequollen, wie Kate befürchtet hatte. Die Wunde maß mindestens sieben Zentimeter, war aber sauber und nicht entzündet. Beruhigt lehnte Kate sich wieder zurück.

„Es ist nicht so schlimm“, sagte sie. „Die Wunde hat sich nicht entzündet.“

„Oh Kate! Mich hat auch einmal vor Jahren ein Rochen erwischt. Es war ein kleiner, und ich hatte eine Wunde von zirka zwei Zentimetern. Ich habe geheult wie ein kleines Kind. Und da behauptest du, deine Verletzung sei nicht so schlimm!“

„Na ja! Ich habe die meiste Zeit geschlafen und nichts gespürt.“ Kate bewegte den Fuß und zog plötzlich scharf die Luft ein.

Linda entging das nicht. Prüfend betrachtete sie Kates Gesicht. „Dominic hat mir die Tabletten gegeben, die du nehmen sollst, wenn du Schmerzen hast“, sagte sie dann.

„Du tätest mir einen großen Gefallen, wenn du sie fortwerfen würdest.“ Kate wandte sich wieder ihrer Suppe zu. „Ich habe keine Lust, mit ihm oder mit dir Diskussionen anzufangen, aber diese Tabletten nehme ich nicht mehr. Es freut mich, dass Dominic sich so lieb um mich kümmert, aber dieser ewige Schlaf muss ein Ende haben."

„Er macht sich Sorgen um dich. Er fühlt sich für dich verantwortlich."

„Verantwortlich für meine Unachtsamkeit?" Kate schüttelte den Kopf. „Es war ein Unfall, und wenn irgendjemand Schuld hat, dann bin ich es selbst. Ich war so sehr damit beschäftigt, möglichst viele Stücke zu bergen, dass ich nicht die mindeste Vorsicht habe walten lassen. Ich bin praktisch über den Rochen gestolpert." Kate nahm einen weiteren Löffel Suppe. „Dominic hat viel schneller reagiert als ich. Er hatte mich schon fast außer Reichweite gezogen. Wenn er nicht gewesen wäre, würde es bedeutend unangenehmer ausgegangen sein."

„Er liebt dich."

Kate krampfte ihre Finger um den Löffel und legte ihn dann langsam und mit übertriebener Sorgfalt neben die Suppentasse. „Linda, es besteht ein großer Unterschied zwischen Interesse und Anziehung, sogar zwischen Zuneigung und Liebe."

Linda nickte und antwortete ernst: „Das ist mir bekannt. Aber ich bleibe dabei, Dominic liebt dich."

Kate lächelte nervös und wandte sich dem Tee zu, den Linda zusammen mit der Suppe aufgetragen hatte. „Das sagst du", erwiderte sie leise. „Dominic nicht."

„So erging es mir mit Marsh. Er hat mich fast in den Wahnsinn getrieben, aber ich habe nicht locker gelassen. Und schließlich hat er mir seine Liebe doch gestanden."

„Ich bin nicht du." Kate trank von dem Tee und setzte die Tasse ab. „Und Dominic ist nicht Marsh."

Abrupt stand Linda auf, ging ungeduldig zum Fenster und zurück. „Menschen, die einfache Dinge so kompliziert machen, regen mich auf."

„Und andere vereinfachen das Komplizierte."

Linda stieß einen unmutigen Seufzer aus. „Ich kenne Dominic Silver von klein auf. Ich sah, wie er von einem hübschen Mädchen zum anderen wanderte und danach von einer attraktiven Frau zur nächsten, bis ich den Überblick verlor. Dann kamst du." Linda beugte sich über das Fußteil des Bettes und schaute Kate an. „Mit einem Mal veränderte Dominic sich völlig. Vom ersten Augenblick an hast du ihn fasziniert."

„Fasziniert." Kate zuckte die Schultern und wich Lindas Blick aus. „Faszination, Begeisterung hat nichts mit Liebe zu tun."

Linda gab sich nicht geschlagen. „Ich glaube nicht an Liebe auf den ersten Blick. Liebe wächst allmählich. Wenn du gesehen hättest, wie Dominic sich verhielt, nachdem du ihn vor vier Jahren verlassen hattest, wüsstest du ..."

„Sprich nicht von Dingen, die vier Jahre zurückliegen", unterbrach Kate sie. „Was damals geschah, ist vorüber. Dominic und ich sind heute andere Menschen. Unsere Erwartungen haben sich geändert." Sie holte tief Luft. „Wenn es dieses Mal zu Ende geht, wird es mir nicht wehtun, weil ich jetzt die Grenzen kenne.“

„Ihr fangt gerade erst wieder neu an, und du sprichst schon vom Ende und von Grenzen.“ Linda fuhr sich mit den Händen durchs Haar und setzte sich neben Kate aufs Bett. „Was ist nur mit dir los? Hast du verlernt zu träumen und Wünsche zu haben?“

„In solchen Dingen war ich nie sehr gut, Linda.“ Kate hielt inne und suchte nach den rechten Worten. „Ich darf von Dominic nicht mehr verlangen, als er zu geben bereit ist. Ich muss nach diesem Sommer in meine Welt zurückkehren. Es gibt keine Brücke, die uns verbindet. Vielleicht ist es Schicksal, dass ich ein zweites Mal auf die Insel gekommen bin und wir jetzt Gelegenheit haben, das Leid wieder gutzumachen, das wir einander zugefügt haben. Wenn wir uns dieses Mal trennen, möchte ich, dass wir als Freunde auseinander gehen. Dominic ist ...“ Kate strich sich über die Stirn, bevor sie fortfuhr: „Dominic hat eine sehr wichtige Rolle in meinem Leben gespielt.“

Linda schwieg einen Augenblick, dann schüttelte sie den Kopf. „Das ist mit Abstand der größte Unsinn, den ich je gehört habe.“

Kate musste über diese unverblümten Worte lachen. „Linda ...“

„Nein.“ Abwehrend hob Linda die Hände. „Ich möchte nicht mehr mit dir über dieses Thema reden.

Ich werde sonst noch verrückt, und dabei soll ich doch auf dich Acht geben." Sie stellte das Tablett beiseite. „Ich begreife einfach nicht, wie jemand, der ansonsten so klug ist, in dieser Beziehung so dumm sein kann. Je länger ich darüber nachdenke, desto klarer wird mir, dass du und Dominic füreinander geschaffen seid."

„Das klingt ziemlich grimmig."

„Das bin ich auch."

„Ach ja." Kate presste die Lippen fest aufeinander, um nicht erneut loszulachen.

„Schau nicht so selbstzufrieden drein, nur weil es dir gelungen ist, mich so wütend zu machen, dass ich nicht mehr mit dir diskutieren möchte." Linda warf Kate einen vorwurfsvollen Blick zu. „Vielleicht sollte ich tatsächlich Dominic mal genau meine Meinung sagen, wenn er nach Hause kommt", überlegte sie laut.

„Tu, was du nicht lassen kannst." Kates Stimme klang heiter. „Wo ist er überhaupt?"

„Zum Tauchen."

„Allein?" Kates Heiterkeit verflog.

„Mach dir keine Sorgen", beruhigte Linda sie und ärgerte sich über ihre Gedankenlosigkeit. Warum war ihr nicht irgendeine Notlüge eingefallen? „Er taucht oft allein."

„Ja, ich weiß." Kate starrte unmutig vor sich hin. Sie würde sich trotzdem um ihn ängstigen, bis er wohlbehalten wieder zu Hause war.

„Ich komme mit dir“, sagte Kate äußerst entschieden.

Es war ein schöner Tag. Die Sonne strahlte von einem wolkenlosen Himmel. Durch die Gittertür drang der Geruch des Meeres, und man konnte deutlich die Schreie der Möwen von dem Rauschen der Brandung unterscheiden.

Dominic wandte sich um. Er stand am Herd, wo er sich gerade eine Tasse Kaffee zubereitet hatte. Schweigend musterte er Kate von Kopf bis Fuß.

In den knappen weißen Shorts und der zartblauen Bluse wirkte sie auf Dominic eher wie eine Schülerin als eine Lehrerin.

Es entging ihm nicht, dass sie sich mit etwas Rouge zu einem gesünderen Aussehen verholfen hatte. Am Vorabend war es nicht nötig gewesen, künstlich Farbe auf ihre Wangen zu bringen. Sie hatte ihm Vorwürfe gemacht, weil er allein zum Wrack getaucht war. Dominic hatte aber gewusst, wie er sie von ihrer Verärgerung ablenken konnte.

„Du hättest dich gar nicht erst anzukleiden brauchen“, eröffnete er ihr. „Du wirst dich wieder ins Bett legen.“

Kate konnte dickköpfige Menschen nicht ausstehen, Menschen, die keinerlei Argumenten zugänglich waren und ihre Ansichten stets als richtig voraussetzten. In dieser Frage wollte sie selbst allerdings auch nicht nachgeben.

„Nein“, erwiderte sie mit oberflächlicher Ruhe und trat näher. „Ich komme mit.“

Im Gegensatz zu Kate war Dominic immer bereit, seine Kräfte zu messen. Er lehnte sich gegen den Herd und trank von seinem Kaffee. „Gegen die Anweisungen eines Arztes nehme ich niemanden mit zum Tauchen."

Kate hatte diesen Einwand erwartet. Sie öffnete den Kühlschrank und holte eine Flasche Orangensaft heraus. Dabei überlegte sie, wie sie ihren Standpunkt weiterhin vertreten sollte. Noch einen Tag tatenlos im Bett zu verbringen würde sie nicht überstehen. Sie brauchte dringend Bewegung, Beschäftigung für ihren Geist, Sonne und frische Luft. Vielleicht sollte sie energisch werden?

Kate verwarf das, denn auf die Weise erreichte sie bei Dominic gewiss überhaupt nichts. Wahrscheinlich würde sie ihren Willen nur mit Hilfe eines Kompromisses bekommen, aber zuvor ... Sie straffte die Schultern.

„Ich könnte ein Boot und eine Ausrüstung mieten und allein tauchen." Kate goss den Saft in ein Glas und drehte sich zu Dominic um. „Du kannst mich nicht zurückhalten."

„Nein? Tja, versuch's." Seine Stimme klang ruhig und gelassen. Aber Kate spürte, dass Dominic durchaus nicht ruhig und gelassen war. Wenn sie das Feuer schürte ...

„Ich habe ein Recht darauf, genau das zu tun, was ich möchte, Dominic, oder?"

„Natürlich."

„Siehst du.“

„Ach, Kate ...“ Er seufzte.

„Ja? Was?“

„Kate, nimm Vernunft an. Du bist noch nicht in der Verfassung, um wieder zu tauchen.“ Dominic blickte sie über den Rand seiner Tasse hinweg an. „Du kannst nicht so uneinsichtig sein, Kate. Du weißt, dass du es noch nicht schaffst. Und du weißt auch, dass ich es nicht zulasse.“

„Ich habe mich lange genug ausgeruht. Es geht mir gut.“ Kate trat auf Dominic zu und bemerkte mit Genugtuung, dass er die Stirn runzelte. Er hatte offenbar erkannt, dass sie ein bestimmtes Ziel verfolgte – ihn heute auf jeden Fall zu begleiten, nicht mehr und nicht weniger. „Was das Tauchen anbelangt, so bin ich bereit, es dir auch in den nächsten Tagen noch allein zu überlassen“, fuhr sie fort. „Aber ...“

„Aber?“ hakte Dominic nach.

„Ich will mit dir auf der ‚Wirbelwind‘ hinausfahren. Und zwar gleich.“

Dominic lächelte. Kate hatte nie die Absicht gehabt zu tauchen, sondern nur damit gedroht, um ihren Willen durchzusetzen. Er hatte volles Verständnis für ihre Ungeduld. Als Vierzehnjähriger musste er längere Zeit mit einem gebrochenen Bein das Bett hüten. An die Schmerzen erinnerte er sich kaum noch, deutlich jedoch an sein Bedürfnis, sich frischen Wind um die Nase wehen zu lassen. Er konnte Kate also sehr gut verstehen.

„Du wirst dich in der Kabine hinlegen, wenn ich es dir sage."

Langsam schüttelte Kate den Kopf. „Ich werde mich in der Kabine hinlegen, wenn ich es für nötig halte."

„Himmel!" Dominic knirschte mit den Zähnen. Dann knurrte er: „Okay, brechen wir auf."

Dominic ließ Kate keine Zeit, ihren Triumph auszukosten. Es dauerte nur wenige Minuten, bis er seinen Wagen an der Anlegestelle im Silver Lake Hafen geparkt hatte und die „Wirbelwind" startklar war. Zufrieden nahm Kate neben Dominic am Steuer Platz und freute sich darauf, Sonne und Wind spüren zu können.

„Ich habe gestern Abend einen Lageplan des Wracks angefertigt", sagte Dominic beiläufig, während er das Boot aus dem Hafen manövrierte.

„Einen Lageplan?" wiederholte Kate und strich sich einige lose Haarsträhnen aus dem Gesicht. „Warum hast du ihn mir nicht gezeigt?"

„Weil du geschlafen hast."

„Ich habe die letzten Tage zu achtzig Prozent verschlafen", murmelte Kate.

Sie fuhren auf die offene See hinaus. Dominic legte seine Hand auf Kates Schulter. „Du siehst heute viel besser aus. Keine Schatten mehr unter den Augen, keine Anspannung. Das ist die Hauptsache."

Sekundenlang schmiegte Kate ihre Wange an Dominics Hand. Es berührte sie tief, dass er sich wieder so fürsorglich zeigte. Aber sie wollte keinesfalls, dass sein Mitgefühl den Grund für ihr Zusammensein in Vergessenheit geraten ließ. Fürsorge konnte sich in Mitleid verwandeln. Es war jedoch wichtig, dass Dominic sie als gleichwertige Partnerin anerkannte. Solange sie seine Geliebte sein würde, mussten sie trotzdem auf gleicher Ebene stehen. Und wenn sie ging ... Wenn sie Ocracoke verließ, würde es keine Reue geben.

Kate hob den Kopf, reckte das Kinn vor. „Ich brauche nicht mehr umsorgt zu werden, Dominic."

Er warf einen Blick auf den Kompass, bevor er antwortete: „Nein? Schade. Dich zu umsorgen hat mir Spaß gemacht."

Dominic spürte ihren Widerstand dagegen, behütet zu werden. Er verstand und akzeptierte das, gleichzeitig empfand er Bedauern. Es stimmte, er hatte sich gern um Kate gekümmert. Aber wie sollte er ihr klar machen, dass er um ihretwillen einerseits wünschte, sie brauche seinen Beistand nicht, sich andererseits aber freuen würde, wenn sie sich in Zeiten der Not an ihn wenden, seinen Beistand und seine Hilfe suchen würde?

Dominic hatte in den Tagen, seit Kate auf Ocracoke weilte, nicht richtig mit ihr über ihre komplizierte Beziehung sprechen können. Es fiel ihm schwer, sich zu gedulden und vorsichtig zu handeln. Als Taucher wusste er, dass Vorsicht lebenswichtig war. Aber als Mann ließ er sich lieber von seinen Impulsen und Instinkten leiten.

Zärtlich strich er mit den Fingerspitzen über Kates Nacken, bevor er die Hand wieder aufs Ruder legte. Im Umgang mit Kate musste er vorgehen wie bei einem gefährlichen Abstieg in die Tiefen des Meeres. Es galt, auf Strömungen Acht zu geben und auf Unvorhergesehenes.

„Der Plan liegt unten in der Kabine.“ Dominic knüpfte an ihr vorhergehendes Gespräch an und schaltete den Motor aus. „Du kannst ihn studieren, während ich unten bin.“

Kate nickte und verfolgte stumm, wie Dominic sich aufs Tauchen vorbereitete. Sie hatte Angst um ihn, ließ sich jedoch nichts anmerken. Es würde zu nichts führen, wenn sie ihn nochmals darauf hinwies, wie gefährlich es war, allein zu tauchen.

Dominic hatte seine Ausrüstung angelegt und kontrollierte die Sauerstoffflaschen. Unauffällig warf Kate einen Blick auf ihre Armbanduhr und merkte sich den Zeitpunkt, wann er spätestens wiederkehren musste.

„In der Kombüse sind kalte Getränke.“ Dominic rückte die Tauchermaske zurecht und kletterte über die Reling. „Bleib nicht zu lange in der Sonne sitzen.“

„Pass gut auf dich auf“, entfuhr es Kate.

Dominic lächelte ihr zu und verschwand.

Kate eilte zur Reling und beugte sich vor. Aber es war zu spät. Sie konnte Dominic nicht mehr sehen. Lange Zeit stand sie regungslos da und schaute auf die glatte Wasseroberfläche. Sie stellte sich vor, wie Dominic mit kraftvollen, regelmäßigen Schwimmzügen tiefer und tiefer tauchte, den Druck ausglich und schließlich auf dem Meeresboden beim Wrack ankam.

Gestern hatte Dominic die Suppenschüssel, den Schöpflöffel, die Bruchstücke weiteren Geschirrs und die Takelage geborgen. Die Gegenstände befanden sich nun teils im Schlafzimmer, teils im Erdgeschoss seines Hauses. Bisher waren von Dominic also lediglich die Dinge heraufgeholt worden, die sie bereits gefunden hatten. Heute würde er Neuland erkunden. Kate bedauerte, seine Freude beim Auffinden neuer Gegenstände nicht teilen zu können.

Sie drehte sich um, traurig darüber, ausgeschlossen zu sein. Plötzlich kam ihr der Gedanke, dass sie fast ihr ganzes Leben lang Zuschauer gewesen war, jemand, der Vorgänge und Handlungen analysierte und erklärte. Diese Schatzsuche war die erste wirkliche Gelegenheit, diesen Zustand zu ändern, selber aktiv zu werden. Ihre Verletzung aber warf sie zurück.

Kate vergrub die Hände in den Taschen ihrer Shorts und betrachtete den Himmel. Sie sah ein paar Wölkchen, dünne, weiße Gebilde, die nichts Böses bedeuteten.

Seufzend und deprimiert stieg Kate zur Kabine hinunter. Ihr blieb nichts anderes übrig als zu warten – auf Dominic.

Dominic entdeckte zwei weitere Kanonen und markierte deren Position. Falls er nichts anderes finden würde, was Aufschluss über die Zeit gab, in der das Schiff untergegangen war, mussten die Kanonen nach der Bergung von einem Sachverständigen auf ihr Entstehungsdatum hin untersucht werden.

Obwohl es höchst unwahrscheinlich war, durch die dicke Rostschicht auf ein eingestanztes Datum zu stoßen, versuchte Dominic es eine Zeit lang. Leider ohne Erfolg. Dennoch war er zunächst zufrieden und schwamm in nördliche Richtung.

Sollte er keine weiteren Erfolge an diesem Tag verzeichnen können, wollte er wenigstens die Größe des Gebietes genauer bestimmen. Vielleicht hatte er Glück und der Bereich, in dem die Teile des Wracks und seine Ladung verstreut lagen, beschränkte sich auf die Größe eines Fußballfeldes. Das war allerdings unwahrscheinlich. Die Überbleibsel hatten sich vermutlich über mehrere Quadratkilometer verteilt. Aber bevor man ein Bergungsschiff mit an der Suche beteiligte, sollte so viel Vorarbeit wie möglich geleistet worden sein.

Wir werden nicht mehr ohne Werkzeuge auskommen, ein Metalldetektor ist unerlässlich, ging es Dominic durch den Kopf. Bisher hatten Kate und er nur irgendein Wrack entdeckt, auch wenn Kate noch so sicher war, dass es sich um die „Liberty“ handelte.

Im Augenblick bestand keine Möglichkeit, den Ursprung des Schiffes herauszufinden. Er musste mehr Ladung finden. Dann ließ sich eventuell auch der Schatz endlich aufspüren.

Und danach? Würde Kate ihren Anteil Gold und die übrigen Gegenstände nehmen und nach Hause fahren?

Nein, das durfte er nicht zulassen.

Sobald die Suche nach dem Schatz vorüber war, sobald er aus dem Meer geborgen worden ist, werde ich mich intensiv um unsere Beziehung kümmern, nahm Dominic sich vor. Es musste doch möglich sein, einen Schatz zu retten, der vier Jahre lang verloren war, wenn man sogar etwas ans Tageslicht befördern konnte, das zweieinhalb Jahrhunderte lang auf dem Meeresboden lag.

Dominic beleuchtete mit der Lampe auf seinem Kopf den Meeresboden. Ohne Werkzeuge vermochte er wirklich nichts auszurichten. Das Meiste dessen, was von dem Schiff übrig geblieben war, verbarg eine dicke Schlammschicht. Er brauchte das von ihm, Dominic, konstruierte propellergetriebene Gebläse. Dieses Gerät ermöglichte es, Schichten aus Sand und Schlamm zentimeterweise abzutragen. Es war eine langsame, aber sichere Methode, auch zerbrechliche Gegenstände freizulegen. Allerdings wäre eine weitere Person erforderlich, die das Gerät vom Boot aus betrieb.

Dominic dachte an Kate, verwarf diesen Gedanken aber sogleich wieder. Obwohl kein Zweifel daran bestand, dass sie die technische Seite des Unternehmens nach einmaliger Erklärung verstünde, würde sie niemals zustimmen, nur an Bord der „Wirbelwind“

zu arbeiten. Also blieb ihm wohl wirklich nichts anderes übrig, als Marsh in das Abenteuer einzubeziehen.

Dominic warf einen Blick auf seine Uhr. Seine Zeit war fast abgelaufen, er musste in Kürze an Bord gehen, um die Sauerstoffflaschen gegen neue auszutauschen. Dennoch verweilte er am Boden des Meeres. Mit leeren Händen wollte er nicht zu Kate zurückkehren.

Wenn ich ihr etwas mitbringe, werden ihre Augen strahlen, dachte er.

Es dauerte eine Weile, bis Dominic endlich etwas fand. Als er die völlig heile Glasflasche in den Händen hielt, malte er sich Kates begeisterte Reaktion aus, und die Vorstellung war ihm alle Mühe wert.

Es handelte sich um gewöhnliches Glas, kein wertvolles Kristall, aber Dominic konnte keinerlei Pressnähte entdecken. Folglich war die Flasche mundgeblasen. Im Laufe der Jahre hatte sich eine dicke Kruste auf der glatten Oberfläche gebildet. Vorsichtig befreite Dominic den Boden der Flasche von dieser Schicht. Sollte die Flasche am Boden kein Datum tragen, würde es anhand der Kruste möglich sein, ihr Alter zu bestimmen.

Er dachte bereits daran, die Flasche ins „Corning Glasmuseum“ einzuschicken, das in solchen Dingen große Erfahrung hatte, da sah er das Datum. Mit einem zufriedenen Lächeln barg er die Flasche in dem Beutel an seinem Gürtel.

Nun war es wirklich allerhöchste Zeit für ihn, wieder aufzutauchen.

11. KAPITEL

Die Zeit ist abgelaufen. Fast jedenfalls. Dominic hätte schon längst wieder auftauchen müssen, wenn er auch nur im Mindesten auf seine Sicherheit bedacht wäre!

Diese Überlegungen gingen Kate durch den Kopf, während sie von Backbord nach Steuerbord und wieder zurück eilte. Warum spielte er nur immer mit dem größten Risiko, wenn es um ihn selbst ging?

Kate hatte es nicht lange unter Deck ausgehalten. Nachdem sie den von Dominic gezeichneten Lageplan studiert hatte, war ihr ein Buch über Schiffswracks aufgefallen, das Dominic kürzlich gekauft haben musste. Das gleiche Buch befand sich im Nachlass ihres Vaters.

Es beinhaltete eine ausführliche Anleitung zur Identifizierung und Bergung von Wracks, wobei besonders auf übliche Fehleinschätzungen und Gefahren hingewiesen wurde. Die Passagen über die Gefährlichkeit hatte Kate nur überflogen, weil es ihre Angst gesteigert hätte, darüber nachzudenken, solange Dominic unten war. Trotz der einfachen, sachlichen Ausdrucksweise vermittelte das Buch viel von der abenteuerlichen Atmosphäre bei einem derartigen Unterfangen. Kate hatte es mit an Deck genommen und gelesen.

Spanische Galeonen, holländische Handelsschiffe, britische Fregatten. Allein die Liste der Wracks vor der Küste von North Carolina war sehr umfangreich. Diese Schiffe waren allesamt entdeckt worden, ihre Geschichte schon ausführlich beschrieben. Das Abenteuer der Entdeckung gehörte der Vergangenheit an. Eines Tages würde auch die Arbeit ihres Vaters belohnt werden und ihr Entschluss, seinen Traum zu verwirklichen, sich als richtig erweisen. Dann nämlich würde die „Liberty“ in diese Liste aufgenommen.

Ungeduldig wartete Kate auf Dominic. Ihre Gedanken kehrten zu ihrem Vater zurück. Auch er hatte sich einmal über das Buch gebeugt, Pläne geschmiedet und Berechnungen angestellt. All seine Nachforschungen hatten ihn nicht weitergebracht und mit seinem Tod ein jähes Ende gefunden. Warum hatte er sich ihr, Kate, nicht anvertraut, sie nicht teilnehmen lassen an seinen Forschungen?

Kate seufzte. Darauf würde sie niemals eine Antwort erhalten.

Sie dachte über ihr Leben seit dem Tod ihres Vaters nach. Ihre erste Entscheidung war die Rückkehr nach Ocracoke, ihre zweite die bedingungslose Hingabe an Dominic gewesen. Ihr nächster Entschluss würde sein, ihn wieder zu verlassen.

Während sie auf die ruhige Fläche des Meeres schaute, kamen Kate Zweifel daran, dass ihr Verstand ihre Schritte bestimmt hatte. War es nicht vielmehr so, dass sie sich von ihrem Herzen leiten ließ?

Endlich entdeckte Kate eine Kette von Luftblasen.

Erleichtert sah sie, wie Dominic auftauchte, sich an der untersten Stufe der Leiter festhielt und seine Tauchermaske hochschob.

„Wartest du auf mich?“

Ihre Erleichterung vermischte sich mit Verärgerung über seinen beiläufigen Ton. Schließlich hatte sie voll Sorge ausgeharrt und sich geängstigt. „Es war sehr knapp.“

„Ja.“ Dominic reichte ihr die Sauerstoffflaschen hoch. „Ich konnte nicht widerstehen, dir ein kleines Geschenk mitzubringen.“

„Mir ist nicht nach Scherzen zu Mute, Dominic“, sagte Kate, während Dominic an Bord der „Wirbelwind“ kletterte. „Du würdest mit mir schimpfen, wenn ich so lange unten geblieben wäre.“

„Überlass es Linda, andere zu bemuttern“, erwiderte Dominic leichthin und zog den Reißverschluss seines Taucheranzuges auf. „Von ihr bin ich es gewöhnt.“

Dann trat er auf Kate zu, schlang die Arme um ihren Körper und presste die Lippen auf ihren Mund. Sein Kuss schmeckte nach dem Salz des Meeres.

Als Dominic sie freigeben wollte, hielt Kate ihn fest und setzte den Kuss fort. Eine Welle der Wärme und Zärtlichkeit durchflutete sie beide.

Schließlich legte Kate den Kopf in den Nacken und sah Dominic forschend an. „Ich habe mich um dich gesorgt, Dominic“, sagte sie leise. „Das möchtest du doch hören, oder nicht?“

„Hm …“ Dominic überlegte einen Moment. „Eigentlich wäre es selbstsüchtig, wenn ich mich über deine Angst freute.“

Hastig machte sich Kate frei. Sie befürchtete plötzlich, zu viel von sich selbst preisgegeben zu haben. Sie musste sich an die Regeln halten, und diese verlangten von ihr, Abstand zu wahren. Darum versuchte sie die Angelegenheit abzuschwächen.

„Ich bin wohl etwas überempfindlich geworden“, meinte sie. „Man empfindet die Zeit anders, wenn man im Meer ist.“

„Ja.“ Nachdenklich betrachtete Dominic sie. Warum verschloss sich Kate jedes Mal wieder, wenn sie tiefere Gefühle für ihn gezeigt und sie geäußert hatte? Er wollte sie nicht drängen und schluckte seine Frage hinunter. „Ich habe noch weitere Anhaltspunkte für den Lageplan entdeckt.“

„So?“ Kate befeuchtete ihre Lippen.

„Es handelt sich um zwei weitere Kanonen. Ihrer Größe nach zu urteilen muss es ein kleines Schiff gewesen sein. Es ist unwahrscheinlich, dass es ein Kriegsschiff war.“

„Nun, die ‚Liberty‘ war ein Handelsschiff.“

„Hm, ja. Ich werde den Metalldetektor mit hinunternehmen. Mal sehen, was ich mit ihm ausfindig machen kann. Was wir bisher gesammelt haben, lässt darauf schließen, dass das Wrack nicht allzu tief liegt.“

Kate nickte. Es fiel ihr leichter, über Dinge zu sprechen, die das Persönliche außer Acht ließen. „Ich würde gern ein Stück Holz und einige Glasstücke zur Analyse einschicken. Ich meine zwar, dass Glas mehr Aufschluss gibt, aber es kann nicht schaden, so viel wie möglich untersuchen zu lassen."

„Ja, gut. Bist du nicht neugierig auf das Geschenk?"

Kate lächelte zu Dominic auf. „Ich dachte, du machst einen Scherz. Was ist es denn? Hast du mir eine Muschel mitgebracht?"

„Ich hoffe, dieses hier wird dir besser gefallen." Dominic langte in seinen Beutel und beförderte die Flasche ans Tageslicht. „Schade, dass sie nicht mehr verkorkt ist. Wir hätten sonst zu Erdnussbutterbroten Wein trinken können."

„Oh Dominic, sie ist nicht zerbrochen!" rief Kate begeistert und streckte die Hände nach dem Fund aus.

Aber Dominic hielt die Flasche außer Reichweite. „Augenblick", bat er, drehte die Flasche um und zeigte Kate die Unterseite.

Aufmerksam betrachtete sie den Flaschenboden. „Sie ist mit einem Datum versehen", flüsterte sie ungläubig. „1739. Das Jahr, bevor die ‚Liberty' versank." Vorsichtig nahm sie Dominic die Flasche ab.

„Es könnte genauso gut ein anderes Schiff sein", gab er zu bedenken. „Aber immerhin wird hiermit der Zeitraum etwas klarer."

„Fast zweihundertfünfzig Jahre alt. Glas ist so zerbrechlich, doch diese Flasche hat so lange Zeit unbeschadet überstanden." Kate blickte Dominic an. Der freudige Ausdruck ihrer Augen belohnte ihn für seine Mühe. „Es muss möglich sein herauszufinden, wo diese Flasche hergestellt wurde."

„Sicher. Aber die meisten Glasflaschen, die aus Schiffswracks des siebzehnten und achtzehnten Jahrhunderts geborgen werden, wurden sowieso in England hergestellt. Damit wäre nicht bewiesen, dass es sich um ein englisches Schiff handelt."

Kate schaute plötzlich enttäuscht drein. „Du hast dich vorher gut informiert."

„Ich lasse mich niemals auf eine Sache ein, ohne die geringste Ahnung zu haben", erwiderte Dominic und kniete nieder, um die neuen Sauerstoffflaschen zu kontrollieren.

„Gehst du wieder hinunter?"

„Ja, ich möchte die Karte so ausführlich wie möglich vorliegen haben, bevor wir uns mit umfangreicherer Ausrüstung hinunterbegeben."

Durch die Lektüre der Aufzeichnungen ihres Vaters und durch die Beschäftigung mit der Thematik wusste Kate, wie wichtig ein verlässlicher Plan des Fundortes war. Dennoch konnte sie ihre Ungeduld kaum bezähmen. Es kam ihr sinnvoller vor, die Zeit darauf zu verwenden, die Schlammschicht abzutragen.

Früher war sie immer die Vorsichtige gewesen. Jetzt schienen die Positionen vertauscht, und Dominic ging Schritt für Schritt vor, ohne sich zu unüberlegten Dingen hinreißen zu lassen. Wahrscheinlich würde sie eher einsehen, dass derlei Arbeit auch notwendig war, wenn sie sich an ihr beteiligen könnte.

Nachdem Dominic die Sauerstoffflaschen auf seinem Rücken befestigt hatte, griff er nach einer Messingstange.

„Wozu ist das?“ wollte Kate wissen.

„Dies ist die Halterung für dieses Ding.“ Dominic zeigte ihr ein Gerät, das wie ein Kompass aussah. „Es handelt sich um eine Seitenrichtskala. Mit ihr kann man auf verlässliche Art und Weise ein Gebiet abzirkeln. Ich werde sie in den mutmaßlichen Mittelpunkt des Wracks stecken. Sie dient dann als Richtpunkt. Anschließend wird der Kreis magnetisch auf Norden ausgerichtet, und mit einer Schnur messe ich den Abstand zu den Kanonen oder was immer ich vermessen möchte. Sobald das erledigt ist, komme ich wieder hoch und hole den Metalldetektor.“

Kate hatte aufmerksam zugehört. Sie verspürte erneut Unmut. Dominic übernahm die interessante Arbeit, während sie selbst nur die Hände in den Schoß legen konnte. „Dominic, ich fühle mich ausgezeichnet. Ich möchte helfen ... dich bei dieser Arbeit weiter unterstützen ...“

„Nein.“ Dominic schnitt ihren Versuch rigoros ab, ihr Abkommen zu ändern. Ohne ihr Gelegenheit zu geben, ihre guten Gründe vorzutragen, weshalb sie mit ihm tauchen wollte, kletterte er die Leiter hinunter und verschwand auch schon wieder unter der Wasseroberfläche.

Es war Nachmittag, als Dominic und Kate die Heimfahrt antraten. Dominic war es gelungen, im Meer weitere wichtige Informationen für die Karte zusammenzutragen. Er hatte auch noch andere Gegenstände gefunden und in seinem Beutel mitgebracht: einen Krug sowie Löffel und Gabeln.

Kates Annahme, dass sie die Kombüse entdeckt hatten, verdichtete sich zur Gewissheit. Sie fertigte eine Liste all ihre Funde an und beschäftigte sich mit der detaillierten Beschreibung der Dinge, da sie im Augenblick nichts anderes zu tun hatte.

Ihre Laune hatte sich ein wenig gebessert, denn in der Zeit, in der Dominic zum zweiten Mal zum Wrack hinuntergetaucht war, hatten drei große Fische an ihrer Angel angebissen. Kate wollte sie selbst zubereiten, auch gegen Dominics Willen, und im Esszimmer essen, nicht im Bett.

„Du bist wohl sehr zufrieden mit dir, stimmt's?" fragte Dominic, während sie in Richtung Silver Lake Hafen fuhren.

Kate lächelte ihn an. Sie fühlte sich ein wenig müde, empfand das jedoch als angenehm. Es war nicht diese Benommenheit, die sie in den vergangenen Tagen im Bett kaum verlassen hatte. „Drei Fische in der kurzen Zeit sind Grund genug, stolz zu sein", antwortete sie.

„Zugegeben. Ich möchte das schon deshalb nicht

bestreiten, weil ich Appetit auf die Hälfte deines Fanges habe.“

„Ich werde die Fische grillen.“

„Kate ...“

Sie blickte ihm fest in die Augen. „Ich habe sie gefangen, ich werde sie auch zubereiten.“

Dominic fuhr mit gleichmäßiger Geschwindigkeit und schaute Kate prüfend an. Sie wirkte ein wenig erschöpft. Vielleicht gelang es ihm, sie zu einer Ruhepause zu überreden, wenn er behauptete, er lege selbst Wert auf ein Nickerchen.

Kate erholte sich gut. Und außerdem hatte sie Recht. Er brauchte sie eigentlich nicht länger zu umsorgen. „Ich könnte mich eventuell dazu herablassen, die Holzkohle für dich anzuzünden.“

„Darüber lasse ich gern mit mir reden“, stimmte Kate zu. „Ich hätte übrigens auch nichts dagegen, wenn du das Säubern der Fische übernehmen würdest.“

Dominic lachte und fuhr ihr burschikos durchs Haar. Einige Nadeln lockerten sich.

„Dominic“, protestierte Kate und hob ihre Hände, um den Schaden zu beheben.

„Du kannst dein Haar im Hörsaal hochgesteckt tragen“, sagte er unbeirrt, zog vier, fünf Nadeln heraus und warf sie über Bord. „Ich finde es äußerst schwierig, dir zu widerstehen, wenn dein Haar offen und ein ganz klein wenig zerzaust ist.“

„Tatsächlich?“ Kates Verärgerung verflog. Sie

entfernte die restlichen Nadeln, schüttelte ihr Haar und ließ es lose im Wind flattern. Dann trat sie näher an Dominic heran, so dass sich ihre Körper berührten, ließ die Hände unter sein T-Shirt gleiten und lächelte über den erstaunten Ausdruck in seinen Augen. „Warum schaltest du nicht den Motor ab und zeigst mir, was geschieht, wenn du nicht widerstehen kannst?“

Das langsame Kreisen ihrer Fingerspitzen auf seiner Brust und ihr verführerisches Lächeln verfehlten ihre Wirkung auf Dominic nicht. „Du weißt, was dann geschieht“, flüsterte er.

„Wie wäre es, wenn du meinem Gedächtnis etwas nachhelfen würdest?“ Ohne seine Antwort abzuwarten, drosselte Kate die Geschwindigkeit des Bootes, bis es nur noch leicht auf den Wellen schaukelte. „Du hast mich gestern Nacht nicht geliebt.“ Sie fuhr mit den Händen über seine Hüften und seinen Rücken.

„Du hast geschlafen.“ Es überraschte ihn angenehm, dass Kate die Initiative ergriff und ihn am helllichten Tag und mitten auf dem Ozean zu verführen versuchte. Er genoss es und wünschte sich nichts sehnlicher, als diese neue Erfahrung mit Kate ganz auszukosten.

„Jetzt schlafe ich nicht.“ Kate stellte sich auf die Zehenspitzen und strich mit den Lippen über seinen Mund, aufreizend leicht und langsam. Sie spürte den starken Schlag seines Herzens und ergötzte sich an dem Gefühl einer Macht, die sie zuvor nie bewusst ausgeübt hatte. „Oder hast du es eilig, nach Hause zu fahren, um ... hm ... die Fische zu säubern?“

Sie forderte ihn heraus. Wie kam es nur, dass er früher nie bemerkt hatte, was für eine betörende kleine Hexe sie sein konnte? Dominic spürte, wie Verlangen in ihm emporstieg. Als er Kate jedoch an sich pressen wollte, zog sie sich zurück. Nicht viel. Nur Millimeter. Genug, um ihn anzustacheln.

„Wenn wir uns jetzt lieben, werde ich nicht sanft sein, Kate.“

Kate fuhr sich mit der Zungenspitze über die Lippen. „Ist das eine Warnung?“ flüsterte sie. „Oder ein Versprechen?“

Ein leichtes Beben fuhr durch Dominic. Er stellte es überrascht fest. Nie zuvor hatte er gezittert, selbst bei Kate nicht. Sein Verlangen wuchs. „Ich bin mir nicht sicher, ob du weißt, was du tust, Kate.“

Sie lächelte ihn wieder an. Für sie zählte nur noch der Wunsch, in seinen Armen zu liegen. „Komm mit hinunter in die Kabine. Dann werden wir es herausfinden.“ Kate löste sich von ihm und ging voraus.

Dominic holte tief Luft und schaltete den Motor des Bootes aus. Er bemühte sich, seine Selbstbeherrschung zurückzugewinnen. Seit Kate und er wieder zueinander gefunden hatten, hatte er Angst, sie irgendwie zu verletzen. Und er befürchtete, Kate ein zweites Mal zu verlieren. Es war anstrengend, immer Vorsicht walten zu lassen. Doch Dominic zwang sich dazu. Zu viel hing davon ab.

Als Dominic die Treppe hinabgestiegen war und in die Kabine kam, sah er, dass Kate ihre Bluse aufgeknöpft, aber nicht ausgezogen hatte. Sie lächelte ihm entgegen, ein wenig unsicher. Doch das Bewusstsein eines berauschenden Machtgefühls überwog. Sie fühlte sich stark genug, Dominic zu verzaubern, ihn zu führen, mit ihm die Tiefen ihrer Leidenschaft ganz auszuloten.

Dominic blieb stehen. Kate trat auf ihn zu und bemühte sich, ihm das T-Shirt abzustreifen. Er half ihr dabei.

„Deine Haut fühlt sich wunderbar an", flüsterte sie. „Ich fand sie immer aufregend." Zärtlich streichelte sie Dominics entblößten Oberkörper. „Ich fand dich immer aufregend." Ihre Hände zitterten nicht, als sie den Reißverschluss seiner Jeans öffnete. Ohne Hast entkleidete sie Dominic, nahm sich Zeit, seinen Körper Zentimeter für Zentimeter zu erkunden. „Niemand hat je ein so großes Verlangen in mir geweckt", sagte sie leise.

Er legte die Hände auf Kates Schultern. Ahnte sie, wie die leiseste Berührung ihrer langen schlanken Finger ihn erregte? Wie ihr ruhiger Blick die Glut in ihm schürte?

„Kate ..." Er beugte sich vor, um sie zu küssen.

Sie wich aus und presste ihre warmen Lippen auf seinen Hals. Dann schmiegte sie sich an ihn. Dort, wo ihre Bluse offen stand, trafen ihre nackten Körper aufeinander. Schließlich tastete Kate mit dem Mund über seine Brust, ließ ihre Hände an seinem Rücken hinab zu seinen Hüften gleiten.

Wie ein Blitz durchzuckte Dominic heiße, feurige Lust. Gleich würde es um seine Beherrschung geschehen sein. Kate trieb ihn dazu, alle Vorsicht aufzugeben. Sie wollte es nicht anders.

Wenig später lagen sie auf einer der schmalen Liegen. Die Bluse war über Kates Schultern herabgerutscht. Dominic spürte die festen Rundungen ihres Busens auf seiner Brust. Kate knabberte an seinen Lippen, reizte ihn mit ihren Küssen weiter. Sie ist wie eine Flamme, schoss es Dominic durch den Kopf. Mit den Fingerspitzen, mit dem Mund übertrug Kate das Feuer auf ihn, Dominic, bis er schließlich vor Begierde glühte ...

Sie bewegte ihre Hände leicht und schnell. Wo immer sie ihn berührte, rief sie Wonnen in ihm hervor, deren Intensität ihm bald schier unerträglich erschien. Er begann, Kate ebenfalls zu liebkosen. Sie bäumte sich auf, strich über seinen Schoß.

Da umklammerte er jäh ihre Oberarme. Sein Griff war fest und stark. Kate stöhnte leise. Doch sie sehnte sich nach seiner Stärke, wünschte, dass Dominic sie beide mit seiner Kraft auf den Gipfel der Lust tragen würde.

„Du“, wisperte sie. „Du ...“ Sie rollte sich auf den Rücken, hob Dominic die Hüften entgegen.

„Du und ich ... wir!“

Dominic drang in sie ein und spürte, wie die Erregung ihren Leib durchzuckte. Jetzt konnte ihre Liebe nicht mehr langsam und genießerisch sein. Sie hatten sich gegenseitig zum Äußersten getrieben ... Dennoch rührte er sich zunächst nicht in ihr.

„Dominic!" flehte Kate.

„Ja, Darling."

„Dominic, bitte..." Heftig pulsierte das Blut durch ihre Adern. Sie hörte selbst, wie sie noch einmal seinen Namen rief.

Endlich bewegte er sich in dem Rhythmus, der ihre Anspannung löste. Gemeinsam erlebten sie einen ekstatischen Höhepunkt.

Die ganze Zeit über während ihrer Genesung war keine Sekunde vergangen, in der Kate sich nicht in Gedanken damit beschäftigt hatte, erneut zu tauchen. Sie hatte es kaum erwarten können und sich kräftig genug gefühlt. Jedes Mal, wenn Dominic einen weiteren Gegenstand mitbrachte, war sie aufgeregt und enttäuscht zugleich gewesen, weil sie an seiner Entdeckung nicht teilnehmen durfte. Wie eine Schülerin, die die verbleibenden Tage bis zu den Sommerferien am Kalender abstreicht, hatte Kate die bis zu ihrer vollständigen Heilung gezählt.

Doch nun fühlte sie sich plötzlich alles andere als stark.

Es war jetzt eine Woche seit dem Unglück verstrichen. Kate stand an Deck der „Wirbelwind". Ihre Hände zitterten leicht, während sie ihren Taucheranzug überstreifte. Zum Glück befand sich Dominic bereits im Wasser.

Er befestigte das selbst gebaute Gebläse an der Schiffsschraube des Bootes. Marsh beugte sich am Heck über die Reling und beobachtete ihn bei der Arbeit.

Gut, dass Marsh sich bereit erklärt, einige Stunden seiner knapp bemessenen Freizeit für die Bergungsarbeiten zu opfern, dachte Kate. Im selben Moment wurde ihr klar, dass Linda ihn gedrängt hatte, Dominic und ihr zu helfen.

Kate nutzte den unbeobachteten Augenblick, sich zu sammeln.

Es ist ganz natürlich, dass ich Angst davor habe, wieder in das Meer hinabzutauchen, in dem ich eine solch böse Erfahrung gemacht habe, sagte sie sich.

Trotz dieser logischen Erklärung zitterten Kates Hände noch immer, als sie den Reißverschluss zuzog. Ein Reiter, der nach einem Sturz wieder auf sein Pferd stieg, empfand gewiss ähnlich.

Ihre Nervosität blieb. Kate biss die Zähne zusammen. Sie würde tauchen. Nicht einmal ihre eigenen Ängste würden sie davon abhalten, ihr Ziel zu verfolgen.

„Dominic ist so weit!“ rief Marsh, nachdem er von seinem Bruder ein Zeichen erhalten hatte.

„Ich bin auch gleich fertig.“ Kate befestigte den Gürtel mit den Gewichten und beugte sich herab, um den Beutel aufzuheben, in dem sie kleinere Gegenstände bergen konnte. Wenn ihnen das Glück weiterhin hold war und das Gebläse seine Aufgabe erfüllte, würden sie bald andere Methoden anwenden müssen, um ihre Funde an Bord zu transportieren. Die Beutel reichten dann nicht mehr aus.

„Kate?“ sprach Marsh sie an.

Sie schaute nicht auf, sondern hakte den Beutel an ihren Gürtel.

„Du hast Angst, richtig?“

Stille.

Marsh berührte mit der Hand leicht ihre Schulter, aber Kate reagierte nicht darauf, intensiv befasste sie sich mit dem Festschnallen ihres Tauchermessers.

„Du könntest auf den Motor Acht geben, während ich Dominic unten helfe, Kate.“

„Nein!“ Ihre Antwort kam nur etwas zu schnell und zu heftig. „Es ist alles in Ordnung, Marsh.“ Sie zwang sich zur Ruhe und hängte die Unterwasserkamera um ihren Nacken, die sie am Vortag gekauft hatte. „Ich ... ach, irgendwann muss ich doch ...“

„Aber nicht unbedingt heute“, unterbrach Marsh sie.

Kate lächelte ihn an. Im Vergleich zu Dominic hatte sein Bruder ein ausgesprochen ausgeglichenes Wesen. Sie konnte gut verstehen, dass Linda schon immer an ihm interessiert gewesen war.

Warum hatte sie sich nicht in Marsh verliebt? Es hätte mehr Sinn ergeben, wenn sie sich zu einem beständigen Menschen hingezogen gefühlt hätte, als sich einem unablässigen Wechselbad der Gefühle bei Dominic auszusetzen.

„Doch. Bitte." Bevor Marsh etwas erwidern konnte, legte sie die Hand auf seinen Arm. „Sag Dominic nichts", bat sie inständig.

Bedächtig nickte Marsh. Er war davon überzeugt, dass Dominic auch ohne einen Hinweis von ihm zu deuten wusste, was in Kate vorging, wenn er ihre Miene sah.

„Lass den Motor einige Minuten lang mit voller Kraft laufen, Marsh!" rief Dominic, bevor er wieder an Bord kletterte. Er strahlte Energie und Tatendrang aus. „Wir müssen das Gerät zunächst testen. Vielleicht ist es nicht groß genug, um uns bei der Tiefe überhaupt irgendwie zu nutzen."

Marsh ging zum Steuerruder. „Hast du schon einmal daran gedacht, einen Pressluftförderer zu verwenden?"

Dominic brummelte irgendetwas Unverständliches. Natürlich hatte er diese Möglichkeit bereits in Erwägung gezogen. Es handelte sich um ein Metallrohr, das auf den Meeresboden gesenkt wurde und in dem ein andauernder starker Luftsog zur Oberfläche hin herrschte. Es war eine schnelle und wirkungsvolle Methode, schlammige Böden freizulegen. Aber eventuell würde sich ein Pressluftförderer erübrigen, möglicherweise leistete das selbst gebaute Gerät ja gute Dienste. Wenn nicht, konnte man noch immer einen Pressluftförderer einsetzen. Vermutlich würde dann auch ein größeres Schiff mit besserer Ausstattung und mehr Kraft vonnöten sein.

Die endgültige Entscheidung über die Anmietung eines solchen Schiffes wollte Dominic von den heutigen Funden und Erkenntnissen abhängig machen.

Dominic holte eine kleine Harpune aus der Kabine, die er beabsichtigte mit hinabzunehmen. Er wollte beim Tauchen mit Kate keinerlei Risiken mehr eingehen.

„In Ordnung, jetzt kannst du den Motor auf das Minimum drosseln!“ rief er Marsh zu. „So sollte es die ganze Zeit über bleiben. Ich möchte keinesfalls, dass Kate und ich von umherschießenden Kanonenkugeln getroffen werden.“

Kate hatte mehrmals tief ein- und ausgeatmet. Als sie jetzt sprach, klang ihre Stimme fest. „Könnte das Gerät wirklich eine solche Kraft haben?“ fragte sie.

„Nicht bei der Geschwindigkeit.“ Dominic setzte seine Maske auf und nahm Kates Hand in seine. „Bist du bereit?“

„Ja.“

Er gab ihr einen Kuss. „Du hast Mut, Frau Lehrerin“, flüsterte er. Dann ließ er seinen Blick aufmerksam über ihr Gesicht gleiten. „Es ist eine deiner aufregendsten Eigenschaften.“ Er drückte ihre Hand, wandte sich ab und stieg die Leiter hinab ins Wasser.

Dominic hatte die Angst in ihren Augen gelesen. Mit seinen Worten hatte er Kate aufmuntern wollen.

Sie strich sich über die Stirn und ging ebenfalls zur

Leiter. Während sie hinabkletterte, schaute sie zu Marsh, der seine Rechte zum Gruß hob. Kate nickte ihm zu und ließ sich dann ins Meer fallen.

Kaum war sie untergetaucht, ergriff sie Panik. Ihr Herz klopfte heftig, und Verwirrung bemächtigte sich ihrer. Je tiefer sie vordrang, desto auswegloser erschien ihr ihre Situation. Das Wasser beengte sie plötzlich, und sie rang verzweifelt nach Luft. Fluchtartig wandte sie sich um, dem Licht zu.

Da hielt Dominic sie zurück. Sein Griff war fest. Kate wehrte sich, aber Dominic ließ nicht locker, bis ihr Widerstand gebrochen war. Schließlich berührte er ihre Wange und wartete darauf, dass Kate ihn anschaute. Sie begegnete seinem Blick, erkannte die Kraft und Herausforderung darin. Unter Aufbietung ihrer ganzen Willensstärke überwand Kate ihre Angst. Allmählich verlangsamte sich ihr Puls. Sie atmete regelmäßig und fand sich damit ab, dass der Sauerstoff aus der Flasche auf ihrem Rücken kam.

Dominic bemerkte die Veränderung und führte Kates Hand an seinen Mund, so als wolle er sie küssen. Die letzte Anspannung wich von Kate. Sie war nicht allein.

Mit einem Kopfnicken bedeutete sie Dominic, dass sie sich besser fühlte. Danach zeigte sie mit dem Daumen nach unten. Hand in Hand setzten sie den Abstieg auf den Grund des Meeres fort.

Als sie dort ankamen, hatte die Wirbelbewegung des Wassers, die Dominics Gerät verursachte, bereits einiges von den Ablagerungen beseitigt. Ein Blick genügte Dominic, um festzustellen, dass sein selbst gefertigter Apparat mit dem Antrieb einer einzigen Schiffsschraube nicht ausreichen würde, sollte das Schiff tiefer als einen Meter unter dem Schlamm liegen. Für den Augenblick genügte das Gerät jedoch. Obwohl Dominic sich dazu zwingen musste, bewahrte er Ruhe und Geduld, was ihm jetzt wichtiger erschien als Schnelligkeit. Nicht nur bei dem Wrack musste er Vorsicht walten lassen.

Dominic schätzte, dass der Wirbel ungefähr zwei bis drei Zentimeter pro Minute entfernte. Er und Kate hätten heute sowieso keinen Nutzen davon gehabt, wenn das Gerät schneller gearbeitet hätte. Sie konnten nicht viel ausrichten.

Während er den Apparat überprüfte, schwamm Kate zu einer der Kanonen, um sie für ihr Verzeichnis der Funde auf Zelluloid zu bannen. Als sie zurückkehrte und erneut die Kamera hob, um Dominic zu fotografieren, musste er lächeln.

Sie war nun völlig entspannt, hatte ihre Angst vergessen. Er konnte es an ihren unverkrampften Bewegungen feststellen.

Kate ließ die Kamera sinken und gesellte sich zu Dominic. Sekunden später wurde ein fester Gegenstand zusammen mit Sand und Schlamm aus dem Loch hochgeschleudert, den der Wasserstrudel in den Boden bohrte. Kate fing den Gegenstand geschickt auf. Bei näherem Betrachten erkannte sie einen Kerzenständer. Ungläubig drehte sie ihn wieder und wieder in der Hand.

War er aus Silber gefertigt? Hatten sie nun den eigentlichen Schatz entdeckt? Eine schwarze Oxidationsschicht überzog den Kerzenständer und gab keinen Aufschluss über das Material. Dennoch verspürte Kate Begeisterung. Nach langen Tagen, in denen sie dazu verurteilt gewesen war, untätig zu warten, nahm sie wieder aktiv am Abenteuer teil.

Sie schaute zu Dominic, der nun auch aufgewirbelte Gegenstände einsammelte und in den Korb aus Drahtgeflecht legte, den er bereits am Tag zuvor heruntergebracht hatte. Es waren weitere Kerzenständer darunter, auch Tischbestecke, allerdings nicht mehr so einfache und schlichte wie die, die sie anfangs aufgespürt hatten.

Schnell griff Kate nach der Kamera und machte gewissenhafte Aufnahmen von allen Stücken. Für sie bestand kein Zweifel daran, dass sie einen Silberstempel entdecken würden. Dann hätten sie die Gewissheit, um mit Bestimmtheit sagen können, dass es sich tatsächlich um ein britisches Schiff handelte. Gewöhnliche Seeleute hatten kein Besteck aus Silber benutzt, nicht einmal aus Zinn. Diese Funde gehörten auch nicht mehr zur Kombüse. Dominic und sie, Kate, waren weiter vorgedrungen und standen doch erst am Anfang ihrer Ausgrabungen.

Als Dominic das erste Stück aus Porzellan fand, gab er Kate ein Zeichen. Die Vase hatte zwar im Laufe der Zeit durch den Wasserdruck gelitten und war zerbrochen, aber auf der Hälfte, die erhalten war, prangte deutlich der Stempel des Herstellers.

Kate umfasste aufgeregt Dominics Arm. „Whieldon“, las sie.

Also englisches Porzellan. Und dieser Porzellanhersteller hatte seine Kunst an die Manufaktur Wedgwood weitergegeben. Kate nahm die Scherbe so vorsichtig in die Hand, als handle es sich um einen empfindsamen kleinen Vogel.

Dann blickte sie Dominic triumphierend an. Sie ärgerte sich darüber, im Meer zur Sprachlosigkeit verdammt zu sein, und deutete mehrmals mit dem Zeigefinger auf den Stempel.

Dominic nickte und bedeutete ihr, die Scherbe in den Korb zu legen. Nur widerwillig trennte sich Kate von dem kostbaren Stück. Doch dann packte sie der Ehrgeiz, mehr zu finden. Sie schwamm zum Fundort zurück und traf Dominic dort wieder mit vollen Händen. Er hatte nur Bruchstücke eingesammelt, aber der Form nach handelte es sich um Teile von Schüsseln, Tassen oder Tellern.

Das bewies zwar nicht eindeutig, dass das Wrack ein Handelsschiff war. Es ließ allerdings den Schluss zu, dass die Offiziere und vielleicht auch Passagiere des Schiffes auf ihrer Reise in die Neue Welt auf ein kultiviertes Mahl Wert gelegt hatten. Englische Offiziere. So viel stand für Kate fest. Sie war sich sicher, dass sie die „Liberty“ gefunden hatten.

Sie brachte auch diese Scherben zum Korb und hielt nach weiteren Dingen Ausschau.

Plötzlich schoss erneut ein größeres Teil durch die Wucht des Strudels vom Boden empor. Diesmal ergriff Dominic es. Er stellte fest, dass es sich um eine verkrustete schmutzige Kanne handelte, die für Tee oder Kaffee verwendet worden war. Sie mochte unter der Schmutzschicht, die sie im Laufe der Jahre überzogen hatte, zerbrochen sein, doch, im Gegenteil, diese Schicht hatte sie die ganze Zeit zusammengehalten. Dominic klopfte an seine Sauerstoffflasche, um Kate auf seinen Fund aufmerksam zu machen.

Ihr genügte ein Blick, um zu wissen, dass Dominic eine Kanne von unschätzbarem Wert in den Händen hielt. Kate bezähmte ihre Ungeduld und bedeutete Dominic, die Kanne für ein Foto hochzuhalten. Er kam ihrer Aufforderung nach, kreuzte die Beine zum Schneidersitz und mimte, dass er sich eine Tasse Tee eingoss.

Kate schmunzelte. Obwohl er gerade einen Gegenstand geborgen hatte, der Tausende von Dollars Wert sein mochte, konnte Dominic Witze machen. Nichts schien ihm ernst genug zu sein, um sich nicht einen Spaß damit zu erlauben. Kate betätigte den Auslöser ihrer Kamera und empfand mit einem Mal die gleiche Ausgelassenheit wie er. Sie schwamm zu Dominic und streckte die Hand nach der Kanne aus, um sie zu untersuchen.

Mit den Fingerspitzen strich sie über die Oberfläche. Bei genauem Hinsehen entdeckte sie ein feines Muster unter der Schmutzschicht. Dies war wirklich keine gewöhnliche Keramik, kein normaler Gebrauchsgegenstand. Es handelte sich um feinstes, schon zu seiner Zeit kostbares Porzellan.

Dominic hatte die Bedeutung und den Wert dieser Kanne natürlich ebenfalls erkannt. Vorsichtig nahm er sie Kate ab. Dann bedeutete er ihr, dass es Zeit wurde, die Funde dieses Morgens hinaufzutransportieren. Er zeigte auf seine Uhr, womit er ausdrücken wollte, dass sich der Inhalt ihrer Sauerstoffflaschen dem Ende zuneigte.

Kate erhob absolut keinen Widerspruch. Sie würden ja schnellstmöglich zurückkehren, und die „Liberty" wartete auf sie.

12. KAPITEL

„Kannst du dir vorstellen, wie ich mich fühle?" fragte Kate, nachdem sie und Dominic aufgetaucht waren.

„Ja." Dominic hielt sich mit einer Hand an der Leiter zur „Wirbelwind" fest und wartete, bis Kate ihre Sauerstoffflaschen abgenommen und an Bord gehoben hatte. „Ja, das kann ich sehr gut."

„Die Teekanne." Kate kletterte an Bord. „Dominic, sie ist unbezahlbar. Es ist, als hätte man inmitten eines großen Abfallhaufens eine herrliche blühende Rose gefunden." Bevor Dominic etwas erwidern konnte, lachte Kate übermütig auf und rief Marsh zu: „Es war fantastisch. Einfach unglaublich."

Marsh schaltete den Motor ab und kam herüber, um die Ausrüstung und den Korb an Deck zu hieven. „Ihr beide arbeitet schnell und gut." Er beugte sich über den Korb und berührte mit einem Finger die Kanne. „Mein Gott, sie ist ja noch heil."

„Sobald sie gesäubert ist, werden wir das Datum bestimmen können. Schau dir das einmal an." Kate holte das Teilstück der Vase hervor. „Hier ist der Stempel eines englischen Töpfers. Englisch", wiederholte sie, an Dominic gewandt. „Er hat Wedgwood ausgebildet, und Wedgwood hat erst im Anschluss um 1760 herum mit seiner eigenen Produktion begonnen. Wir haben demnach ..."

„... ein Teil gefunden, das mit aller Wahrscheinlichkeit aus dem Zeitraum stammt, der uns interessiert“, beendete Dominic ihren Satz. „‚Liberty‘ oder nicht“, fuhr er fort und ging neben Kate in die Hocke. „Es sieht ganz so aus, als wären wir auf ein Wrack aus dem achtzehnten Jahrhundert gestoßen, das vermutlich britischen Ursprungs ist und das bisher nicht entdeckt wurde.“ Er griff nach ihrer Hand und drückte sie. „Dein Vater wäre stolz auf dich.“

Plötzlich überschlugen sich ihre Gedanken. Ihre Hand begann leicht zu zittern. Schnell legte sie die Porzellanscherbe zurück in den Korb und richtete sich auf.

„Ich gehe hinunter“, stieß sie hervor und verschwand.

Stolz. Kate lächelte vor sich hin, während sie die Treppe hinunterlief. Den Stolz und die Liebe des Vaters. Hatte sie sich nicht immer danach gesehnt? Konnte es sein, dass sie nach seinem Tod das erhielt, was sie sich zu seinen Lebzeiten gewünscht hatte?

Kate setzte sich auf eine der schmalen Liegen und bemühte sich, ihre Empfindungen unter Kontrolle zu bringen. Sie war entschlossen, die „Liberty“ zu finden, den Traum ihres Vaters Wirklichkeit werden zu lassen. In einem Museum sollte sein Name an den Funden stehen.

Aber es gab noch einen anderen Grund für sie, fortzufahren. Um ihrer selbst willen musste sie weitersuchen. Es war ihr erster eigener Entschluss gewesen, nicht länger passiv zu bleiben, sondern selber tätig zu werden.

Für mich selbst, wiederholte Kate im Stillen.

„Kate?"

Sie wandte sich um in dem Glauben, nach außen hin Ruhe auszustrahlen, aber Dominic las in ihren Augen, welche Gefühle sie bewegten. Er wusste nicht recht, wie er reagieren sollte, und daher beschränkte er sich auf das Praktische.

„Es wäre besser, wenn du jetzt deinen Taucheranzug ausziehen würdest."

„Wieso? Wir gehen doch ein zweites Mal hinunter."

„Nein, das tun wir nicht." Wie um seinen Worten Nachdruck zu verleihen, fing er an, seinen Anzug abzustreifen.

Als jetzt auch noch Marsh den Motor anließ und das Boot wendete, begehrte Kate auf.

„Dominic, wir haben noch genug Sauerstoffflaschen. Es gibt keinen Grund, nicht weiterzumachen ..."

„Diese eine Stunde heute dort unten hat die meiste Energie verbraucht, die du in der vergangenen Woche aufgebaut hast", unterbrach Dominic sie. „Wenn du auch morgen tauchen möchtest, solltest du dich heute nicht überanstrengen."

Auf Grund ihrer labilen Stimmungslage konnte Kate die Situation nicht vernünftig sehen. Ihr Zorn über die vermeintliche Bevormundung brach sich unvermittelt Bahn. „Zum Teufel noch eins!“ platzte sie heraus. „Ich bin es leid, andauernd so behandelt zu werden, als würde ich meine Grenzen, meinen Verstand und meinen Körper nicht kennen.“

Dominic ging zur Kombüse und holte eine Dose Bier aus dem Kühlschrank. Zischend entströmte die Luft, während er den Verschluss zurückbog. „Was redest du für einen Unsinn?“

„Dominic, ich musste fast vier Tage lang das Bett hüten und danach untätig herumsitzen, weil du und Linda und alle anderen, die um mich herum waren, mich dazu genötigt haben. Ich dulde es nicht länger, dass andere über mich bestimmen.“

Dominic strich sich das tropfnasse Haar aus der Stirn und setzte die Dose an den Mund. Nachdem er getrunken hatte, sagte er: „Du wirst das so lange dulden, wie ich es für richtig halte.“

„Du?“ stieß Kate hervor und sprang auf. Mit vor Zorn geröteten Wangen trat sie auf ihn zu. „Ich muss mir weder von dir noch von sonst jemandem vorschreiben lassen, was ich zu tun oder zu lassen habe. Ich glaube, es wird höchste Zeit, dass du dir vor Augen hältst, wer das Sagen bei dieser Bergungsaktion hat.“

„Ach? Meinst du?“

„Ja. Ich habe dich angeheuert. Fünfundsiebzig Dollar pro Tag und fünfundzwanzig Prozent. So lauten die Bedingungen. Wir haben nicht vereinbart, dass du mein Leben bestimmst.“

Dominic presste die Lippen zusammen. Eine

Ewigkeit schien zu verstreichen, in der nur der Lärm des Motors und Kates heftiger Atem zu hören waren. Dollars und Prozente. Der Gedanke erfüllte Dominic mit Bitterkeit. Nur Dollars und Prozente.

„Und das soll alles sein?" fragte er schließlich.

„Wir haben eine Vereinbarung getroffen. Ich habe die Absicht, dir deinen Teil zu geben. Ich lasse mir aber nicht von dir sagen, wann ich tauchen darf und wann nicht. Du hast nicht zu beurteilen, wann ich mich wohl fühle und wann nicht. Ich bin es endgültig leid, mir Anweisungen erteilen zu lassen. Und ich werde es nicht mehr dulden – weder von dir noch von anderen. Nie wieder."

Dominic krampfte die Finger um die Bierdose in seiner Hand. „In Ordnung. Du kannst machen, was du willst, Frau Lehrerin. Aber dann such dir gefälligst auch einen anderen Taucher. Ich schicke dir meine Rechnung mit der Post." Er drehte sich um und verließ die Kabine.

Kate setzte sich wieder auf die Liege und presste die Handflächen fest gegeneinander. So verharrte sie, bis der Motor abgeschaltet wurde. Mühsam verbannte sie alle Gedanken und Gefühle, stand auf und ging an Deck.

Alles war so, wie sie es zurückgelassen hatte – der Drahtkorb mit den Funden und die fast aufgebrauchten Sauerstoffflaschen. Nur Dominic war fort.

„Du kannst nicht alles allein tragen." Marsh kam schnell vom Bug herbei.

Kate zog ein langes T-Shirt über ihren Taucheranzug, das ihr bis auf die Oberschenkel reichte. „Ich wäre dir dankbar, wenn du mir helfen würdest, die Sachen in mein Hotelzimmer zu schaffen. Dort werde ich mich um den Versand kümmern.“

„In Ordnung.“ Anstatt jedoch den Korb vom Boden hochzuheben, griff Marsh nach ihrem Arm. „Kate, ich erteile nicht gern Ratschläge, aber ...“

„Dann lass es auch“, unterbrach sie ihn. Im selben Moment bereute sie ihre Barschheit. „Es tut mir Leid, Marsh. Ich bin nervös.“

„Ja, das ist mir klar. Ich weiß auch, dass mit dir und Dominic nicht immer alles glatt verläuft. Du musst wissen, dass er sich oft verschließt und nicht sagt, was er denkt. Oder schlimmer noch“, fügte er hinzu, „er sagt das Erstbeste, was ihm in den Sinn kommt.“

„Dominic kann tun und lassen, was er will. Ich bin hergekommen, um die ‚Liberty‘ zu finden und auszugraben. Wenn Dominic und ich auf geschäftlicher Ebene nicht miteinander zurechtkommen, muss ich es eben ohne ihn tun.“

„Hör mal, er hat eben so seine Eigenheiten ...“

„Marsh, du bist sein Bruder. Es ist ganz klar, dass du zu ihm hältst, doch ...“ Sie verstummte und zuckte die Schultern.

„Ich mag auch dich sehr. Wenn ich dir irgendwie helfen kann ...“

Kate wehrte sich gegen das Gefühl der Dankbarkeit, weil sie befürchtete, es könne sie beeinflussen. Sie straffte die Schultern. „Ich weiß dein Angebot zu schätzen, Marsh, danke. Sag mir bitte, wo ich mir kurzfristig ein Boot und eine Taucherausrüstung leihen kann. Ich will heute Nachmittag wieder aufs Meer hinausfahren.“

„Kate ...“

„Ich fahre“, wiederholte sie. „Mit oder ohne deine Unterstützung!“

Den Rest des Vormittags verbrachte Kate damit, alle Funde in ihrem Hotelzimmer zu ordnen und sich auf die zweite Ausfahrt am Nachmittag vorzubereiten. Sie musste dann noch eine längere Diskussion mit Marsh überstehen, der erneut versuchte, sie von ihrem Vorhaben abzubringen. Kate lehnte seinen Vorschlag, sie zu begleiten, rigoros ab. Mit der Drohung, sie werde sich woanders ein Boot mieten, setzte sie ihren Willen durch.

Schließlich stand sie am Steuer der „Möwe“ und fuhr allein aufs Meer hinaus. Es war fast eine Trotzreaktion, dass sie mit Vollgas über die Wasseroberfläche sauste. Sie grübelte nicht über die Gründe für ihr Tun nach. Sie hatte einfach das Bedürfnis, schnell zu fahren.

Kate wollte nicht an Dominic denken und daran, weshalb sie ihn angeschrien hatte. Ihre Worte mochten für ihn sehr hart gewesen sein, aber sie waren sicherlich notwendig gewesen.

Diese Überlegung tröstete sie. Viel zu lange – ein Leben lang – hatte sie unter dem Einfluss anderer Menschen gestanden, fremde Erwartungen erfüllt.

Kate erreichte ihr Ziel und schaltete den Motor ab. Danach legte sie ihre Ausrüstung an und prüfte sie wieder und wieder. Sie war noch nie allein getaucht. Jetzt wollte sie es wagen. Diese Erfahrung zu machen schien ihr für die Entwicklung ihrer Persönlichkeit mit einem Mal sehr wichtig.

Nach einem letzten Blick auf den Kompass kletterte sie mit einem Drahtkorb über die Reling ins Wasser.

Je tiefer sie kam, desto größer wurde ihre Aufregung. Hier hielt sich außer ihr kein Mensch auf. Sie war ihr eigener Herr, völlig auf sich selbst gestellt.

Kate hatte es nicht eilig. Sie wollte den Rausch genießen, unabhängig zu sein und allein im Meer zu schwimmen, abgesehen natürlich von einigen neugierigen Fischen, die hin und wieder ihren Weg kreuzten. Niemand machte ihr Vorschriften, niemand gängelte sie. Sekundenlang schloss sie die Augen und ließ sich treiben. Dann setzte sie ihren Weg zielstrebig fort.

Schließlich erreichte sie den Meeresboden. Unbändiger Stolz erfüllte sie, dass sie ohne ihren Vater etwas verwirklichen konnte. Sie gab sich diesem triumphalen Gefühl hin, ohne über die Hintergründe nachzudenken. Zweieinhalb Jahrhunderte lang lag das Schiff schon auf dem Meeresboden, dann hatte sie es entdeckt. Kate schwamm im Kreis um das von Dominics Apparatur geschaffene Loch und begann mit den Händen zu fächern.

Zuerst fand sie einen Teller mit einem zarten Blumendekor am Rand. Nach einer Weile hatte sie ein halbes Dutzend dieser Teller freigelegt, von denen zwei völlig heil waren. Auf der Rückseite entdeckte sie das Zeichen eines englischen Töpfers. Später stieß Kate auch auf Tassen aus feinem Porzellan, die vielleicht einmal den Tisch eines wohlhabenden Kolonialherren hätten zieren sollen. Sie hätten Erbstücke werden können, die ihrem Besitzer sicher lieb und wert gewesen wären, hätte die Natur nicht ihre ureigenste Macht. Die ehemalige Form der Tassen war überwuchert mit Muscheln und Kalk. Kate aber glaubte durch diese Schicht hindurch die wahre Schönheit der Gegenstände zu erblicken.

Sorgfältig fächerte Kate weiter. Dabei hätte sie fast ein Teil übersehen, das wie eine dunkle Muschel wirkte. Sie schwamm näher heran. Bei genauerem Hinsehen erkannte sie eine Silbermünze. Sie konnte nicht feststellen, um welche Währung es sich handelte. Das war aber auch völlig nebensächlich. Warum sollte es nicht eventuell ein spanisches Geldstück sein?

Sie hatte gelesen, dass die spanische Währung von allen europäischen Nationen benutzt worden war, die Kolonien in der neuen Welt unterhalten hatten.

Es zählte nur, dass es sich unzweifelhaft um eine

Münze handelte. Die erste. Obwohl sie aus Silber und nicht aus Gold gestanzt war, konnte Kate ihr Glück kaum fassen. Sie hatte die erste Münze entdeckt! Und zwar allein.

Gerade wollte Kate ihren Fund in den Beutel an ihrem Gürtel stecken, da wurde sie am Arm herumgerissen.

Jähe Angst erfüllte sie. Die Harpune befand sich an Bord der „Wirbelwind". Kate war unbewaffnet.

Sekunden später erkannte sie, dass ihr keine Gefahr drohte. Dominic umklammerte ihre Schultern.

Ihre Angst machte einer ohnmächtigen Wut Platz. Musste er sie derart erschrecken? Musste er sie ausgerechnet jetzt stören? Sie versuchte sich seinem Griff zu entwinden und gestikulierte wild, dass er sie allein lassen solle. Doch Dominic schlang nur den Arm um ihre Taille und schwamm mit ihr zurück zur Oberfläche.

Kate gelang es nicht, sich zu befreien. Dominic hielt sie so fest, dass ihr nur die Wahl blieb, entweder nachzugeben oder ihre eigene Luftzufuhr durch heftige Bewegungen abzuschneiden.

Sobald sie mit den Köpfen über Wasser waren, riss Kate ihr Mundstück heraus. Bevor sie allerdings einen Ton hervorbringen konnte, schrie Dominic sie an.

„Bist du verrückt geworden?" Er zog sie mit sich zur Leiter. „Kaum bist du einen Tag richtig auf den Beinen, traust du dir zu, allein in einer Tiefe von fünfzig Metern zu tauchen. Ich weiß nicht, wie ich jemals auf den Gedanken verfallen konnte, du hättest Verstand.“

Schwer atmend hob Kate ihre Sauerstoffflaschen an Bord. Sie wollte erst einmal festen Boden unter den Füßen spüren und dann ... dann ...

„Ich brauche dich nur ein paar Stunden aus den Augen zu lassen, und du wirst größenwahnsinnig. Du wärst schuld daran gewesen, wenn ich Marsh vor Wut umgebracht hätte!“ schimpfte Dominic.

Da stellte Kate fest, dass sie an Bord der „Wirbelwind“ geklettert war. Marshs Boot war verschwunden.

„Wo ist die ‚Möwe‘?“ fragte sie.

„Marsh war vernünftig genug, mir zu sagen, was du im Schilde führst. Er ist mit mir hinausgefahren und bringt die ‚Möwe‘ in den Hafen zurück.“ Dominic stand jetzt vor Kate und schaute auf sie herab. „Denkst du wirklich kein bisschen nach?“

Kate warf den Kopf zurück. „Und du?“

„Verflixt, wir reden nicht von mir“, fuhr Dominic sie an. Dann begann er, Kate den Taucheranzug auszuziehen. „Ich tauche, seit ich sechs Jahre alt bin. Ich kenne die Strömungen.“

„Ich kenne die Strömungen auch.“

„Du hast einige Tage lang im Bett gelegen.“

„Nur deswegen, weil du so überempfindlich warst.“ Kate schüttelte seine Hände ab. Da er ihr das Oberteil des Taucheranzuges bereits abgestreift hatte, zog sie den Rest ebenfalls aus. „Du hast kein Recht, mir vorzuschreiben, wann und wo ich tauchen darf, Dominic. Selbst wenn du stärker bist, kannst du nicht einfach daherkommen und mich hinaufschleppen!"

„Zum Teufel damit, wozu ich ein Recht habe und wozu nicht!" Dominic fasste Kate bei den Oberarmen und schüttelte sie heftig. Er machte seinem Zorn über ihren Unverstand rücksichtslos Luft. Er kannte die Gefahren, die im Meer lauerten. „Ich schaffe mir meine eigenen Rechte. Du wirst nicht mehr allein tauchen. Und wenn ich dich anketten muss, um dich davon abzuhalten."

„Du hast mir gesagt, ich solle mich um einen anderen Taucher kümmern!" stieß Kate hervor. „Solange ich keinen habe, tauche ich ohne Partner."

„Du hast mir dieses Abkommen vorgehalten, Kate. Miese Prozente und ein Tageshonorar. Weißt du, wie ich mich da gefühlt habe?"

„Nein!" rief Kate aus und machte sich frei. „Nein, ich weiß nicht, wie du dich gefühlt hast. Ich weiß nie, wie du dich gefühlt hast. Ich weiß nie, wie du fühlst. Du sagst es mir nie." Sie fuhr sich mit den Händen durch ihr nasses Haar und wandte sich ab. „Wir haben die Bedingungen vereinbart."

„Das war vorher."

„Vor was?" fragte Kate. Sie spürte, wie ihr Tränen in die Augen stiegen, aber sie schaffte es, sie zurückzuhalten. „Bevor ich mit dir geschlafen habe?"

„Kate." Mit wenigen Schritten war Dominic bei

ihr und hielt sie zwischen der Reling und seinem Körper gefangen. „Versuchst du, mich für etwas zu bestrafen, das ich vor vier Jahren getan oder nicht getan habe? Ich weiß nicht einmal, was es ist. Ich weiß nicht, was du von mir willst oder was nicht, und ich bin es leid, ständig herumzuraten ...“

„Ich möchte nicht in die Enge getrieben werden“, erwiderte Kate heftig. „Das ist das eine. Dann möchte ich nicht, dass immer von mir erwartet wird, mich mit Aufgaben zu betrauen, die sich andere für mich ausgedacht haben. Das ist das zweite. Und ich möchte nicht, dass einfach vorausgesetzt wird, dass ich keinerlei persönliche Ziele oder Wünsche haben darf. Oder nicht in der Lage wäre, mich um mich selbst zu kümmern!“

Dominic knirschte mit den Zähnen. Er zog seinen Taucheranzug aus und warf ihn zur Seite. „Du verkennst die Lage, meine Liebe. Ich erwarte nichts von dir und setze nichts voraus. Früher vielleicht einmal, aber heute nicht mehr. Es gab nur einen einzigen Menschen, der dich in die Enge getrieben hat, und ich war es nicht.“ Er riss seine Maske vom Kopf und schleuderte sie zu Boden. „Ich war derjenige, der dich gehen ließ.“

Kate versteifte sich. Selbst aus der Entfernung, in der Dominic jetzt zu ihr stand, bemerkte er, dass ihr Blick eisig wurde. „Ich will nicht mit dir über meinen Vater sprechen.“

„Immerhin hast du doch sehr schnell gemerkt, von wem die Rede ist.“

„Du konntest ihn nicht leiden. Du ..."

„Hör auf!" unterbrach Dominic sie. „Statt mir Vorwürfe zu machen, solltest du lieber mal darüber nachdenken, wie du zu ihm gestanden hast."

„Ich habe ihn geliebt", antwortete Kate leidenschaftlich. „Mein Leben lang habe ich versucht, es ihm zu zeigen. Das begreifst du nicht."

„Wieso bist du dir da so sicher?" fragte Dominic. „Meinst du, ich erkenne nicht, was du empfindest, wenn wir dort unten etwas finden? Hältst du mich für so blind, dass ich nicht merken würde, wie du dich mit dem Gedanken quälst, einst nicht seinen Erwartungen und Vorstellungen entsprochen zu haben? Ob du es glaubst oder nicht, es tut mir weh, mit anzusehen, wie du dich selbst dafür bestrafen willst, nicht so zu sein, wie er dich vielleicht haben wollte. Und ich habe es satt", fuhr er fort und holte tief Luft, „gründlich satt, mit einem Mann verglichen und an ihm gemessen zu werden, den du geliebt hast, ohne dass du ihm jemals wirklich nahe gewesen bist."

„So ist es nicht." Kate bedeckte ihr Gesicht mit den Händen. Sie wollte nicht zeigen, wie tief seine Worte sie getroffen hatten, und konnte sich doch nicht dagegen wehren. „Ich möchte nur ..."

„Was?" fragte Dominic. „Was möchtest du?"

„Ich habe nicht einmal geweint, als er starb", sagte Kate und ließ die Hände wieder sinken. „Ich habe nicht geweint, auch nicht bei seinem Begräbnis. Ich war ihm doch Tränen schuldig, Dominic!"

„Du bist ihm nichts schuldig. Du hast dich dein Leben lang nach ihm gerichtet, dich auf ihn eingestellt.“ Dominic fuhr sich mit den Fingern durchs Haar. „Kate ...“ Sein Zorn verflog plötzlich. Langsam trat er zu Kate und nahm sie in die Arme.

„Ich habe nicht geweint ...“

„Dann weine jetzt“, flüsterte Dominic und küsste ihre Schläfe. „Wein jetzt.“

Heftige Krämpfe schüttelten Kate. Sie ließ ihren Tränen freien Lauf. Die angestaute Enttäuschung und Trauer über die Tatsache, dass ihre Sehnsucht nach Liebe, nach Verständnis von ihrem Vater unbeantwortet geblieben war, brachen sich ungehindert Bahn.

Dominic hielt Kate fest umschlungen. Vorsichtig zog er sie hinab auf die Bank. Er fand keine tröstenden Worte. Es fiel ihm schwer, Trost zu spenden. Er konnte Kate nur sein stummes Mitgefühl anbieten.

Schließlich verebbten ihre Tränen, doch sie barg weiterhin ihr Gesicht an Dominics Schulter. Sie war dankbar für seine Zärtlichkeit.

„Ich konnte nicht um ihn trauern“, flüsterte sie nach einer Weile. „Ich weiß nicht, warum.“

„Du musst nicht weinen oder trauern, Kate.“

„Nein, vielleicht nicht“, erwiderte sie nachdenklich. „Vielleicht nicht. Doch du hast Recht. Ich habe all dies für ihn tun wollen, weil er keine Gelegenheit mehr hatte, seinen Plan selbst zu Ende zu führen. Wahrscheinlich verstehst du es nicht, Dominic, aber ich hatte das Gefühl, hiermit alles für ihn zu tun, was ich kann. Für ihn, und für mich."

„Kate." Behutsam schob er sie ein Stückchen zurück, so dass er in ihr Gesicht blicken konnte. Ihre Augen waren rot umrändert. „Ich brauche gar nicht alles zu verstehen. Ich will dich nur lieben."

Er spürte, wie Kates Muskeln sich anspannten, und schalt sich im Stillen einen Dummkopf. Warum brachte er es nicht fertig, sich so auszudrücken, wie man es in solchen Fällen erwartete? Kate war eine Frau, die sanfte, leise geflüsterte Worte hören wollte, und ihm fiel es unendlich schwer, sie zu finden.

Lange Zeit blieb sie völlig regungslos in seinen Armen.

„Stimmt es?" fragte sie schließlich leise.

„Was?"

Warum war es nur so schwierig, ihn dazu zu bringen, diese einfachen Worte auszusprechen? „Liebst du mich?"

„Kate." Ungeduldig hielt er sie ein wenig auf Distanz. „Ich weiß wirklich nicht, wie ich es dir anders zeigen könnte. Möchtest du Blumen, Champagner oder Gedichte? Verflixt, das ist nicht meine Art."

„Ich möchte eine Antwort", beharrte sie.

„Ich habe dich immer geliebt", sagte er dann fast unwillig.

Langsam löste sich Kate aus seiner Umarmung, stand auf und stellte sich an die Reling. Eine Weile schaute sie aufs Meer hinaus.

Die Bojen, die die Lage des Wracks auf dem Meeresboden markierten, tanzten auf dem Wasser. Warum konnte es im Leben keine Bojen geben, die einem die korrekte Richtung wiesen?

„Du hast es mir nie gesagt, Dominic."

„Kate, ich kann nicht einmal die Zahl der vielen Frauen nennen, zu denen ich das schon gesagt habe." Als sie sich umdrehte und ihn verwundert anblickte, erhob Dominic sich. „Damals fiel es mir leicht. Es ist nicht schwer, wenn es total bedeutungslos ist. Aber es kommt einem nicht so leicht über die Lippen, wenn man es ernst meint. Und wenn man befürchten muss, dass sich der andere zurückzieht."

„Ich hätte es nicht getan."

„Nein?"

„Gewiss nicht."

„Kate, vor vier Jahren bist du fortgegangen, als ich dich bat zu bleiben", warf Dominic ihr vor. „Ich ..."

„Du wolltest, dass ich bleibe", fiel sie ihm ins Wort. „Du wolltest, dass ich nicht nach Connecticut zurückkehre, sondern zu dir ziehe. Einfach so. Ohne Versprechungen, ohne Verpflichtung, ohne irgendein Zeichen, dass du die Absicht hattest, dich zu binden, dein Leben auf Dauer mit mir zu teilen. Das konnte ich nicht, Dominic. Ich hatte zudem Pflichten."

„Die Pflicht, das zu tun, was dein Vater wollte."

Kate schluckte. „Gut, meinetwegen", entgegnete sie. „Wie auch immer, du hast mir schließlich nie gesagt, dass du mich liebst."

Dominic machte einen Schritt auf sie zu. „Ich sage es dir jetzt, Kate."

Sie nickte beklommen. „Und ich ziehe mich nicht zurück. Ich weiß bloß noch nicht, ob ich in der Lage bin, den nächsten Schritt zu tun. Bei dir bin ich mir auch nicht sicher."

„Soll ich dir ein Versprechen geben?"

Kate verneinte. „Ich brauche Zeit. Wir beide brauchen Zeit. Ich glaube, dass wir viel nachzudenken haben."

„Kate!" Dominics Stimme klang ungeduldig. „Über manche Dinge muss man nicht nachdenken. Manche Dinge zerstört man durch zu viele Gedanken." Mit wenigen Schritten überbrückte er die Distanz zwischen ihnen und nahm Kates Hände in seine.

„Du hast dein Leben auf deine Art und Weise gelebt, und ich habe mein eigenes Leben geführt", sagte sie. „Dominic, ich habe gerade begonnen, mich zu verändern, diese Veränderung in mir zu spüren. Ich möchte keinen Fehler begehen, nicht bei dir. Du bist mir zu wichtig. Wenn du mir Zeit lässt ..."

„Kate, wir haben vier Jahre verloren", unterbrach er sie. Dominic wollte nun schnell eine Antwort auf die Frage, die ihn seit langem quälte. „Ich kann nicht länger warten. Ich muss wissen, wie du empfindest."

Kate hatte unwillkürlich den Atem angehalten. „Ich liebe dich, Dominic. Ich habe nie aufgehört, dich zu lieben. Ich habe es dir damals nicht gesagt, als ich es hätte tun sollen."

Ihr Eingeständnis nahm eine große Last von seiner Seele. Er umfasste mit beiden Händen ihr Gesicht. „Du machst mich glücklich."

Liebe. Kate hatte Hunderte von Gutachten über dieses Thema gelesen. Sie hatte sie studiert, analysiert und die Erkenntnisse an ihre Schüler weitergegeben. Unzählige Zeilen aus Büchern, Theaterstücken und Gedichten umschrieben dieses eine Wort – Liebe. Die Handlungen zahlreicher Romane wurde durch dieses Gefühl bestimmt.

Nun hatte Dominic ihr seine Liebe gestanden. Liebe, Liebe, Liebe. Die Bedeutung mit all den Konsequenzen schien ihr mit einem Mal unfassbar, unverständlich.

Dominic hatte nicht Byrons Art, mit Worten umzugehen, oder Keats romantische Ausdrucksweise. Er sagte, was ihn bewegte, schlicht und geradeheraus. Die Bedeutung blieb die gleiche, aber Kates Verstand tat sich schwer, sie anzunehmen.

Sie begriff, welche Empfindungen sie selbst bewegten. Seit jenem Sommer, in dem sie in Dominics Armen das Glück erfahren hatte, sich einem anderen Menschen bedingungslos und ganz zu schenken, liebte sie Dominic.

Aber was fand er an ihr, das ihm liebenswert erschien? Kate stellte sich diese Frage nicht etwa aus Bescheidenheit. Dahinter steckte vielmehr der Wunsch, alle Dinge klar und logisch zu erfassen, um mit ihnen fertig werden zu können. So war sie erzogen worden. Jede Wirkung hatte ihre Ursache. Jede Reaktion war auf eine Aktion zurückzuführen.

Dies hielt sie für einen unumstößlichen Grundsatz.

Sie hatte also Dominics Liebe gewonnen – aber wieso?

Kate verspürte keinerlei Minderwertigkeitskomplexe, was ihre Intelligenz anbelangte. Wenn sie auf irgendetwas stolz war, dann auf ihren Verstand, was dazu führte, dass sie ihre übrigen Eigenschaften unterbewertete.

Dominic steckte voller Tatendrang, war ein ruheloser, sprunghafter Mensch. Sie hingegen betrachtete sich als ausgeglichen und überlegen. Während sie ihr Leben nach einem bestimmten Schema einrichtete und Beständigkeit, Routine schätzte, zog Dominic Risiken, das Unerwartete vor. Eigentlich seltsam, dass er sich ausgerechnet zu ihr hingezogen fühlte. Und doch war es so.

Um diese Tatsachen annehmen zu können, musste sie eine Lösung finden. Liebe zog Verpflichtung nach sich. Und hier lag offenbar das größte Problem.

Dominic lebte auf einer relativ einsamen Insel, weil er als Einzelgänger seinem persönlichen Rhythmus folgen, seine Zeit frei einteilen wollte. Sie als Lehrerin hatte einen festen Stundenplan. Ohne die Genugtuung, Wissen zu vermitteln, würde sie unzufrieden sein. Und Dominic würde in einer wohl geordneten Welt verrückt werden.

Kate vermochte sich keinen Kompromiss zwischen diesen beiden Extremen vorzustellen. Deshalb fasste sie den Entschluss, mit dem sie schon ihre Beziehung zu Dominic erneuert hatte. Sie wollte diesen Sommer so nehmen, wie er sich ihr anbot. Vielleicht ergab sich schließlich von selbst eine Lösung der Probleme.

Dominic und Kate sprachen nicht mehr über Prozente. Kate gab ihr Hotelzimmer auf und siedelte in Dominics Haus über.

Die Tage vergingen wie im Flug. Dominic und sie arbeiteten gemeinsam, entweder mit Hilfe des propellerbetriebenen Apparates oder nur mit ihren Händen. Langsam und mühselig deckten sie weitere Wrackteile auf. Es hatte sich herausgestellt, dass die Kerzenständer aus Zinn gefertigt waren und es sich bei der Münze um ein spanisches Silbergeldstück handelte, welches die Jahreszahl 1732 trug.

In der folgenden Zeit bargen sie zahlreiche Gegenstände. Darunter ein schweres, aufwändig gearbeitetes Silbertablett, weitere Porzellanteile und in einem anderen Gebiet etliche Nägel und Werkzeuge.

Kate hielt jedes Stück sorgfältig auf Film fest. Sie brauchte dieses ordentliche, gut organisierte Vorgehen bei der Bestandsaufnahme. Außerdem wollte sie mit diesen Fotos Erinnerungen bannen. Später würde sie ihre Empfindungen wachrufen können, die sie hatte, während Dominic die Teekanne oder einen oxidierten Krug für ein Foto präsentierte. Sie würde anhand der Bilder die Minuten lebendig werden lassen, in denen Dominic und ein harmloser Fisch herausfinden wollten, wer die größere Ausdauer beim Anstarren des anderen bewies. Dominic war in diesem Wettkampf natürlich unterlegen gewesen.

Mehrmals hatte Dominic angeregt, ein größeres Schiff für die Bergungsaktion zu besorgen. Sie sprachen über die Vorteile dieses Vorschlages, setzten ihn aber nicht in die Praxis um. Denn eigentlich verspürten beide nicht das Bedürfnis, schneller voranzukommen. Es genügte inzwischen selbst Kate, langsam zu arbeiten, weitgehend mit den eigenen Händen.

Wenn dies einmal nicht mehr ausreichen sollte, konnten sie immer noch eine Entscheidung treffen.

Die Kanonen und die schweren Teile der Holzkonstruktion des Schiffes vermochten sie ohne fremde Hilfe nicht zu bergen. Also ließen sie diese vorerst unberührt. Sie benutzten auch weiterhin nur Sauerstoffflaschen zum Tauchen, so dass sie nach einer gewissen Zeit an die Oberfläche zurückschwimmen mussten. Eine Luftschleuse, die ihnen unbegrenzt Sauerstoff zugeführt hätte, würde ihnen Zeit erspart haben. Sie hatten sich darüber Gedanken gemacht. Aber sie hatten ja keine Eile ...

Ihre Arbeitsmethoden konnten nach professionellen Gesichtspunkten nicht als wirkungsvoll bezeichnet werden. Doch sie passten zu ihrer unausgesprochenen Vereinbarung, die Zeit zu zweit zu strecken, ihr Zusammensein so lange wie möglich andauern zu lassen.

Nachts lagen sie in dem großen Bett in Dominics Schlafzimmer, besprachen die Funde des Vortages, schmiedeten Pläne für den Morgen, liebten sich und kosteten jede Sekunde aus. Die fernere Zukunft war von ihren Gesprächen ausgeschlossen. Was nach diesem Sommer sein würde, mochte ihre Gedanken beschäftigen, aber sie rührten das Thema nicht an. Und schließlich verdrängten beide die Frage, was nach der Bergung des Schatzes aus ihnen werden sollte.

Die Suche war der Mittelpunkt. Sie widmeten sich ihr mit Energie, um nicht an Dinge denken zu müssen, die sie nicht verkraften konnten.

13. KAPITEL

Es war Mitte Juli und ein außergewöhnlich heißer Tag. Die Sonne brannte erbarmungslos von einem strahlend blauen Himmel, während Dominic und Kate sich aufs Tauchen vorbereiteten. Heute war Kate genau einen Monat lang auf Ocracoke. Trotz aller Nüchternheit war der heutige Tag, der Wendepunkt des Sommers, für Kate ein besonderes Zeichen.

Schweiß stand auf ihrer Stirn, als sie den Reißverschluss ihres Taucheranzuges hochzog. Sie freute sich auf die Kühle und Frische des Wassers. Die Sonnenstrahlen wurden von dem Metallgehäuse der Sauerstoffflaschen reflektiert.

„Warte.“ Dominic hob das Gurtwerk mit den Flaschen hoch und befestigte es auf Kates Rücken. Er prüfte die Ventile. „Im Wasser werden wir uns himmlisch fühlen.“

Marsh schaute beinahe neidisch drein. „Denkt einmal an mich, während ihr euch da unten amüsiert.“

„Gib nur wenig Gas, Bruderherz“, scherzte Dominic und kletterte über die Reling. „Wir bringen dir auch eine Belohnung mit.“

„Ja. Etwas Rundes, Glänzendes mit einem aufgestempelten Datum“, rief Marsh ihm nach und winkte, als Kate Dominic ins Wasser folgte. „Viel Glück.“

Das Geräusch der Schiffsschraube durchdrang die

stille Welt unter Wasser, beeinträchtigte ihren Zauber jedoch nicht. Trotz der technischen Hilfsmittel und Geräte blieb das Meer ein Rätsel, das Schönheit und Gefahr eng miteinander verband. Tiefer und tiefer drangen Dominic und Kate vor, bis sie das Gelände erreichten, das durch ihre früheren Grabungen bereits zahlreiche Löcher aufwies.

Sie hatten nach ihren Funden die verschiedenen Abteilungen des Schiffes bestimmt. In einem fest umrissenen Bereich hatten sie eine Schnupftabakdose entdeckt, einen silbernen Kerzenhalter zur Befestigung an der Wand und ein verziertes Schwert, Dominics liebstes Fundstück. In dieser Abteilung waren ihrer Meinung nach die Offiziere und Passagiere untergebracht gewesen. Die von ihnen aufgespürten wenigen Schmuckstücke deuteten darauf hin, dass sie einst zum Privatbesitz eines Passagiers oder eines höher gestellten Besatzungsmitgliedes gehörten und nicht zur Ladung, zum Schatz.

Zwar wollten sie diesen Bereich gründlich durchforschen, aber eigentlich lag ihnen mehr an der Auffindung der Ladung. Die Passagierkabinen und die Kombüse dienten ihnen als Anhaltspunkte für die mögliche Lage des Schiffshecks, und darauf konzentrierten sie ihre Bemühungen.

Ballaststeine lagen ihnen im Weg. Sie mussten an Stellen geschafft werden, die sie bereits durchsucht hatten. Es war eine langwierige, wenig erquickliche Aufgabe, aber eine notwendige. Und Kate fand selbst daran Vergnügen, große Felsbrocken fast mühelos bewegen zu können. Die relative Schwerelosigkeit unter Wasser machte es möglich, dass sie Dominic bei dem Transport der Steine behilflich sein konnte, wozu sie an Land kaum in der Lage gewesen wäre.

Dominic streckte wieder einmal die Hände aus, um einen Stein wegzuschaffen, da berührte er flüchtig einen kleinen, harten Gegenstand. Neugierig fächerte er eine dünne Schicht Schmutz fort und hob den Gegenstand auf, der zunächst wie der Verschluss einer Bierdose aussah. Er brachte ihn näher an seine Augen und stellte fest, dass der Gegenstand sehr viel kunstvoller war. Trotz des Schmutzes, der den knopfartigen Teil über dem Kreis bedeckte, glaubte er zu wissen, was er in seinen Händen hielt. Sein Herz pochte heftig vor Aufregung.

Nie hätte er sich träumen lassen, durch einfaches Ausstrecken der Hand in den Besitz eines Diamantrings zu kommen. Behutsam entfernte er den Schmutz, soweit das ohne Gewaltanwendung ging. Obwohl er kein Experte war, schätzte er den Diamanten auf mindestens zwei Karat. Er klopfte auf Kates Schulter, um ihr den Fund zu zeigen.

Ihre Augen weiteten sich vor Staunen und Freude. Gemeinsam betrachteten sie den Ring von allen Seiten. Er war stumpf und verschmutzt, aber der Stein ruhte noch in der Fassung.

Die vielen Teile, die sie aus dem Meer bargen, hatten alle ihre eigene Geschichte, die sie nie erfahren würden. Vielleicht hatte eine Frau diesen Ring getragen, während sie mit dem Kapitän speiste. Oder ein britischer Offizier hatte ihn auf dem Weg nach Amerika in seiner Westentasche aufbewahrt, um ihn der Frau zu überreichen, die er dort heiraten wollte. Er konnte einer älteren Witwe gehört haben, oder einer jungen Braut. Das Geheimnis, das diesem Ring anhaftete, machte ihn noch wertvoller.

Nach einer Weile hielt Dominic Kate den Ring hin und bedeutete ihr, ihn einzustecken. Bei ihrer bisherigen Suche waren sie wortlos übereingekommen, dass derjenige, der einen Gegenstand auffand, diesen auch in seinem Beutel aufs Boot brachte, wo alles sorgfältig registriert wurde.

Unschlüssig schaute Kate auf das kleine, im Wasser stumpf gewordene Stück Vergangenheit. Wollte Dominic ihr den Ring schenken, weil er zum Schmuck einer Frau gehörte, oder bot er ihr mit ihm etwas anderes an? Schließlich schüttelte Kate den Kopf und zeigte auf den Beutel an seinem Gürtel. Wenn Dominic ihr etwas mitteilen wollte, so musste er es ihr mit Worten sagen.

Dominic ließ den Ring in seinen Beutel fallen, verschloss ihn und begab sich wieder an die Arbeit.

Für vieles von dem, was Kate ihm gesagt hatte, brachte Dominic kein Verständnis auf. In mancherlei Hinsicht blieb sie für ihn so rätselhaft und geheimnisvoll wie das Meer.

Was wollte sie von ihm? Liebe? Er schenkte sie

ihr! Zeit? Ihr Zusammensein näherte sich dem Ende. Manchmal war sein Bedürfnis übergroß, sie zu fragen, zu drängen. Ihr Blick hielt ihn dann davon ab.

Kate hatte ihm eröffnet, dass sie sich verändert habe, dass sie ihr eigenes Leben führen wolle. Er konnte verstehen, dass sie es auskosten wollte, verstand auch den Drang nach Unabhängigkeit. Aber ... Dominic war sein Leben lang unabhängig gewesen. Auch er erfuhr eine Veränderung. Er benötigte Kates Hilfe dabei, sich Grenzen zu setzen, Anhaltspunkte zu schaffen. Konnten sie nicht auf halbem Wege zueinander treffen? Wann war der richtige Augenblick dafür? Würde es ihn jemals geben?

Dominic sehnte sich nach Kate und brauchte sie. Nicht nur einen Sommer lang, sondern für immer. Warum begriff sie das nicht?

Sie liebte ihn. Nachts, wenn sie schläfrig war und sich an ihn schmiegte, flüsterte sie diese Worte. Er wusste, dass sie ihren Gefühlen entsprachen, spürte aber auch, dass Kate einen Teil ihrer selbst vor ihm verschloss, als fürchte sie, sich ihm völlig auszuliefern. Dieser Zustand zerrte an seinen Nerven. Er wollte Kate ganz besitzen!

Dominic nahm sich vor, alles daranzusetzen, das zu erreichen. Mit grimmiger Entschlossenheit rüttelte er an einem Felsblock und schaffte ihn schließlich zur Seite.

Kate beobachtete, wie Schlamm und Sand vor dem Gebläse aufgewirbelt wurden. Sie war unruhig und nicht bei der Sache. Ihre Gedanken drehten sich um Dominic. Dachte er an eine Heirat? Hatte er dies durch den Ring sagen wollen?

Die Vorstellung erfüllte sie mit Unbehagen. Sie hätte nie von Dominic erwartet, dass er eine derartige Bindung, eine dauerhafte Beziehung anstreben könnte. Vielleicht hatte sie sich in ihm getäuscht. Nun ja, es war fast unmöglich, die Absichten eines anderen Menschen genau zu durchschauen.

Eine Heirat ...

Ein solcher Schritt bedurfte vieler Überlegungen. Dominic würde das nicht verstehen. Er traf seine Entschlüsse spontan und stellte sich dann den Folgen. Er käme gewiss niemals auf den Gedanken, alle Möglichkeiten zu erwägen, Fragen nach dem Wieso und Warum zu stellen. Kate hingegen sah keinen anderen Weg. Sie musste alles in Betracht ziehen.

Der Wirbel bohrte ein tassengroßes Loch in den Meeresboden. Symbolik?

Ach, Unsinn, sagte sie sich. Dennoch beeinflusste das Geschehen sie.

Würde die Beziehung zwischen ihr und Dominic dem Druck ihrer unterschiedlichen Lebensweisen standhalten? Was würde aus Dominic und ihr, Kate, werden, wenn ihr Beruf sie forderte und er seine Freiheit suchte? Würden sie sich voneinander entfernen? Würden Gemeinsamkeiten Schicht für Schicht zerstört werden? Wie viel konnte sie von sich selbst, von ihrer eigenen Persönlichkeit aufgeben?

Kate erkannte die Gefahren durchaus. Sie musste sich vor ihnen hüten. Vielleicht brachte die Zeit wirklich Antwort auf ihre Fragen. Nur ... der Sommer würde bald vorüber sein ...

Durch die Kraft des Gebläses wurde aus der Sandschicht so etwas wie ein dunkler Faden hochgewirbelt. Kate griff danach.

Was war denn das? Offenbar eine dünne Schnur mit spitz zulaufenden Enden.

Himmel! Etwa ein Schnürsenkel?

Gerade wollte Kate Dominic ihren sonderbaren Fund zeigen, da lösten sich weitere „Fäden" vom Meeresboden. Sie runzelte die Stirn. Schnürsenkel?

Ja, tatsächlich! Schnürsenkel. Dutzendweise.

Mehr und mehr dieser „Fäden" drehten sich vor ihren Augen in dem Wirbel empor und verteilten sich im Wasser. Hunderte.

Hastig begann Kate sie einzusammeln. Es müssen mehr als Hunderte sein, dachte sie aufgeregt.

Tausende. Tausende von Schnürsenkeln umgaben sie!

Dominic wurde auf das Geschehen aufmerksam. Kate hielt ihre vollen Hände hoch und schaute ihn triumphierend an. Neugierig sah er zu ihr hin und bemerkte, was sie entdeckt hatte.

Sie waren auf den Laderaum gestoßen. Auf der Ladeliste der „Liberty" standen Schnürsenkel. Fünftausend Paar. Kein anderes Schiff hatte seinerzeit Schnürsenkel transportiert.

Der Beweis! Er war erbracht. Es handelte sich um die „Liberty“!

Kate bewegte die Arme hin und her. Die Enden der vielen Schnürsenkel in ihren Händen wanden sich.

Der Beweis! hätte sie gern laut gerufen. Unter ihnen befand sich die Ladung. Und der Schatz.

Dominic gesellte sich zu ihr und nahm ihre Hände in seine. Er wusste, wie ihr zu Mute war. Unter seinen Fingerspitzen fühlte er Kates rasenden Pulsschlag. Er freute sich für sie, gönnte ihr die Genugtuung, die entscheidende Entdeckung gemacht zu haben.

Plötzlich wurde Kate die Komik der Situation bewusst. Um Dominic und sie herum schwebten Schnürsenkel. Fünftausend Paar Schnürsenkel wiesen ihnen den Weg zu dem Schatz, zu der Kiste mit dem Gold! Wenn das nicht komisch war ... Nur mit Mühe konnte sie ein Kichern unterdrücken.

Dominic zwinkerte ihr zu. Dann ließ er sie los, deutete mit dem Zeigefinger auf sich, danach mit dem Daumen nach oben.

Kate begriff, dass er hinaufschwimmen wollte, um Marsh zu bitten, den Motor abzustellen. Eine Zeit lang durften sie nur noch mit den Händen weiter vorgehen.

Sie nickte und beobachtete, wie Dominic nach oben schwamm, bis sie ihn nicht mehr sehen konnte. Seltsamerweise freute sie sich über die Minuten des Alleinseins. Die erste Begeisterung über ihren Fund war verflogen. Nun brauchte sie Gelegenheit, das Neue voll zu erfassen und in sich aufzunehmen.

Unter ihr befand sich die „Liberty“, das Schiff, nach dem ihr Vater gesucht hatte. Er konnte seinen Traum nie mehr verwirklichen. Ließen sich Träume überhaupt realisieren? Kate verdrängte den Gedanken.

Fest stand, ihr Vater hatte Recherchen betrieben und Berechnungen gemacht, um ein gewisses Ziel zu erreichen. Ein Traumziel.

Freude vermischte sich mit Trauer. Kate steckte eine Hand voll Schnürsenkel in ihren Beutel. Für ihren Vater. In diesem Augenblick hatte sie das Gefühl, ihm alles gegeben zu haben, was sie ihm jemals schuldig zu sein glaubte.

Mehr aus persönlichen Gründen denn für ihre Bestandsaufnahme, machte Kate Aufnahmen mit ihrer Kamera.

Tage, Wochen und Monate oder Jahre später würde sie die Bilder in Händen halten, die aufwirbelnden Sand, Schnürsenkel und schwebende Teilchen zeigten, und sie würde sich an die Augenblicke der ganz alleinigen, erlebten Befriedigung immer erinnern.

Plötzlich war es ruhig um Kate herum. Sie stutzte, dann wurde ihr klar, dass das Gebläse abgeschaltet worden war. Dominic musste die „Wirbelwind“ erreicht und Marsh entsprechende Anweisungen gegeben haben. Nun, da das Wasser nicht mehr aufgewirbelt wurde, sanken nach und nach Sand, Schnürsenkel und schwebende Teilchen auf den Boden zurück.

Kate betrachtete die Mulde auf dem Grund des Meeres. Sie hatten es fast geschafft! Sie war versucht, allein weiterzuarbeiten, doch dann sagte sie sich, das sei unfair. Dominic und sie hatten gemeinsam begonnen, und sie sollten das Unternehmen auch gemeinsam zu Ende führen.

Während Kate auf Dominic wartete, bemerkte sie über sich eine Bewegung. Kam er schon zurück? Dann hatte er sich aber beeilt! Sie hob den Kopf, wollte winken – und erstarrte. Das Blut schien ihr in den Adern zu gefrieren.

Das Geräusch des Gebläses hatte die Meerestiere fern gehalten. Nachdem Ruhe eingekehrt war, kamen die ersten Neugierigen hervor. Zwischen Schwärmen harmloser Fische glitt still und unheimlich die grau glänzende Gestalt eines Haies ...

Kate wagte kaum zu atmen aus Angst, dass die Luftblasen seine Aufmerksamkeit erregen könnten.

Der Hai bewegte sich ohne Eile, schien nicht an ihr interessiert zu sein. Vielleicht hatte er an diesem Tag bereits erfolgreich gejagt. Aber selbst ein Hai mit vollem Magen griff alles und jeden an, der sein launisches Wesen reizte.

Er war etwa drei Meter lang. Trotz ihrer Furcht fasste Kate klare Gedanken. Es handelte sich um einen Grauhai, und für diese Sorte war er ein relativ kleines Exemplar. Grauhaie konnten gut und gern doppelt so groß werden. Dennoch durfte sie die Gefahr nicht unterschätzen. Die mit messerscharfen

Zähnen bestückten Kiefer konnten so oder so tödlich sein.

Wenn sie sich still verhielt, würde der Hai möglicherweise auf der Suche nach ereignisreicheren Gewässern weiterschwimmen. Kate hatte einiges über Haie gelesen, kannte solche Situationen aus Büchern. Und Dominic hatte ihr gesagt, was in solchen Fällen zu tun sei. Damals hatten sie an Deck seines Bootes gesessen. All das schien so weit entfernt, so unwirklich zu sein, als sie emporschaute und das glatte Raubtier zwischen sich und der Oberfläche beobachtete.

Bewegung zog ihn an. Das wusste sie. Die Bewegungen der Arme und Beine eines Schwimmers.

Nur keine Panik. Kate zwang sich dazu, ruhig zu bleiben, völlig regungslos zu verharren.

Er war kaum fünf Meter von ihr entfernt. Kate konnte die kleinen schwarzen Augen sehen, bemerkte die gleichmäßig arbeitenden Kiemenspalten.

Sie atmete flach und wandte den Blick nicht von dem Hai ab. Sie brauchte nur zu warten, bis sich der Räuber entfernen würde.

Dominic. Sekundenlang setzte ihr Herzschlag aus. Kate spähte in die Richtung, in der Dominic verschwunden war. Er würde wiederkommen, jeden Augenblick konnte er herabschwimmen, ohne zu ahnen, was hier lauerte.

Der Hai würde die Bewegung des Wassers mit dem unfehlbaren Gespür des Jägers erfassen. Dominics Schwimmzüge würden ihn anziehen, bevor sie,

Kate, auch nur die Gelegenheit hatte, Dominic zu warnen.

Er wusste nichts von dem überaus gefährlichen Meeresbewohner, er wäre ihm hilflos ausgeliefert. Kate wagte nicht, ihre Gedanken zu Ende zu führen. Sie musste etwas unternehmen. Sie konnte nicht untätig mit ansehen, wie Dominic dem sicheren Tod entgegenschwamm.

Ihr Blick fiel auf die Harpune. Sie lag etwa einen Meter von ihr entfernt. Gesichert. Aus Gründen der Vorsicht.

Sicherheit, schoss es ihr durch den Kopf. Sie hatte noch nie mit einer Harpune geschossen. Ohnehin musste sie erst einmal an die Waffe herankommen. Es gab nur diese eine Möglichkeit der Rettung. Ihr blieb keine Zeit, ihre Nerven zu beruhigen. Also begann sie, ihren Plan in die Tat umzusetzen.

Zentimeter für Zentimeter bewegte sie sich auf die Harpune zu, wobei sie den Hai fest im Auge behielt. Im Moment schien er ziellos umherzugleiten. Er schaute nicht einmal in ihre Richtung. Vielleicht verschwand er, bevor Dominic wiederkehrte? Aber auf diese Möglichkeit durfte sie sich nicht verlassen. Sie musste an die Waffe heran. Mit leicht zitternden Fingern tastete sie nach dem Schaft. Die Zeit schien dahinzuschleichen.

Kates Bewegungen waren langsam, wie in Zeitlupe, kaum wahrzunehmen. Doch ihre Gedanken überschlugen sich förmlich.

Endlich konnte sie mit den Fingern die Harpune umklammern. Aus den Augenwinkeln sah sie einen Schatten, der von der Oberfläche herabtauchte. In diesem Moment wandte sich der Hai nach links, Dominic zu.

Nein! Der stumme Schrei dröhnte in Kates Kopf. Blitzschnell brachte sie die Harpune in Anschlag. Nur der eine Gedanke leitete sie: den geliebten Mann zu retten. Ohne Zögern schwamm sie los, um zwischen Dominic und den Hai zu gelangen. Sie musste näher herankommen.

Kate war jetzt völlig ruhig und kaltblütig. Zum zweiten Mal sah sie die kleinen ausdruckslosen Augen des Hais. Diesmal waren sie genau auf Kate gerichtet. Sie wirkten auf Kate abgrundtief böse. Es waren die grausamen Augen eines mörderischen Raubtieres.

Der Hai kam mit einer solchen Geschwindigkeit auf sie zu, dass es ihr den Atem verschlug. Er riss sein Maul auf, und Kate schaute in eine tiefe, finstere Höhle.

Dominic tauchte schnell von der Wasseroberfläche herab. Er hatte es eilig, zu Kate zurückzukehren, die Suche gemeinsam mit ihr fortzuführen. Der Schatz hatte sie wieder zusammengebracht, und mit seiner Hilfe würden sie in der Lage sein, ihre Zukunft unabhängig und frei zu gestalten. Vorfreude erfüllte ihn, während er tiefer schwamm.

Da erblickte er den Hai. Der Schrecken fuhr ihm durch alle Glieder. Sofort hielt er inne. Obwohl er im Kampf gegen ein solches Raubtier mit einem Messer so gut wie nichts ausrichten konnte, langte er vorsichtig nach dem Tauchermesser, seiner einzigen Waffe.

Urplötzlich schoss Kate vom Boden empor. Entsetzt starrte Dominic zu ihr hinüber. Hatte sie den Verstand verloren? Erkannte sie die Gefahr nicht? Jetzt blieb keine Zeit mehr, darüber nachzudenken. Mit aller Kraft schwamm Dominic auf sie zu.

Er war zu weit von ihr entfernt. Er würde es nicht rechtzeitig schaffen. Der Hai würde Kate erfassen, bevor er nahe genug war, dem Tier sein Messer in den Leib zu stoßen.

Als Dominic sah, was Kate in ihren Händen hielt, und er ihre Absicht erkannte, ergriff ihn panischer Schrecken. Er beschleunigte seine Bewegungen noch, soweit das möglich war. Alles schien in Zeitlupe abzulaufen, und trotzdem dauerte es nur einige Sekunden lang. Jetzt hatte der Hai Kate fast erreicht.

Zum ersten Mal in seinem Leben schickte Dominic ein Stoßgebet zum Himmel.

Kate betätigte den Auslöser, und die Harpune wurde losgeschleudert, bohrte sich tief in das Fleisch des Hais. Instinktiv ließ Kate sich hinabsinken, als der Hai vorschoss. Wut und Schmerz trieben das Tier voran. Es würde die Verfolgung aufnehmen. Daran konnte kein Zweifel bestehen. In nur wenigen Augenblicken würde es wieder bei Kate sein, wenn sie es nicht an entscheidender Stelle getroffen hatte. Dominic sah, wie Blut aus der Wunde spritzte. Die Verletzung reichte nicht aus, den Hai außer Gefecht zu setzen. Das Tier fuhr herum, als wollte es die Harpune abschütteln, und verlangsamte dabei etwas seine Bewegungen. Es genügte Dominic, um sich ihm auf den Rücken zu werfen und das Messer, so schnell es im Wasser möglich war, wieder und wieder in den grauen glatten Leib zu stoßen. Außer sich vor Wut bäumte der Hai sich auf. Unter Aufbietung all seiner Kräfte folgte Dominic seinen Bewegungen. Er rammte dem Tier das Messer in den Leib und schlitzte ihn auf.

Aus geringer Entfernung beobachtete Kate den Kampf. Ihr Gehirn und ihr Körper waren eine Weile wie betäubt. Das Blut des Tieres vermischte sich mit dem Wasser.

Plötzlich kam sie zu sich, zog hastig ihr Tauchermesser aus der Scheide, um Dominic zu helfen.

Doch der Kampf war vorüber. Der Hai sank schwer und leblos auf den Boden herab. Kate blickte ein letztes Mal in seine Augen.

Da wurde sie fest am Arm gefasst. Erschöpft und willenlos ließ sich Kate ziehen. Nur ein Gedanke beherrschte sie: Dominic war gerettet.

Stark nach Luft ringend zog Dominic sie zur Leiter und half Kate, mit ihrer kompletten Ausrüstung hinaufzusteigen. Kaum an Deck, rutschte Kate aus und fiel hin. Bevor Dominic sich über die Reling schwang, bemerkte er aus den Augenwinkeln zwei graue, Unheil verheißende Rückenflossen, die plötzlich nach unten verschwanden. Ein weiterer Hai, den nun das Blut anzog!

„Was, zum Teufel ..." Marsh sprang auf und lief zu Kate, die heftig atmend auf dem Boden lag.

„Später", unterbrach Dominic ihn und kniete neben Kate nieder. „Ich musste sie sofort hochbringen." Er hob mit der Hand ihren Oberkörper an und streifte das Gurtwerk der Sauerstoffflaschen von ihren Schultern. Danach befreite er sie von den anderen Ausrüstungsstücken. „Kate, wie fühlst du dich? Ist dir schwindlig? Hast du Schmerzen?"

Kate setzte sich auf und schüttelte den Kopf. „Nein, nein", brachte sie mühsam hervor. „Mir geht es gut." Sie gab sich Mühe, gleichmäßiger zu atmen, damit Dominic beruhigt sein konnte. „Wir waren nicht mehr so tief, nachdem ... als wir ... nun, du weißt schon."

Er nickte. Sie hatte also nicht unter der schnellen Druckveränderung gelitten. Er erhob sich und nahm seine Sauerstoffflaschen ab. Dann legte er die Ausrüstungsstücke sorgfältig auf den dafür vorgesehenen Platz. Seine Hände zitterten plötzlich.

„Könnte mir endlich jemand verraten, was passiert ist?" sagte Marsh und sah von einem zum anderen. „Ich bin nur so weit mitgekommen, dass Dominic irgendetwas von Schnürsenkeln fantasierte. Mehr habe ich bisher nicht verstanden."

„Ladung", antwortete Kate, „wir haben die Ladung gefunden.“ Sie hatte die Knie angezogen und die Stirn dagegen gelehnt.

„Aha.“ Marsh warf seinem Bruder einen fragenden Blick zu. „Aber eben seid ihr dort unten auf unliebsame Gesellschaft gestoßen, nehme ich an. Stimmt's?“

Dominic trat an die Reling, legte die Hände darauf und schaute starr übers Meer. „Du hast Recht“, erwiderte er schließlich. „Ein Grauhai ... es hätte nicht viel gefehlt, und Kate wäre von ihm getötet worden.“

Bevor Marsh etwas erwidern konnte, wandte Dominic sich um und fuhr Kate an: „Hast du eigentlich alles vergessen, was ich dir beigebracht habe?“ Seine Angst um sie war in Wut über ihren vermeintlichen Leichtsinn umgeschlagen. „Du hast es geschafft, einen Doktortitel zu erlangen, doch daran, dass man in der Nähe eines Hais seine Bewegungen auf ein Minimum reduzieren soll, erinnerst du dich nicht. Ich habe dir mehr als einmal gesagt, dass Arm- und Beinbewegungen Haie reizen. Aber du schwimmst einfach auf einen Hai zu und ruderst mit den Armen, als wolltest du ihm zur Begrüßung die Hand reichen. Und mit der Harpune hast du seine Wut verstärkt, statt ihn zur Strecke zu bringen. Wenn ich nicht gerade heruntergekommen wäre, hätte er dich in Stücke gerissen.“

Kate hob den Kopf. Was immer sie bis zu diesem Augenblick bewegt hatte, war schlagartig vergessen. Dominics ungerechtfertigter Vorwurf traf sie tief. „Dominic, du verkennst die Tatsachen.“

„Dass ich nicht lache!"

Langsam stand Kate auf. „Lach nur. Wenn du nicht gerade in dem Moment heruntergekommen wärest, hätte ich keinerlei Grund gehabt, auf den Hai zuzuschwimmen."

Nach diesen Worten drehte sie sich um und stieg die Stufen zur Kabine hinab.

Minutenlang herrschte absolute Stille an Deck der „Wirbelwind". Schließlich ging Marsh zum Steuerruder. An diesem Tag konnten Dominic und Kate gewiss nicht mehr hinabtauchen.

„Dominic?"

„Ja, was? Ach, lass mich in Ruhe!" antwortete er gereizt.

„Es ist üblich, dass man sich bei seinem Lebensretter bedankt", bemerkte Marsh über die Schulter hinweg und warf den Motor an, ohne eine Erwiderung seines Bruders abzuwarten.

Dominic fuhr sich mit beiden Händen durchs Haar und starrte dann auf seine Finger. Er war sprachlos. Es war nicht aus Leichtsinn geschehen. Kate hatte absichtlich die Aufmerksamkeit des Hais auf sich gelenkt. Seinetwegen. Sie hatte ihr Leben riskiert. Dominic holte tief Luft. Seinetwegen. Der Gedanke ließ ihn nicht mehr los.

Als er in die Kabine hinabkam, saß Kate auf einer Liege. Sie hielt ein Glas in der Hand. Zu ihren Füßen stand eine Flasche Brandy. Ihre Hand zitterte leicht, als sie das Glas an die Lippen hob. Unter der sonnengebräunten Haut war ihr Gesicht bleich. Kate sah abgespannt und erschöpft aus.

Niemand hatte je so selbstlos und bedingungslos an ihn gedacht. Dominic schluckte und suchte nach Worten. „Kate ..."

„Ich bin nicht in der richtigen Verfassung, mir wieder Vorwürfe machen zu lassen", unterbrach sie ihn, bevor sie erneut von dem Brandy trank. „Wenn du dich abreagieren willst, such dir bitte jemand anders."

„Ich werde nicht schimpfen." Das Erlebnis hatte ihn genauso erschüttert wie Kate. Und so setzte sich Dominic neben sie, nahm die Flasche vom Boden und hob sie an den Mund. Die feurige Flüssigkeit tat ihm gut. „Du hast mich zu Tode erschreckt."

„Ich habe nicht die Absicht, mich für mein Tun zu entschuldigen."

„Nein, Kate, nein, das brauchst du auch nicht. Ich sollte dir dankbar sein." Dominic nahm wieder einen Schluck direkt aus der Flasche. „Es ist nur so, dass du nicht so hättest handeln dürfen. Es war reines Glück, dass nichts Schlimmes passiert ist."

Kate schaute ihn an. „Ich hätte also in Sicherheit bleiben und in aller Seelenruhe mit ansehen sollen, wie der Hai dich angegriffen und du dich abgemüht hättest. Mit deinem Tauchermesser", fügte sie hinzu.

Dominic sah ihr fest in die Augen. „Ja."

„Hättest du dich denn etwa im umgekehrten Fall so verhalten?"

„Das ist etwas anderes."

„Ach ja." Kate stand auf. Mit dem Glas in der Hand stellte sie sich vor Dominic hin und musterte ihn. Sie ließ den Blick über seine markanten Gesichtszüge gleiten, sein schwarzes Haar und seine grünen Augen. „Würdest du mir bitte diese Logik erklären?" fragte sie betont langsam und deutlich, um ihn zu provozieren.

„Da gibt es nichts zu erklären. So ist es nun einmal." Wieder stürzte Dominic Brandy in sich hinein.

„Nein, so einfach ist es nicht, und das ist eines deiner größten Probleme, Dominic."

„Kate, hast du überhaupt eine Ahnung, was passiert wäre, wenn ich es nicht geschafft hätte, den Hai in Rekordzeit zu erreichen?"

„Ja." Kate setzte ihr Glas auf dem Schrank ab. Sie hatte sich etwas gefasst, hatte ihre Angst und ihren Zorn unter Kontrolle. „Ja, die habe ich sehr wohl! Und jetzt gehe ich nach oben zu Marsh."

„Nein, warte bitte." Dominic verstellte ihr den Weg. „Begreifst du nicht, dass ich es nicht ertragen könnte, wenn dir etwas passierte? Ich möchte mich um dich kümmern. Ich muss dich beschützen."

„Und alle Risiken auf dich nehmen?" fragte sie. „Stellst du dir so eine ausgewogene Beziehung vor, Dominic? Du der Mann, ich die Frau. Ich backe Brot, und du gehst auf die Jagd?"

„Verflixt, Kate, sieh es doch nicht so klischeehaft."

„Dominic, darauf läuft es hinaus", meinte sie. Sie

war jetzt ruhig und trug ihre Worte präzise und mit Bestimmtheit vor. „Du willst, dass ich still und zufrieden bin und mich in deine Pläne und Vorstellungen für mein Leben füge. Du willst, dass ich tue, was du sagst, mich deinem Willen beuge. Dabei weiß ich, wie du über meinen Vater denkst."

Dominic setzte zu einer Erwiderung an, aber Kate ließ ihn nicht zu Wort kommen.

„Ich habe mein Leben lang getan, was er für richtig hielt", fuhr sie rasch fort. „Es gab keine Meinungsverschiedenheiten, keinen Widerspruch und keine Probleme. Vater schien zufrieden. Aber echten Respekt oder wirkliche Zuneigung habe ich niemals von ihm erfahren. Und jetzt verlangst du von mir, mit dir in der gleichen Art weiterzumachen." Kate strich sich über die Stirn. „Wie kommt es bloß, dass die einzigen beiden Männer, die ich je geliebt habe, von mir verlangen, dass ich mich völlig ihrem Willen unterwerfe?"

Dominic legte die Hände auf ihre Schultern. „Das stimmt nicht, Kate. Ich verlange das nicht von dir. Ein solches Leben wünsche ich nicht für dich. Ich möchte lediglich auf dich Acht geben."

Kate schüttelte den Kopf. „Wo liegt denn der Unterschied, Dominic?" flüsterte sie. „Wo, zum Teufel, liegt er?"

Ohne eine Antwort abzuwarten, schob sie Dominic zur Seite und ging an Deck.

Dominic arbeitete in seinem Schuppen. In ihrer ruhigen bestimmten Art hatte Kate ihn gebeten, sie allein zu lassen. Er hatte sofort zugestimmt, denn auf diese Weise fand er Zeit, um nachzudenken und seine Vorstellungen neu zu erwägen.

Aus Angst um Kate, aus dem Bedürfnis heraus, sie zu beschützen, hatte er ihrer ohnehin schon angespannten Beziehung einen schweren Schlag versetzt.

In gewissem Sinn hat Kate mit ihren Vorwürfen genau ins Schwarze getroffen, überlegte Dominic. Es lag in seinem Wesen, Menschen, die er liebte, umhegen zu wollen. Vielleicht hatte er die Fürsorge bei Kate übertrieben. Es lag ebenfalls in gewisser Weise in seinem Wesen, anderen seinen Willen aufzuzwängen. Er wollte mit Kate zusammen sein. Ehrlicherweise gestand er sich ein, dass er die Bedingungen für ihr gemeinsames Leben bereits festgelegt hatte.

Die Einflussnahme Hardestys auf Kate hatte ihn, Dominic, erzürnt. Doch wenn er aufrichtig gegen sich selbst war, musste er zugeben, dass er nicht anders handelte. Er mochte nicht so gelassen, so feinsinnig vorgehen wie Edwin Hardesty, an den Tatsachen änderte es nichts. Allerdings handelte er aus anderen Motiven. Er wünschte, dass Kate bei ihm war, sich ihm anpasste. Sie sollte ihr Leben nach dem seinen ausrichten, ja, aber sicherlich würde er es schaffen, sie auf seine Art und Weise glücklich zu machen, wenn sie ihn nur ließe.

Plötzlich ging Dominic auf, dass er bei seinen Überlegungen außer Acht gelassen hatte, Kate könne eigene Forderungen und Bedingungen stellen und eigene Wünsche haben. Bisher hatte er sich keinerlei Gedanken darüber gemacht, wie er sich seinerseits Kate anpassen könnte.

Der Morgen graute bereits, als Dominic die letzten Pinselstriche an dem Namen seines neuen Segelbootes vollführte. Den größten Teil der Nacht hatte er im Schuppen gearbeitet und Kate und sich selbst Zeit zum Nachdenken und Abstandfinden gegeben.

Nun war die Nacht vorüber, und Dominic zog Bilanz: Er liebte Kate. Er hatte sich vor Augen geführt, dass dies nicht genug sein konnte. Obwohl er große Ungeduld über die unklare Situation zwischen ihnen beiden verspürte, wollte er sich zurückhalten. Vielleicht musste er es Kate überlassen zu bestimmen, was aus ihnen werden sollte.

In den nächsten Tagen würden sie sich auf die Bergung der Schiffsladung konzentrieren, die vor zweihundertfünfzig Jahren versunken war. Je länger die Suche andauerte, desto klarer wurde der Schatz für Dominic zum Symbol. Die Hebung des Schatzes bedeutete für sie beide das Ende ihrer Suche. Sie würden dann das erreicht haben, was sie erstrebt hatten. Kate hätte den Traum ihres Vaters erfüllt, und er, Dominic, würde die Genugtuung haben, dass sich Kate aus ihrer Abhängigkeit von ihrem Vater lösen würde.

Dominic schloss die Tür des Schuppens und wandte sich dem Haus zu. Er war noch einige Schritte vom Haus entfernt, als er den Duft gebratenen

Schinkens und frisch aufgebrühten Kaffees roch. Schnell betrat er die Küche.

Kate stand am Herd. Sie trug ein langes T-Shirt über ihrem Taucheranzug, war barfuß und hatte das Haar offen. Das Licht vom Küchenfenster fiel auf ihr Gesicht, auf die Sommersprossen auf ihrer Nase und auf ihre sanft geschwungenen Lippen.

Jähe Sehnsucht erfasste Dominic bei ihrem Anblick. Unwillkürlich blieb er stehen.

„Kate ..."

„Ich dachte, wir sollten uns vor einem langen Tag mit einem reichhaltigen Frühstück stärken." Kate wandte sich kaum nach ihm um. Seine Nähe gefährdete ihre mühsam gewahrte Fassung. Deshalb sprach sie kurz angebunden und sachlich. „Ich möchte früh aufbrechen."

Dominic sah zu, wie Kate mehrere Eier in die Pfanne schlug. Unter leisem Brutzeln festigte sich der weiße Rand.

„Kate, ich möchte mit dir reden."

„Ich habe überlegt, ob es nicht das Beste wäre, nun doch ein Bergungsschiff zu mieten." Kate ging nicht auf ihn ein. „Vielleicht sollten wir auch noch andere Taucher anheuern. Die Ladung allein auszugraben wäre für uns zwei eine zu langwierige Angelegenheit. Außerdem ist es an der Zeit, geeignete Hilfsmittel einzusetzen."

Die Sonne und Salzwasser hatten Kates hellbraunes Haar gebleicht. Es wies jetzt die verschiedensten

Schattierungen auf und erinnerte Dominic an das weiche Fell eines Rehkitzes. „Ich möchte nicht über geschäftliche Dinge mit dir reden."

„Wir können es nicht länger aufschieben." Geschickt ließ Kate die Eier aus der Pfanne gleiten, verteilte sie dann auf zwei Teller. „Wir sollten die Bergung beschleunigen und nicht weiter hinauszögern."

„Mein Gott, Kate, nun hör mir doch wenigstens ein paar Minuten zu!" Dominic trat näher, schaltete die Herdplatte aus, nahm Kate die beiden Teller ab und stellte sie auf den Tisch. „Kate, ich muss etwas tun, aber ich bin nicht sicher, dass ich es sehr gut kann."

Sie ging zum Schrank, holte Bestecke aus der Schublade und legte sie neben die Teller. „Was?"

„Mich entschuldigen. Dir etwas erklären." Als sie ihn anschaute, stieß Dominic einen lauten Seufzer aus. „Nein, ich bin wirklich nicht gut in solchen Dingen."

„Es ist nicht nötig."

„Doch. Setz dich hin, Kate."

Sie blieb stehen.

Dominic rückte einen Stuhl zurecht. „Bitte, setz dich hin. Bitte."

Wortlos nahm Kate Platz, und Dominic ließ sich ihr gegenüber nieder.

„Du hast mir gestern das Leben gerettet, Kate."

„Ja?"

„Ich hätte den Hai niemals mit einem Messer erledigen können. Es gelang mir bloß, weil du ihn geschwächt und abgelenkt hattest."

Kate nahm ihre Kaffeetasse in beide Hände und schaute in die dampfende schwarze Flüssigkeit. Sie wollte nicht schon wieder an die Gefahren erinnert werden. „Ja?" erwiderte sie deshalb lediglich zum zweiten Mal.

Dominic senkte den Kopf. „Du hast nicht die Absicht, es mir leichter zu machen, hab ich Recht?"

„Ja."

„Ich hatte nie zuvor solche Angst", gestand er. „Nicht um mich und auch nicht um einen anderen Menschen. Doch gestern ... Himmel, Kate, fast hätte der Hai dich erwischt." Dominic schaute auf und begegnete Kates Blick. „Ich befürchtete, zu weit entfernt zu sein, um dich noch retten zu können. Wenn ..."

„Manchmal ist es besser, nicht so lange über irgendetwas nachzudenken."

„Das sagst gerade du? Du, die du alles und jedes in Gedanken sezierst?"

„Ja, gerade ich."

„Oh Kate ..." Dominic nahm ihre Hand in seine. „Kate, wie auch immer, das Bewusstsein, dass du dich in Gefahr begeben hast, um mich zu beschützen, ist überwältigend. Doch der Gedanke, dass dir etwas hätte zustoßen können und es meinetwegen geschehen wäre, ist mir unerträglich."

„Du hast mich auch beschützt."

„Ja, aber ..."

„Es sollte kein ‚Aber' geben, Dominic."

„Vielleicht sollte es das wirklich nicht", stimmte er zögernd zu. „Ich kann allerdings nicht versprechen, dass es immer so sein wird."

„Ich habe mich verändert." Kate sprach leise, so wie zu sich selbst. „Viel zu lange habe ich meine eigenen Wünsche unterdrückt. Ich hatte angenommen, dass Zustimmung gleich Liebe sei. Jetzt weiß ich es besser …"

„Ich bin nicht dein Vater, Kate."

„Nein, doch bisher hast du ebenfalls versucht, mir deinen Willen aufzuzwingen. In gewisser Hinsicht bin ich wohl selbst schuld daran." Kate hatte die letzte Nacht über auch nicht geschlafen. Sie hatte wie Dominic über ihre Beziehung und sich selbst nachgedacht und nach den richtigen Antworten gesucht. Vieles war ihr klarer geworden. „Vor vier Jahren habe ich zuerst deinem Drängen und später dem Wunsch meines Vaters nachgegeben, dich zu verlassen. Es hat mir fast das Herz gebrochen. Inzwischen habe ich erkannt, dass ich in erster Linie meine Persönlichkeit festigen muss, bevor ich Entscheidungen treffe." Kate stand auf und trug ihren fast unberührten Frühstücksteller zur Spüle. „Ich liebe dich, Dominic", sagte sie. „Aber ich muss zuerst zu mir selbst finden, ehe …" Sie verstummte.

Dominic trat hinter sie und legte die Hände auf ihre Schultern. Er spürte Kates Entschlossenheit, bewunderte ihre Stärke und fühlte sich trotzdem unzufrieden, weil sie noch nicht zu einer endgültigen Lösung gekommen waren.

„Einverstanden“, erwiderte er sanft. „Sag mir, wann du so weit bist, dich entscheiden zu können.“

„Sobald ich es kann.“ Kate drehte sich um und legte Schutz suchend den Kopf an seine Brust. „Sobald ich kann“, wiederholte sie.

14. KAPITEL

In den nächsten drei Tagen beschäftigten sich Dominic und Kate intensiv mit der Freilegung der Ladung. Mit den Händen arbeiteten sie sich weiter vor und machten erstaunliche Entdeckungen. In Übereinstimmung mit der Ladeliste der „Liberty“ kamen als Nächstes mehr als achttausend der insgesamt zehntausend verzeichneten Pfeifen zum Vorschein. Mindestens die Hälfte war zu Kates großer Freude völlig intakt. Es handelte sich um langstielige Pfeifen mit verzierten Tonköpfen. Einmal hob Dominic übermütig eine der Pfeifen an den Mund, und Kate hielt diesen lustigen Anblick mit ihrer Unterwasserkamera fest.

Bei Versteigerungen würden allein die Pfeifen mehr Geld erbringen, als Kate bisher in die Suche nach dem Schiff gesteckt hatte. Je weiter sie forschten, desto umfangreicher wurde auch der Anteil, den Kate im Namen ihres Vaters einem Museum stiften wollte. Das Wichtigste war allerdings, dass die Existenz so vieler Pfeifen in dem Wrack ihre Behauptung stützte, es handele sich um die „Liberty“.

Sie fanden zudem Tabakdosen, wiederum in riesiger Stückzahl, so dass für Kate effektiv kein Zweifel mehr daran bestand, dass unter ihnen die „Liberty“ lag. Geschirr gehörte ebenfalls zu ihren Funden. Manche Teile waren elegant und kostbar, andere dagegen reine Gebrauchsgegenstände.

Auch diese Menge war zu groß für den normalen Gebrauch an Bord eines Schiffes. Es war alles Handelsware. Die Auflistung des geborgenen Gutes wurde so umfangreich, wie Kate es sich nie hatte träumen lassen. Doch noch hatten sie keine Spur von der Kiste mit Gold entdeckt.

Abwechselnd transportierten Dominic und Kate die Fundstücke an Bord der „Wirbelwind“. Das Meiste stapelten sie jedoch auf dem Boden des Meeres. Sie arbeiteten mittlerweile wieder ohne Marshs Hilfe. Wie am Anfang wurde jede Entdeckung zum persönlichen Triumph.

Kate konzentrierte sich auf die Bergung der Tabakdosen. Sie legte sie in die Drahtkörbe. Während dieser Arbeit fasste sie den Entschluss, einige der Dosen selbst zu reinigen. Sie stellte es sich aufregend vor, Schicht um Schicht abzutragen und zu sehen, was darunter zum Vorschein kam. Es war ihr gleichgültig, ob es Kostbarkeiten oder weniger wertvolle Dinge sein würden. Hauptsache, dass sie sie gefunden hatte. Tee, Zucker und andere Lebensmittel, die das Schiff an Bord geführt hatte, existierten nicht mehr. Dominic und Kate legten die beständigen Gegenstände frei, die zweihundertfünfzig Jahre auf dem Meeresboden überdauern konnten. Pfeifen und Tabakdosen, die für Menschen des achtzehnten Jahrhunderts in der Neuen Welt bestimmt gewesen waren, hatten ihr Ziel nie erreicht. Dass sie, Kate, heute diese Dinge sehen und berühren durfte, erfüllte sie mit Stolz und Genugtuung.

Als sie mehrere noch aufeinander gestapelte Tabakdosen aufhob, löste sich in der Nähe plötzlich ein Gegenstand. Erschrocken zuckte Kate zurück. Zu frisch waren noch die Erinnerungen an den Rochen und an andere Gefahren, die hier unten zuweilen lauerten. Das kleine runde Etwas sank zurück auf den Boden und schlug mit einem metallischen Klang an eine der Tabakdosen.

Kates Herz begann schneller zu schlagen. Kaum wagte sie, die Hand auszustrecken.

Als sie aber dann die Goldmünze zwischen ihren Fingern spürte, war ihre Freude riesengroß.

Die Münze glänzte wie an dem Tag, an dem sie geprägt worden war. Kate wusste aus Büchern, das Gold Jahrhunderte unbeschadet überstehen konnte, selbst unter Wasser. Da sie aber das Geldstück aus Silber mit einer schwarzen Oxidationsschicht aufgefunden hatte und andere Metallteile fast bis zur Unkenntlichkeit mit Rost überzogen waren, hatte sie nicht damit gerechnet. Fassungslos starrte sie auf die blinkende Münze in ihrer Hand.

Sie stammte aus England. Der abgebildete König war schon seit langer Zeit tot, doch sein Bildnis noch deutlich und klar. Das aufgestanzte Datum der Münze lautete 1730.

„Dominic!" rief Kate.

Obwohl der Laut vom Wasser gedämpft und absolut unverständlich war, drehte Dominic sich um. Kate war zu ungeduldig, auf ihn zu warten. So schwamm sie ihm entgegen. Sobald sie ihn erreicht hatte, ergriff sie seine Hand und drückte die Münze hinein.

Dominic wusste sofort, was Kate entdeckt hatte. Ein Blick in ihre Augen genügte. Kate hatte ihr Ziel erreicht. Sie hatte gefunden, wonach sie gesucht hatte.

Seltsamerweise konnte er sich nicht uneingeschränkt mit ihr freuen. Er verspürte plötzlich eine große Leere. Behutsam legte er das Goldstück zurück in Kates Hand und schloss ihre Finger fest darüber. Das Gold gehörte ihr.

Zusammen schwammen sie zu der Stelle, wo Kate die Münze entdeckt hatte. Zu zweit fächelten sie Schichten des Sandes fort. Sie verfügten noch über Sauerstoff für zwanzig Minuten. In dieser Zeit spürten sie nur fünf weitere Münzen auf. So vorsichtig, als wäre es zerbrechliches Glas, barg Kate sie in ihrem Beutel. Dann nahm jeder einen Drahtkorb, und sie kehrten zum Boot zurück.

„Sie ist es, Dominic!" rief Kate, während Dominic die Drahtkörbe über den Bootsrand hievte. „Es ist die ‚Liberty'. Wir haben den endgültigen Beweis erbracht."

„Ja, es ist die ‚Liberty'", stimmte Dominic zu. „Du hast das Werk deines Vaters vollendet."

Sie kletterten an Bord der „Wirbelwind".

„Ja." Kate löste ihre Sauerstoffflaschen. „Ich habe es geschafft." Mehr als nur das Gewicht der Flaschen schien von ihren Schultern genommen. Sie langte in den Beutel an ihrem Gürtel und holte die sechs glänzenden Münzen hervor. „Diese lagen lose herum. Wir haben die Kiste noch nicht gefunden. Ob sie überhaupt noch existiert?"

Dominic war sich dessen nicht sicher. „Vielleicht wurde die Kiste in einen anderen Teil des Schiffes verfrachtet, als der Sturm aufzog", gab er vorsichtig zu bedenken. Diese Überlegung war eine von vielen Möglichkeiten.

Kate betrachtete das funkelnde Gold. „Es ist auch möglich, dass sie die Kiste in eines der Rettungsboote geschafft haben. Der Bericht des Überlebenden gibt keine klare Auskunft über das, was nach dem Auseinanderbrechen des Schiffes passiert ist."

„Es ist schwierig, Genaues zu sagen." Dominic strich leicht über Kates Wange, bevor er seinen Taucheranzug auszog. „Mit ein wenig Glück und mehr Zeit könnten wir alles finden."

Kate ließ die Münzen zurück in ihren Beutel fallen und lächelte. „Dann könntest du dir das Boot kaufen."

„Und du nach Griechenland reisen." Nur mit seiner Badehose bekleidet, ging Dominic zum Steuerruder. „Wir sollten zwölf Stunden Pause einlegen, bevor wir erneut tauchen, Kate. Wir waren heute sehr lange unten."

„In Ordnung." Ohne Hast streifte Kate ebenfalls ihren Anzug ab. Sie würde die zwölfstündige Unterbrechung gut brauchen können ...

Während der Heimfahrt sprachen Kate und Dominic nur wenig. Eigentlich hätten sie in Hochstimmung sein müssen. Obwohl Kate es versuchte, gelang es ihr nicht, den kurzen Augenblick überschwänglicher Freude nachzuerleben, der ihr beim Auffinden der Münze beschieden war.

Plötzlich hätte sie die Zeit gern zurückgedreht zu den Tagen, in denen sie mit der Suche nach der „Liberty“ begonnen hatten.

Dominic und Kate verbrachten den restlichen Tag damit, ihre Funde von der „Wirbelwind“ ins Haus zu bringen, sie zu sortieren und Rat bei Experten einzuholen.

Und Kate würde Dominic alles von dem geborgenen Gut überlassen, was er haben wollte. Ihre ursprüngliche Abmachung hatte längst keine Bedeutung mehr für sie. Verlangte er die Hälfte des Fundes, sollte er sie bekommen. Für sich selbst wollte sie im Grunde nur die zuerst entdeckte Schüssel, die angelaufene Silbermünze und das Geldstück aus Gold, das sie als Erstes gefunden hatte.

„Vielleicht sollten wir ein kleines Elektrolyseband kaufen.“ Dominic drehte einen Gegenstand in der Hand, den er für eine silberne Tabakdose hielt. „Vieles könnten wir selbst reinigen.“ Er legte die Dose auf den Tisch zurück. „Wir benötigen ein größeres Schiff und andere Ausrüstung. Am besten kümmern wir uns in den nächsten Tagen um diese Dinge und tauchen nicht. Wir suchen jetzt seit sechs Wochen, und soweit ich es beurteilen kann, stehen wir erst am Anfang der Bergungsaktion."

Kate nickte stumm. Aus unerklärlichen Gründen hatte sie das Bedürfnis zu weinen. Er hatte Recht. Sie mussten weitere Schritte überlegen, Pläne fassen.

Wie aber sollte sie Dominic klar machen, dass sie nichts mehr wollte, wenn sie es sich selber nicht erklären konnte? Während die Sonne tief am Horizont stand, saß Kate neben Dominic und beobachtete, wie er genau Buch über ihre Funde führte.

„Dominic ..." Unentschlossen brach Kate ab. Sie fand nicht die Worte, ihm ihre Gefühle – Traurigkeit, Leere und Sehnsucht – zu beschreiben.

„Was ist?"

„Nichts." Kate griff nach seiner Hand und stand auf. „Komm mit nach oben", bat sie leise. „Liebe mich, bevor die Sonne untergegangen ist."

Unzählige Fragen drängten sich Dominic auf, doch er hielt sie zurück. Er sah den flehenden, sehnsüchtigen Ausdruck in Kates Augen und schwieg. Hand in Hand gingen sie hinauf.

Die letzten Strahlen der Sonne fielen flach ins Schlafzimmer. Der Himmel färbte sich rot, als Dominic sich neben Kate auf das Bett setzte. Sie streckte ihm die Arme entgegen und schlang sie fest um ihn. Dann bot sie ihm die Lippen.

Sie nahmen sich Zeit, sich gegenseitig auszuziehen. Schließlich lagen sie nackt nebeneinander. Lange intensive Küsse ließen sie ihre Umwelt vergessen. In diesen Minuten verloren die Fragen und die Unsicherheit ihre Bedeutung, zählten nur noch die süßen Empfindungen.

Kate entspannte sich, ihr Leib war weich und biegsam. Mit den Lippen suchte sie wieder und wieder Dominics Mund und küsste ihn hingebungsvoll.

Niemand anders konnte sie so mühelos in eine andere Welt entführen. Niemand anders hatte ihr ein so deutliches Bewusstsein ihres eigenen Körpers gegeben. Eine leichte Berührung seiner Fingerspitzen setzte sie in Flammen und brachte ihr Blut in Wallung.

Kates Verlangen wuchs, ihre Lust steigerte sich. Es war, als schwebe sie frei und schwerelos im Wasser. Die Gesetze der Schwerkraft schienen aufgehoben, sie fühlte sich ganz leicht und sehr zufrieden.

Dominic streichelte sie, und Schauer der Erregung durchliefen ihren Leib. Auch sie tastete mit den Fingern über Dominics Körper. Sie verweilte an seinen Schultern, spürte das Spiel seiner Muskeln und genoss jede Bewegung, jede Veränderung. Seine Haut war glatt und fest. Seine Hände waren zärtlich und kraftvoll.

Wieder ließ sie die Fingerspitzen über ihn gleiten. Sie hatte das Bedürfnis, jede Einzelheit mit allen Sinnen aufzunehmen. Hier hatten sie sich zum ersten Mal geliebt, und hier liebten sie sich zum letzten Mal. Gedanken an Dominic würden immer untrennbar mit der Vorstellung von Abenddämmerung und dem entfernten Rauschen der Brandung verbunden sein.

Dominic spürte das Verlangen, das Kate trieb. Er verstand ihr Drängen nicht ganz, aber er wollte ihr seine ganze Liebe schenken. Mit unendlicher Zärtlichkeit ging er auf ihre Wünsche ein.

Schließlich wand Kate sich unter seinen Liebkosungen wie im Rausch. Dominic fand ihre intimste Stelle und streichelte sie mit den Fingerspitzen. Lustvoll stöhnte Kate auf und rang nach Luft.

Dominic beobachtete, wie sie sich aufbäumte. „Du bist so weich!“ stieß er heiser hervor. Dann umfasste er ihre Hüften und drang mit der Zunge in Kate ein. Sie umklammerte seine Hände und gab sich den Wonnen hin, die er in ihr hervorrief. Heiße Wellen der Lust stiegen in ihr auf.

„Du bist wundervoll. Kate, sag mir, dass du mehr willst.“

„Ja“, flüsterte sie mühsam. „Ich will mehr.“

Und so liebkoste er Kate weiter mit der Zungenspitze. Er sah die Verzauberung in ihren Augen, spürte, wie sie die Hüften anhob, und hörte, wie sie seinen Namen atemlos hervorstieß. Er hatte sie völlig in seiner Gewalt. Sie war sein.

Als Kate erbebte, ließ er seine Hände an ihrem Leib emporwandern. Sein heißer Atem strich über ihre Haut.

Da löste sich Kate plötzlich von ihm und legte sich auf ihn. Sie glühte, war voller Feuer. Begierig auf die

Vereinigung mit ihm, übernahm sie die Führung. Ihre Bewegungen waren heftig und leidenschaftlich. Die geflüsterten Worte waren unverständlich. Ihr Rhythmus wurde wilder. Sie verfolgten beide nur das eine Ziel – dem anderen höchste Wonnen zu schenken.

In enger Umarmung erreichten sie schließlich den Höhepunkt.

Die Morgendämmerung zog herauf. Kate lag ruhig neben Dominic, der noch schlief. Ihr Entschluss stand fest. Das Schicksal hatte Dominic und sie ein zweites Mal zusammengeführt, nun wurde es Zeit, dass sie ihr Schicksal selbst in die Hände nahm.

Sie hatte ein Abkommen mit Dominic geschlossen, ihm einen Anteil am Gold für seine Erfahrung und seine Fähigkeiten angeboten. Anfangs hatte sie geglaubt, sie wollte den Schatz, bräuchte ihn, um sich alle Türen zu öffnen, die ihr verschlossen waren. Nun lag ihr überhaupt nichts mehr daran.

Alles Gold der Welt würde nichts an den Gegensätzen zwischen ihr und Dominic ändern.

Sie liebte ihn. Und auf seine Art liebte er sie auch. Hob dieses Gefühl die Unterschiede auf? War sie, Kate, in der Lage oder willens, ihr eigenes Leben aufzugeben und sich Dominic anzupassen, oder konnte sie das Gleiche von ihm verlangen? Nein.

Ihre Welten hatten sich einander nicht genähert. Ihre Wünsche stimmten heute so wenig überein wie damals vor vier Jahren. Sollte Dominic den Schatz bergen und behalten, sollte er damit anfangen, was immer er wollte. Sie brauchte den Schatz nicht.

Wenn sie bliebe ... Kate vermochte nicht zu widerstehen und berührte leicht Dominics Wange. Wenn sie bliebe, würde sie ihre Persönlichkeit opfern. Irgendwann würde sie sich deswegen verachten – und Dominic sie auch. Es war auf jeden Fall besser, die Erinnerungen an diese schönen Wochen mitzunehmen, selbst wenn die Trennung noch so sehr schmerzte.

Der Schatz war für Dominic wichtig. Er hatte große Risiken auf sich genommen, und er hatte hart gearbeitet. Sie wollte lediglich ihrem Vater ein bleibendes Andenken schaffen. Alles andere sollte für Dominic sein. Lautlos stand Kate auf und kleidete sich an.

Kate brauchte nicht lange, um ihre Sachen zu packen. Leise zog sie die Tür hinter sich zu und trug die Koffer hinab. Unten im Wohnzimmer begann sie, die Keramikschüssel sorgfältig in Zeitungspapier einzuwickeln. Dann steckte sie die schwarze Silbermünze und die glänzende Goldmünze in ihre Geldbörse.

Auch die Filme mit den Fotos, die sie bei ihren Arbeiten unter Wasser aufgenommen hatte, nahm sie mit. Kate hatte bereits markiert, welche Stücke dem Museum übereignet werden sollten. Sie ließ die Liste auf dem Tisch zurück.

Obwohl sie sich sagte, dass es besser sei, keinen Abschiedsbrief zu verfassen, zögerte sie. War sie es

Dominic nicht schuldig, ihm ihr Tun zu erklären? Nur wie?

Nachdem sie das Gepäck in ihren Wagen gebracht hatte, kehrte Kate ins Haus zurück. Sie nahm die fünf goldenen Münzen, ging ins Schlafzimmer und legte sie auf Dominics Kommode. Nach einem letzten Blick auf den schlafenden Mann im Bett verließ sie das Haus zum zweiten Mal.

In der kühlen Morgenluft schlug Kate den Weg über die Dünen ein. Dann stand sie still und schaute hinaus auf das weite, endlos erscheinende Meer. Die Wellen schlugen gleichmäßig an den Strand, und die schmalen weißen Schaumränder versanken im hellen Sand. So würde sie das Meer um Ocracoke stets in Erinnerung behalten. Und besonders an die Welt unter der Oberfläche würde sie oft zurückdenken. An die Augenblicke des Friedens und der Begeisterung, die sie mit Dominic geteilt hatte. Einen Sommer lang. Doch im Leben gab es vier Jahreszeiten.

Kate wandte sich vom Meer ab. Sie ließ ihren Blick über die Uferlinie der Insel gleiten bis hin zum Leuchtturm. Sie hatte vieles in den vergangenen Wochen hinzugelernt. Endlich würde sie ihr eigenes Leben führen. Sie würde ihren Weg im Leben finden, sie war sich ganz sicher.

Auf dem Rückweg zum Auto schaute Kate nicht mehr zum Haus. Sie brauchte es nicht noch einmal zu sehen, um sich an jede Einzelheit erinnern zu können. Sie streckte ihre Hand nach dem Griff der Wagentür aus. Bevor sie ihn herunterdrücken konnte, wurde sie am Arm gefasst und herumgerissen.

„Was, zum Teufel, soll das?"

Von Angesicht zu Angesicht mit Dominic geriet Kates Entschluss fast ins Wanken. Dominic war noch nicht ganz wach und trug lediglich Jeans. Sein Haar war zerzaust vom Schlaf.

Kate verschränkte die Arme vor der Brust und hoffte inständig, ihre Stimme möge nicht zittern. „Ich wollte eigentlich schon fort sein, bevor du aufwachst."

„Fort?" wiederholte Dominic. „Wohin?"

„Ich fahre nach Connecticut zurück."

„Das ..." Dominic verstummte, war sichtlich um Fassung bemüht. Er wollte nicht alles mit einem Wutanfall zerstören. Es hätte für sie beide tragisch enden können. „Warum?"

Kate schluckte. Er hatte die Frage ruhig gestellt. Aber an dem Ausdruck seiner Augen erkannte sie, wie wenig fehlte, seinen Zorn zum Ausbruch zu bringen. „Du hast es gestern selbst gesagt, als wir vom Tauchen hochkamen. Ich habe geschafft, was ich mir vorgenommen hatte."

Dominic streckte die Hand aus. Die fünf Goldmünzen glänzten in der Morgensonne. „Und was hat das zu bedeuten?"

„Sie sind für dich." Kate befürchtete, dass sie dieses Verhör nicht lange würde durchstehen können, ohne zu verraten, dass ihr Entschluss nicht leichten

Herzens gefasst worden war. „Der Schatz bedeutet mir nichts. Auch ihn kannst du haben.“

„Das ist aber außerordentlich großzügig von dir.“ Dominic drehte seine offene Hand um, so dass die Münzen in den Sand fielen. „So viel bedeutet mir das Gold, Frau Lehrerin.“

Kate schaute auf die funkelnden Münzen. „Ich begreife dich nicht, Dominic.“

„Du wolltest den Schatz“, hielt er ihr vor. „Mir war er immer gleichgültig.“

„Du sagtest aber ...“, begann sie und brach hilflos ab. „Als ich dich um Hilfe bat, hast du wegen des Schatzes zugesagt.“

„Ich habe deinetwegen mitgemacht. Du warst hinter dem Gold her, Kate.“

„Nein, es ging mir nicht so sehr ums Gold.“ Kate fuhr sich mit der Hand über die Augen.

„Dann war dein Vater der Grund.“

Kate nickte. Sie sperrte sich nicht länger gegen die Wahrheit. „Ich habe zu Ende geführt, was er begonnen hat. Und ich habe dadurch für mich persönlich viel gewonnen. Ich brauche kein Gold mehr, Dominic.“

„Warum läufst du wieder vor mir davon?“

Langsam schaute Kate zu ihm auf. „Wir sind vier Jahre älter als damals, aber wir sind dieselben Menschen geblieben.“

„Glaubst du das wirklich?“

„Dominic, als ich damals wegging, geschah es halb

meinem Vater zuliebe. Ich dachte, ich sei ihm etwas schuldig. Wenn ich allerdings hätte sicher sein können, dass du mich – mich“, betonte sie, „wolltest und nicht eine Person, wie du sie dir wünscht, und wenn ich zudem hätte sicher sein können, dass eine gemeinsame Zukunft nicht gescheitert wäre, wäre ich damals nicht gegangen. Und ich würde heute nicht gehen.“

„Verflixt, Kate. Woher nimmst du das Recht, darüber zu urteilen, was ich möchte, wie ich fühle?“ Dominic wandte sich ab. Er befürchtete die Fassung zu verlieren, wenn er Kate weiterhin ansah. „Vielleicht habe ich Fehler begangen, vielleicht habe ich vor vier Jahren zu viel als selbstverständlich vorausgesetzt. Aber, Kate, ich habe für diesen Fehler gebüßt, jede Minute, seit du fortgingst, bis zu dem Tag, an dem du zurückgekehrt bist. Ich habe mich dieses Mal so sehr bemüht, vorsichtig zu sein, nicht zu drängen, nichts vorauszusetzen. Und da wache ich vorhin auf und muss feststellen, dass du ohne ein Wort verschwinden wolltest.“

„Es gab nichts mehr zu sagen, Dominic. Ich habe immer viel zu viele Worte benutzt – und du zu wenige.“

„Du bist in solchen Dingen besser als ich.“

„Gut, dann werde ich dir etwas sagen. Ich liebe dich.“ Kate wartete, bis Dominic sich wieder zu ihr herumgedreht hatte. „Ich habe dich immer geliebt, aber ich kenne meine Grenzen. Und deine glaube ich schließlich auch zu kennen.“

„Kate, nein. Du denkst zu viel über Grenzen nach und nicht genug an Möglichkeiten. Ich habe dich damals ziehen lassen. Diesmal nicht, Kate, diesmal nicht."

„Ich brauche die Möglichkeit, ich selbst zu sein, Dominic. Ich möchte nicht den Rest meines Lebens so leben, wie ich es bisher getan habe."

„Wer verlangt denn das von dir?" platzte Dominic heraus. „Wer möchte denn, dass du anders sein sollst? Hör endlich auf, Liebe mit Verantwortung gleichzusetzen, schau dir die andere Seite der Medaille an! Liebe bedeutet auch teilen, geben und nehmen. Wenn ich dich bitte, mir einen Teil von dir zu schenken, so erhältst du dafür einen Teil von mir, Kate."

Dominic ergriff sie bei den Oberarmen und hielt sie fest, als hoffe er, seinen Worten durch die Berührung Nachdruck zu verleihen. „Ich will keine Ergebenheit von dir", fuhr er fort. „Und auch nicht, dass du dich mir verpflichtet fühlst. Es gefiele mir ganz und gar nicht, mit dem Gedanken durchs Leben zu gehen, dass du alles, was du tust, nur tust, weil du annimmst, ich erwarte das oder jenes. Verdammt, Kate, auf die Art von Liebe kann ich gut verzichten."

Mit großen Augen starrte Kate ihn an. Dominic hatte noch nie so klar mit ihr über ihre Beziehung gesprochen. Hoffnung regte sich in ihr. Doch leise Zweifel blieben. Bisher hatte Dominic lediglich gesagt, was er nicht wollte. Womöglich zerrann ihre Hoffnung letztendlich doch zu nichts.

„Sag mir, was du willst“, bat sie.

Er reichte ihr die Hand. „Komm mit mir.“

Dominic führte Kate in den Schuppen hinter dem Haus. „Ich habe damals mit dem Bau des Bootes begonnen, weil ich meinen Plan endlich ausführen wollte. Dann gewann alles eine andere Bedeutung.“ Er drückte die Klinke herunter und öffnete beide Türflügel.

Im ersten Moment konnte Kate nichts erkennen. Allmählich gewöhnten sich ihre Augen an das Dämmerlicht im Schuppen, und sie ging hinein.

Das Boot war so gut wie fertig, der Rumpf geschliffen, versiegelt und angestrichen. Es brauchte nur noch aus dem Schuppen geholt zu werden, damit der Mast befestigt werden konnte. Es war ein wunderschönes Boot, strahlend weiß. Jetzt schon konnte sich Kate vorstellen, wie es im Wind leicht über die Wellen gleiten würde.

„Es ist herrlich. Dominic. Ich habe mich immer gefragt ...“ Abrupt brach sie ab, als ihr Blick auf die geschwungene Schrift am Heck fiel.

Dort stand: „Zweite Chance“.

„Mehr erwarte ich nicht von dir“, sagte Dominic und deutete mit dem Zeigefinger auf die beiden Wörter. „Das Boot gehört dir. Anfangs dachte ich, ich baute es für mich selbst. Dann habe ich erkannt, dass ich es für dich tat, weil ein solches Boot unser gemeinsamer Traum war. Für mich will ich nur, was draufsteht, Kate. Für uns beide eine zweite Chance.“

Kate fand keine Worte. Sie beobachtete, wie Dominic sich über die Steuerbordseite lehnte und eine Schachtel hervorholte.

„Ich habe dies hier reinigen lassen. Ich hoffe, diesmal nimmst du ihn." Dominic öffnete den Deckel der Schachtel. Sie enthielt den Diamantring, den er gefunden hatte. Der Stein funkelte und strahlte.

Kate wollte etwas sagen, doch Dominic hob abwehrend die Hand. „Warte, ich bin noch nicht fertig. Ich weiß, dass du unterrichten willst. Ich verlange nicht von dir, deinen Beruf aufzugeben. Ich bitte dich nur darum, ein Jahr mit mir auf der Insel zu bleiben. Hier gibt es zwar keine Universität, aber immerhin auch eine Schule. Sie kann mit Yale natürlich nicht Schritt halten, doch immerhin ..." Er zuckte die Schultern. „Nur ein Jahr, Kate. Wenn du danach der Ansicht bist, dass du hier nicht leben kannst, gehe ich mit dir zurück."

Kate sah ihn überrascht an. „Nach Connecticut? Du würdest nach Connecticut ziehen?"

„Ja, wenn es nötig ist."

Der Kompromiss. Die lang ersehnte Lösung, fuhr es Kate durch den Kopf. Dominic schlug vor, sein Leben an das ihre anzupassen. „Und wenn du dich dort nicht zurechtfindest? Was würdest du in diesem Fall tun wollen?"

„Dann werden wir es an einem anderen Ort versuchen, Kate. Wir werden irgendwo in der Mitte ein Zuhause finden. Vielleicht müssen wir in den nächsten Jahren ein Dutzend Mal umziehen. Das ist völlig nebensächlich."

Ja, es war tatsächlich gleichgültig. Wichtig war allein, dass er ihr seine bedingungslose Liebe anbot, worauf sie ihr Leben lang gewartet hatte.

„Ich möchte dich heiraten, Kate." Diese einfache Erklärung berührte Kate tief. „Am liebsten schon morgen, aber wenn du mir versprichst, ein Jahr zu bleiben, werde ich warten können."

Sie lächelte, vermochte sich nicht vorzustellen, dass Dominic geduldig warten würde. Sobald er ihr Versprechen hatte, ein Jahr mit ihm auf Ocracoke zu leben, würde er mit sanfter Gewalt auf sie einwirken, bis sie sich mit ihm vor dem Altar wiederfand.

„Nein", erwiderte sie laut. „Ich werde nur dann hier bleiben, wenn du mir den Ring ansteckst und mich so schnell wie möglich heiratest."

„Abgemacht." Glücklich ergriff Dominic ihre Hand. „Sitzt der Ring erst einmal an deinem Finger, gibt es kein Zurück mehr, Frau Lehrerin." Er holte den Ring aus dem Etui und schob ihn so schnell auf ihren Finger, als befürchte er, sie könne ihre Meinung ändern. „Oh, verflixt, er ist zu groß. Deine Finger sind so zart."

„Das macht nichts. Ich werde die Hand in den nächsten fünfzig Jahren einfach nicht mehr öffnen." Lachend warf sich Kate in seine Arme. Alle Zweifel waren verflogen. Sie war nun sicher, dass sie beide gemeinsam ihren Weg finden würden.

„Wir werden ihn ändern lassen", flüsterte Dominic und küsste ihre Schläfe.

„Nur, wenn ich den Ring dafür nicht abnehmen muss", entgegnete Kate. Sie schloss kurz die Augen, selig vor Glück. „Dominic, und die ‚Liberty'? Der Schatz?"

Dominic legte zärtlich den Zeigefinger unter ihr Kinn und sah ihr in die Augen. „Wir haben unseren Schatz bereits gefunden."

– ENDE –

Band-Nr. 25086
6,95 € (D)
ISBN 3-89941-113-7

Nora Roberts

Die MacGregors 2

Affäre in Washington
Es ist Liebe auf den ersten Blick zwischen der Künstlerin Shelby und dem Senator Alan MacGregor. Aber sie hat sich geschworen, niemals einen Politiker zu heiraten ...

Stunde des Schicksals
Wird Daniel MacGregor überleben? Während seine Frau Anna auf eine Nachricht wartet, wandern ihre Gedanken in die Vergangenheit – wie ihre Liebe begann ...

MIRA®

Sherryl Woods

Frühling der Liebe

Ich liebe, wen ich will
Als der stets korrekte Steuerprüfer Tom McAndrews an einem warmen Frühlingstag die lebenslustige Kathleen trifft, verändert sich seine Welt – endlich weiß er, was es heißt zu lieben ...

Heiße Nächte in Colorado
Als Lindsay während des Flugs nach Denver mit einem Fremden flirtet, ahnt sie nicht, dass er der berühmte Autor ist, den sie in Colorado aufsuchen soll ...

Band-Nr. 25088
6,95 € (D)
ISBN 3-89941-115-3

MIRA

Nora Roberts

Die MacGregors (Band 1)

Band Nr. 25080

6,95 € (D)

ISBN 3-89941-103-X

Nora Roberts

Schatten über dem Paradies

Band Nr. 25081

6,95 € (D)

ISBN 3-89941-106-4

Heather Graham

Zwischen Liebe und Gefahr

Band-Nr. 25082

6,95 € (D)

ISBN 3-89941-107-2

Nora Roberts

Sommerträume

Band-Nr. 25059

6,95 € (D)

ISBN 3-89941-074-2

Nora Roberts
Irische Herzen
Band-Nr. 25065
8,95 € (D)
ISBN 3-89941-086-6

Nora Roberts
Cordina's Royal Family
„Ein königliches Juwel“
Band-Nr. 25072
6,95 € (D)
ISBN 3-89941-094-7

Nora Roberts
Love Affairs IV
Band-Nr. 25074
7,95 € (D)
ISBN 3-89941-096-3

Sandra Brown
Wenn die Liebe erwacht
Band-Nr. 25057
6,95 € (D)
ISBN 3-89941-072-6